CB076979

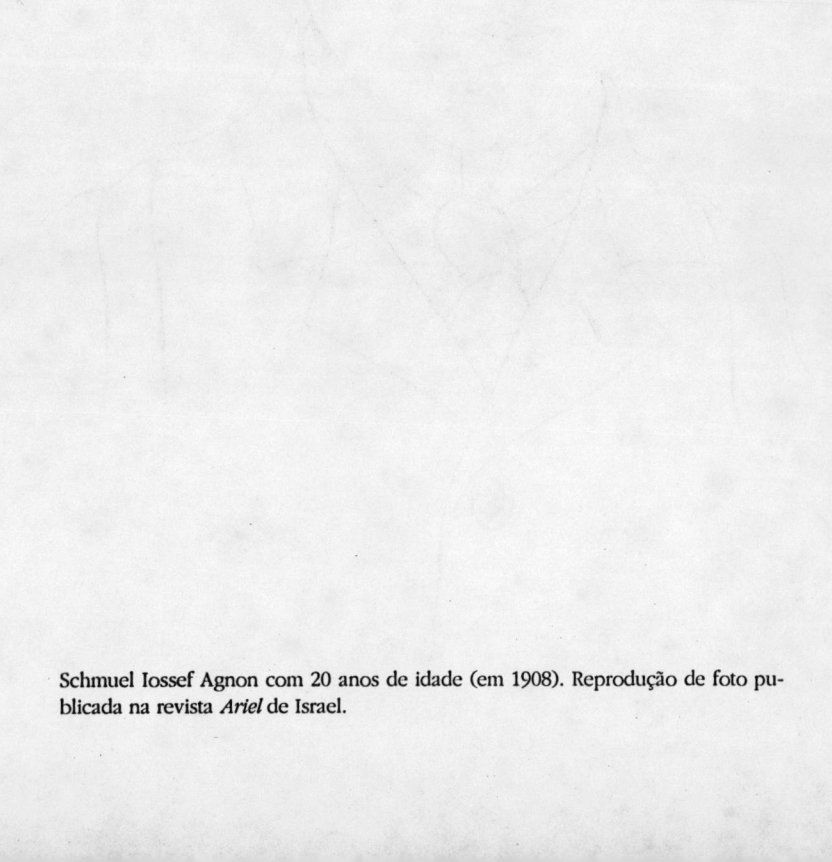

Schmuel Iossef Agnon com 20 anos de idade (em 1908). Reprodução de foto publicada na revista *Ariel* de Israel.

CONTOS DE AMOR

Coleção Paralelos
Dirigida por J. Guinsburg

Equipe de realização – Tradução dos contos: Rifka Berezin em colaboração com Nora Rosenfeld, Eliana Langer e Sonia Boguchwal; Tradução do poema: J. Guinsburg; Revisão de texto: J. Guinsburg e Sérgio Coelho; Revisão de provas: Sérgio Coelho; Projeto gráfico e capa: Adriana Garcia; Logotipo 30 anos: Antonio Lizárraga; Assessoria editorial: Plinio Martins Filho; Produção: Ricardo W. Neves.

CONTOS DE AMOR

SCH. I. AGNON

Seleção e Tradução
Rifka Berezin

Ilustrações
Rita Rosenmayer

EDITORA PERSPECTIVA

© Schoken Publishing House-Ltd. Tel-Aviv, Israel

A tradução para a língua portuguesa recebeu o apoio do Institute for the Translation of Hebrew Literature, Israel.

Direitos reservados em língua portuguesa à
EDITORA PERSPECTIVA S.A.
Av. Brigadeiro Luís Antônio, 3025
01401-000 – São Paulo – SP – Brasil
Telefone: (011) 885-8388
Fax: (011) 885-6878
1996

SUMÁRIO

Com o Coração - *J. Guinsburg* 9

AGUNOT – ESPOSAS ABANDONADAS 15
JURAMENTO DE FIDELIDADE 31
A COLINA DE AREIA 127
AS NOITES 173
NA FLOR DA IDADE 193
FERENHEIM 259

O Apaixonado, O Abandonado, O Justo – *Sérgio Coelho* . . 277
Notas 281
Glossário 285

COM O CORAÇÃO

SCH. I. AGNON
Tradução J. Guinsburg

*E*u quis compor um canto a Sulamita, das filhas a mais bela, das filhas de meu povo, a filha que mais quero. E agora que se aproxima o dia de seus anos, eu disse: Hei de lhe compor um canto, de rimas adornado porque assim compõem os poetas os versos de seus cantos.

Eis por que fui procurar o verso e lhe pedi: Ouve, ó verso! Estou compondo, agora, um canto a Sulamita, das filhas a mais bela. Dá-me pois algumas rimas, ao canto que componho, para o dia de seus anos.

E o verso, respondendo, disse: Belo é o teu desejo. Mas vai e traze-me as palavras que rimas à vontade te darei ao coração... Rimas te darei e cumprirás o teu desejo.

Dirigi-me então à palavra e lhe falei: Eu quis compor um canto a Sulamita e ao verso fui pedir algumas rimas. Mas o verso, respondendo, disse: Vai e traze-me a palavra, que rimas te darei. Vim, pois, agora, a ti. Concede-me, ó palavra, as palavras que desejo dedicar a Sulamita, para o dia de seus anos.

Ouvindo-me, disse a palavra: Bom conselho deu-te o verso – sem palavras nada existe e uma coisa sem palavras pode até perder-se, pois acima de tudo estamos nós. Mas prossegue e vai ao cérebro, talvez ele te dê um pensamento, que eu palavras te darei. Com as palavras irás ao verso e ele rimas te dará. Ligando rimas e palavras, comporás o canto a Sulamita, para os dias de seus anos.

Procurei então o cérebro e tudo lhe narrei. Não querendo me atender, argumentou: Entoar um cântico não é próprio de

pessoa de bem... e ainda mais agora. Mas, sem desanimar, até muito tarde supliquei. Afinal, concordou em me levar a um certo pensamento, para que estivesse ao meu lado, quando eu fosse ao verso e à palavra, a fim de compor um canto a Sulamita, das filhas a mais bela.
Fomos, pois, ao pensamento. E, lá chegando, o encontramos entre sábios e anciões. E eu disse ao pensamento: Eis que se aproxima, de Sulamita, o dia de seus anos e eu quero compor um canto a ela dedicado. Fui ao verso e à palavra – enviaram-me ao cérebro, que a ti me levaria, e tu me acompanharias até o verso e a palavra, para eu compor o meu canto. Ergue-te, pois, meu pensamento e me acompanha!
E o pensamento, respondendo, disse: Devo então deixar o convívio de sábios e anciões e me enredar em versos e palavras? Recusou-se, assim, o pensamento a levar-me à palavra e ao verso, a fim de que as palavras me dessem palavras e as rimas – rimas, para o canto que desejo dedicar a Sulamita, das filhas a mais bela, a quem eu tanto amo.
E muito triste abandonei o pensamento, pois eu queria compor um canto a Sulamita, para o dia de seus anos, e o pensamento negou-se a acompanhar-me ao verso e à palavra, para que eu pudesse esse cântico compor.
Foi então que encontrei o coração. Ao ver a minha tristeza, perguntou: Por que estás assim tão triste? Contei-lhe então que fui ao verso que me remeteu à palavra que me enviou ao cérebro e este, ao pensamento, que não querendo me guiar me despediu sem mais nada. E eu que tanto quisera compor um canto a Sulamita, das filhas a mais bela, para o dia de seus anos. E agora como irei compô-lo e como tornarei ao verso e à palavra sem o pensamento?
Mas o coração me viu e disse: Eu estarei em teus lábios e poderás compor o canto a Sulamita, das filhas a mais bela, pois eu amo Sulamita e amo seus cantares.
E enquanto o coração assim me falava, tocou os meus lábios – e eu entoei um canto a Sulamita, das filhas a mais bela, para o dia de seus anos, como jamais eu cantara até agora com o pensamento, com a palavra e com o verso, porque em mim e nos meus lábios estava o coração.

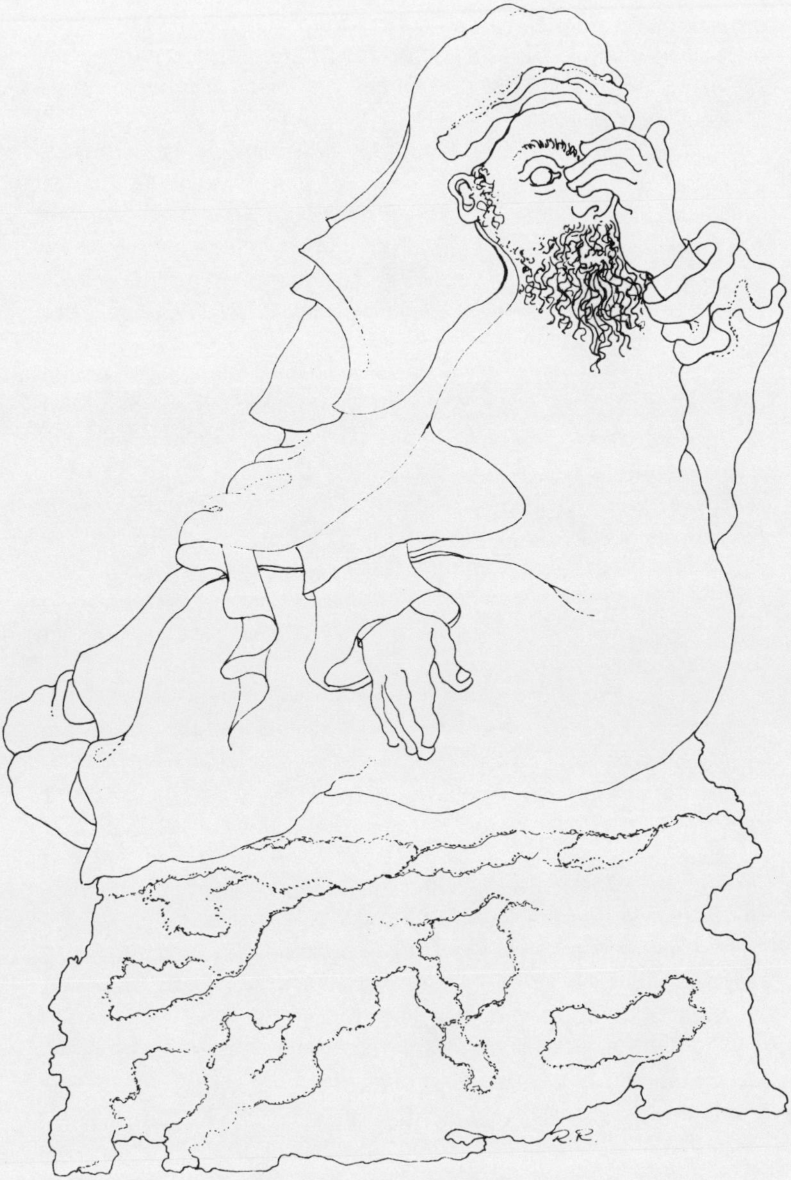
R.R.

AGUNOT
ESPOSAS ABANDONADAS

As escrituras relatam: um fio de graça envolve e acompanha as ações de Israel, e o Santíssimo, abençoado seja o seu Nome, Ele próprio na Sua glória tece, tela após tela, um xale ritual cheio de graça e amor, para que a Congregação de Israel nele se envolva. E este manto ritual resplandece na sua radiosa beleza, mesmo nas terras do exílio, da mesma forma como brilhou nos dias de sua juventude, na Casa de Seu Pai, no Templo de seu Soberano, na sua capital Jerusalém. E quando Ele, abençoado seja, verifica que não fora maculado nem manchado este manto sagrado, mesmo na terra de seus opressores, Ele se inclina e diz:

– Você é formosa, você é formosa.

Este é o segredo da grandeza e força, da exaltação e ternura no amor, que enche o coração de todo o homem de Israel.

Mas, acontece às vezes que um embaraço, ai de nós, se insinua e rompe um fio da trama da tela, e o manto ritual fica danificado e maus espíritos nele penetram e o rompem, transformando-o em farrapos. Imediatamente, um sentimento de vergonha assalta a todos do povo de Israel, e eles descobrem que estão nus. Seus dias de descanso lhes são tirados, seus dias festivos são transformados em dias de terror, e as cinzas substituem o seu esplendor. Nessa hora a Congregação de Israel vagueia na sua agonia, clamando:

– Batei-me, feri-me, tirai o xale de cima de mim!

Seu Amado escapou e ela O procura, exclamando:

– Se encontrardes o meu Amado, que lhe direis? Que eu estou doente de amor.

E esta doença de amor a leva à mais profunda melancolia, que Deus nos proteja! – até que, do alto dos céus, Ele sopra sobre a Congregação de Israel o seu espírito, para que retorne e realize boas ações, que são um orgulho para quem as pratica. E então se refaz aquele fio de graça e amor perante o Senhor.

E é a isto que se refere o narrador na história aqui relatada, uma grande e terrível história acontecida na Terra Santa com um famoso homem rico, Rabi Ahiezer. Este senhor decidiu, com entusiasmo, deixar o exílio e vir estabelecer-se em Jerusalém, a cidade santa – oxalá seja ela reconstruída – com a finalidade de realizar nela grandes transformações e restaurar um pouco as suas ruínas. Ele esperava, desta forma, reconstruir um pouco as ruínas, como se fossem um vestíbulo para o grande salão que receberá o Santíssimo, bendito seja, quando Ele retornar sua Divina Presença a Sião, em breve, em nossos dias.

Que Deus abençoe este nobre senhor pelo muito que fez em favor de seus irmãos, filhos de seu povo, que habitam a terra dos vivos, apesar de não ter sido bem-sucedido.

Rabi Ahiezer não tinha filhos varões, mas sete vezes por dia louvava o Nome do Santíssimo pela filha única que Ele lhe havia dado. E ele a velava como a menina de seus olhos e a cercava de criadas e amas para servi-la. Cada palavra saída de sua boca era cumprida como uma ordem real. E, na verdade, ela era digna de todo esse respeito, pois que todas as virtudes e graça estavam nela combinadas. O brilho de seu semblante era como o de uma princesa, suas virtudes eram como as das matriarcas; sua voz lembrava a harpa de Davi e todos os seus modos e maneiras eram de respeito e recato.

Todo seu esplendor brilhava no interior de seus aposentos e só os que freqüentavam a casa de seu pai podiam avistá-la, às vezes, ao pôr-do-sol, quando passeava no jardim entre os arbustos perfumados e as roseiras.

À luz do crepúsculo, um bando de pombas esvoaçava ao redor da moça, murmurando-lhe seu afeto com seus arrulhos e cobrindo-a com suas asas, como os querubins de ouro que cobrem a arca sagrada.

E, quando a jovem chegou à idade do amor, seu pai enviou mensageiros a todos os cantos da dispersão de Israel. Eles deveriam encontrar um rapaz, um homem modelo, tão repleto de sabedoria e virtudes, que, como ele, não haveria outro no mundo inteiro.

E então é que interveio o espírito de Satã e, não sem razão, começaram a acusar Rabi Ahiezer de haver ofendido todas as Casas de Estudos e Ieschivot da Terra de Israel, ao procurar um noivo para sua filha fora de Israel, entre os jovens da dispersão. Mas quem iria dizer a um homem tão poderoso o que deveria fazer? E todos se puseram a esperar o partido que o Santíssimo, bendito seja, indicaria àquela filha única e maravilhosa, a filha louvada de Jerusalém.

Alguns meses mais tarde, chegou uma carta dos enviados, em que diziam o seguinte:

– Nós anunciamos com alegria que, com a graça de Deus, encontramos na Polônia uma maravilha, um jovem de bela aparência, letrado, e que excede em saber todos os demais. Piedoso, modesto e de boa família, modelo de virtude e boas ações. E os grandes sábios abençoam esse enlace com todo o seu coração e todas as suas forças.

Rabi Ahiezer viu que seu projeto iria cumprir-se e julgou que seria conveniente que esse noivo ensinasse numa grande Ieschivá em Jerusalém. E do mundo todo, sonhava o nobre senhor, afluiriam discípulos para escutar os ensinamentos da Torá em Sião. E que fez ele? O senhor Ahiezer mandou reunir os artesãos famosos e fez construir um belo palácio. Mandou pintá-lo e adorná-lo e mandou vir carros cheios de livros preciosos, para que nada faltasse aos que estudassem as ciências sagradas. E designou uma sala para as orações, e embelezou-a com toda sorte de enfeites, e convocou escribas para copiar rolos da Torá; chamou os ourives para criar os ornamentos dos rolos sagrados, a fim de que a oração daquele sábio fosse digna de seus conhecimentos, num local onde fosse possível dizer:

– Aqui está meu Deus e eu lhe renderei glória!

E quanto mais o Rabi Ahiezer se entregava à faina de adornar o santuário do Senhor, mais seu coração ansiava por construir uma Arca Sagrada de beleza incomparável, tal como nenhum olho humano jamais teria visto.

Começou a procurar um artífice adequado para a tarefa. E viu entre os artesãos um, de nome Ben-Uri, especialmente hábil nas belas-artes. Homem modesto e calado, era aparentemente um simples artesão, mas um espírito superior transparecia em seus olhos e se refletia na obra de suas mãos. E este foi o homem que Rabi Ahiezer escolheu para construir a incomparável Arca Sagrada.

2

Rabi Ahiezer contratou Ben-Uri e concedeu-lhe um lugar dentro de sua residência, no andar inferior, para habitar. Ben-Uri trouxe suas ferramentas e começou a preparar-se para o trabalho. Um novo espírito dele se apossou de repente. Suas mãos trabalhavam na Arca e seus lábios entoavam cânticos todo o dia.

Dina, a filha de Rabi Ahiezer, ouviu-o. Ela se aproximou, ficou perto da janela e, espiando e escutando, seu coração começou a ser atraído para junto do ateliê, como que por feitiçaria – que Deus nos proteja. E ela desceu para examinar a obra do artífice, e com ela as criadas. Dina espiou por dentro da Arca, mexeu nas tintas, observou as decorações, pegou nas ferramentas, e Ben-Uri continuava o seu trabalho e cantava, esculpia e cantava. Dina ouvia sua voz e não mais reconhecia sua alma. Ele, por sua vez, dirigia sua voz a ela, a fim de atrair seu coração com sua melodia, para a prender ali para sempre.

Mas, à medida que Ben-Uri prosseguia no seu trabalho, mais e mais se prendia a ele, até que seus olhos e coração se concentraram totalmente na Arca Sagrada. E ele não mais se lembrava de Dina, e acabou por esquecê-la completamente. Passados alguns dias, deixou de cantar, e sua voz não era mais ouvida. Ben-Uri passava todo o dia inclinado defronte da Arca, esculpindo belas figuras, dando-lhes vida: leões ao alto, cada um com sua juba de ouro, as bocas abertas e cânticos de louvor às grandezas do Santíssimo. No alto das portas, águias estendiam as asas como para voar rapidamente ao encontro dos animais sagrados. E, ao som dos sinos de ouro que tocavam ao abrir das portas, as águias agitavam as asas, envolvendo o universo com seu canto. E os notáveis de Jerusalém já aguardavam ansiosos a inauguração da Arca Sagrada. Esperavam o dia em que ela seria conduzida para a Casa do Senhor que Rabi Ahiezer construíra. E então, os Rolos da Lei, coroados de prata e ouro e incrustrados de adornos sagrados, seriam introduzidos nessa Arca maravilhosa.

Ben-Uri, curvado diante de sua Arca, estava arrebatado por sua beleza, com um entusiasmo que jamais conhecera. Em nenhuma outra parte, em nenhum outro trabalho, sentira o que sentia agora, em Jerusalém, no local onde havia sido revelada a Divina Presença e de lá se havia exilado devido aos nossos pecados. Não se passaram muitos dias e a sua tarefa estava pronta. Ben-Uri olhou para o trabalho de suas mãos e ficou admirado ao ver a Arca, de pé e firme, e a si mesmo como um objeto vazio. Sentiu-se triste e rompeu em choro.

Ben-Uri saiu para respirar o ar puro entre as árvores do jardim, para restaurar o espírito. O sol se punha no Oeste e a face do céu se enrubecia. Ben-Uri desceu para o canto do jardim, deitou-se e adormeceu. Nesse momento, Dina saiu de seu aposento, suas roupas coladas ao corpo e a inquietação estampada no rosto. Há muitos dias não ouvia a voz de Ben-Uri e não via o artesão. Ela se dirigiu ao quarto dele a fim de contemplar a Arca. Ela entrou, mas não o encontrou lá. Dina ficou parada no quarto de Ben-Uri e a Arca do Senhor erguia-se junto à janela aberta, onde Ben-Uri costumava ficar trabalhando. Ela se aproximou da Arca e a examinou. Apareceu Satã e introduziu o sentimento de inveja em seu coração. Apontava com o dedo para a Arca e lhe dizia:

– O que pensas tu? Quem fez calar a voz de Ben-Uri senão esta Arca?

Enquanto falava, empurrou-a e ela tocou na Arca. A Arca oscilou e tombou pela janela aberta.

A Arca caiu, mas nenhuma de suas partes se quebrou e nenhum de seus detalhes ficou desfigurado. Ficou estendida entre os arbustos perfumados e as roseiras do jardim, lá embaixo, atrás da janela. Rosas e flores tremulavam sobre ela, como enlutados na tumba de um morto. A noite estendeu um manto de seda preta sobre a Arca. A lua saiu de entre as nuvens e, tecendo sua tela prateada, traçou uma Estrela de Davi sobre o manto.

3

No seu leito, durante a noite, Dina estava deitada, mas seu coração estava desperto. É grande o seu pecado, quem poderá carregá-lo? Dina afunda a cabeça nas cobertas, oprimida pela vergonha e pela dor. Como poderá ela olhar para o céu e implorar misericórdia? Dina salta do leito, acende uma vela na lamparina e, no grande espelho defronte, brilha a imagem da vela. O espelho pertencera a sua mãe, uma mulher piedosa, mas não conservava o reflexo da face materna. E agora, se Dina se postar diante do espelho, ele lhe mostrará a face de uma pecadora. Mãe! Mãe! – gritava seu coração. Mas não havia resposta.

Dina caminhou até a janela e ali encostou a cabeça, mas não olhou para fora. Jerusalém estava incrustrada entre as montanhas. O vento soprava, entrava pelo quarto, apagando a vela, como se fosse um quarto de enfermo. O vento brincava com os cabelos de Dina, enrolando-se na sua cabeça e murmurando doces melodias, lembrando cantos de Ben-Uri. Onde estaria ele?

E entre as árvores do jardim estava Ben-Uri deitado, como uma lira cujas cordas estavam quebradas e as melodias abandonadas. E a Arca jazia no jardim. O Guardião da Noite abriu suas asas de escuridão e sob elas se aninharam os leões e as águias da Arca. Uma lua clara saiu de entre as nuvens, e outra lua saiu ao seu encontro das águas do tanque do jardim. E as duas estão postadas, encarando-se, face a face, como um par de velas do Schabat.

A que se parece a Arca naquele momento? A uma mulher que estende as palmas durante a oração, enquanto seus dois seios – as Tábuas da Lei – elevam-se com seu coração, orando perante o pai do Céu: "Senhor do Universo, esta alma que Vós insuflastes na Arca, Vós a tomastes dela e, agora, eis que ela jaz perante Vós, como um corpo sem alma". E ali, Dina, esta alma imaculada, restou como um corpo nu, sem alma, partindo para o exílio. "Senhor, até quando sofrerão as almas no Vosso mundo e o canto do Vosso santuário soará como um gemido de tristeza?"

Todo o povo de Israel, de Jerusalém, reuniu-se para levar a Arca do quarto de Ben-Uri até a sinagoga. Entraram pela sala

de Ben-Uri e constataram que a Arca Sagrada não se encontrava lá. Estremeceram e bradaram.
– A Arca, onde está? A Arca do Senhor, onde está? Eles ainda gritavam quando descobriram a Arca sob a janela, estendida no jardim. Começaram a insultar o artífice, seu criador, chamando-o de homem vil e pecador. Decerto, não havia sido digno de realizar essa Santa Arca, e agora, que fora completada, ela fora rejeitada pelo Céu.
O Rabino condenou-a imediatamente ao banimento. Vieram dois israelitas e a carregaram ao depósito de madeiras. E todos os homens da Congregação de Israel se dispersaram, cheios de tristeza e cobertos de vergonha.
A alvorada irrompe e se eleva, iluminando os céus no oriente. O povo de Jerusalém acordou como se acorda de um pesadelo. A arca fora banida e a alegria fora obscurecida. Ben-Uri havia desaparecido e ninguém sabia para onde. E, na casa de Rabi Ahiezer, reinava a inquietação.
Dina olhava pela janela dia e noite. Elevava os olhos para o céu e baixava-os como uma pecadora. O nobre Rabi Ahiezer estava mergulhado em angústia. E a sinagoga, que havia construído, estava vazia, sem Arca, sem estudo e sem orações. Rabi Ahiezer apressou-se e encomendou outra Arca para substituir a de Ben-Uri. Instalaram-na na sinagoga e ela era como uma lembrança da destruição. Todo homem que vinha à sinagoga rezar era como que assaltado pela melancolia, e renunciava à oração e ia procurar outro local de culto, para lá abrir seu coração perante o Senhor.

4

O tempo de alegria chega. O dia do casamento se aproxima e na mansão de Rabi Ahiezer misturam-se massas, assa-se, cozinha-se. Também são trazidos belos tecidos, com os quais se estendem cortinas por todos os portões dos jardins, a fim de enfeitá-los para o dia em que a filha do nobre senhor se postar sob o pálio nupcial, com o seu feliz parceiro, o erudito senhor Ezequiel, que Deus o proteja.

Sobre as montanhas ouvem-se os passos do mensageiro. Chega um enviado com uma carta na mão: "Estejam prontos no terceiro dia". E todos se preparam para participar da alegria dos noivos, dizendo:

– É uma pérola preciosa que os mensageiros pescaram no Oceano do Talmude, na Polônia.

E os festejos do casamento deverão ser como Jerusalém não vira igual desde que seus filhos foram banidos para o exílio.

Os homens de Jerusalém saíram para recepcionar o noivo e o trouxeram com honrarias, ao som de tamborins, címbalos, e com danças, até a casa de Rabi Ahiezer. E tinha o noivo o porte de um rei, e sua boca pronunciava palavras que pareciam pérolas.

E então chegou o dia das bodas. A noiva foi conduzida à casa do Rabino, para que recebesse a sua bênção. Lá, Dina ergueu sua voz e disse chorando:

– Façam todos sair.

Quando todos saíram, ela contou ao Rabino todo o acontecido com a Arca que deslizara e caíra. O Rabino ficou assustado, trêmulo, e sentiu suas idéias confusas. Mas, devido à consideração especial à noiva, no seu dia de graça e perdão, dirigiu-lhe palavras de consolo:

– Minha filha, nossos Sábios, de abençoada memória, diziam que, quando uma pessoa se casa, seus pecados são perdoados. Repare que eles disseram "uma pessoa" e não um homem, e daí podemos concluir que se referiam ao gênero humano em geral. Assim, o homem e a mulher que se casam, o Santíssimo, abençoado seja, lhes perdoa os pecados. Talvez você pergunte: os pecados são perdoados, mas qual será o mérito das moças que têm poucos mandamentos a cumprir? Fique sabendo que o Santíssimo lhe confia uma tarefa muito importante: a educação de seus filhos no temor do Senhor.

Em seguida, o Rabino fez-lhe o elogio do noivo, a fim de torná-lo querido e atrair o coração dela para as suas virtudes. E, a propósito da Arca, o Rabino lembrou-lhe que o silêncio é belo e ele mesmo iria providenciar para que a Arca fosse restituída ao seu lugar, dentro da sinagoga, e o Senhor Misericordioso daria a Dina o seu perdão.

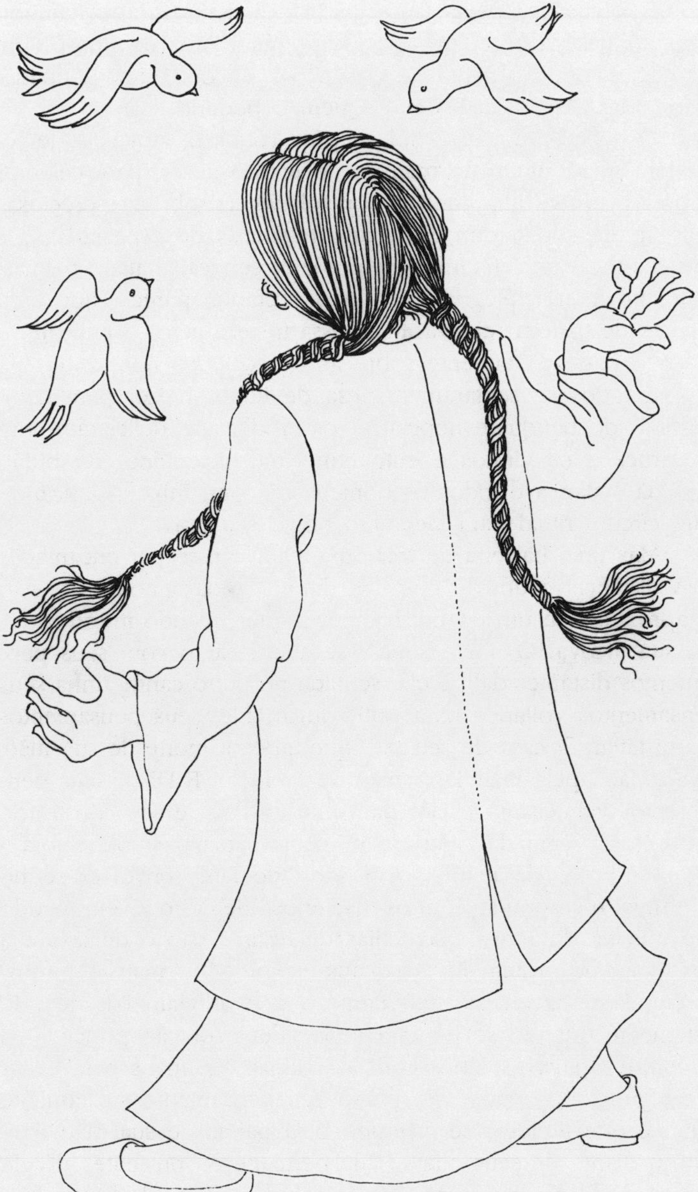
R.R.

E, quando a noiva saiu da casa do Rabino, este mandou dizer ao Rabi Ahiezer que fizesse entrar a Arca de Ben-Uri na sinagoga. Foram procurá-la, mas não a encontraram. Roubada? Escondida? Elevada aos Céus? Quem o poderia dizer? O dia declinou e o sol se pôs. Todos os notáveis de Jerusalém se reuniram na mansão de Rabi Ahiezer, para celebrar as bodas de sua filha. Jerusalém resplandecia sob luzes preciosas e as árvores do jardim exalavam fragâncias de especiarias. Os músicos tocavam seus instrumentos e os serviçais batiam palmas, para aumentar a alegria. Mas, não obstante, parecia que uma espécie de tristeza reinava ali. E essa tristeza ataca o pálio nupcial e o parte exatamente sobre as cabeças dos noivos.

E todos se sentaram à mesa de Rabi Ahiezer para compartilhar do banquete nupcial. E os eruditos se deliciaram com as carnes e os vinhos e entoaram cânticos e hinos. O bufão convida à dança e todos os homens o acompanham, dançando num círculo ritual para alegrar o noivo e a noiva.

Mas uma barreira de tristeza separava esse par encantador e os distanciava um do outro. E durante toda a noite eles não se aproximaram um do outro, nem sequer quando introduzidos em sua alcova. O noivo sentou-se a um canto com seus pensamentos distantes dali, e ela, sentada no outro canto, tinha seus pensamentos voltados para outro lugar. Ele, seus pensamentos o arrastavam à casa de seu pai, que, após a morte de sua mãe, era cuidada pela vizinha, a mãe de Freidele. E Dina, seus pensamentos vagueavam e iam para junto a Arca e seu construtor, que desaparecera da cidade e ninguém sabia para onde fora.

Na prece da manhã, o marido de Dina envolveu-se no xale ritual e coroou-se com os filactérios. Ele era o jovem marido que reinava durante os sete dias de festa e não o deixavam a sós, a fim de protegê-lo dos maus espíritos. Os maus espíritos, porém, já reinavam no seu coração e o afligiam bastante. E, justamente quando se preparava para ler a oração principal, o *Schmá*, e tapava os olhos com as palmas das mãos para evitar que algum objeto pudesse distrair seu pensamento, exatamente então é que Freidele se insinuou pela palma de sua mão e se postou diante de seus olhos. E lá permaneceu presente, até ele desatar os filactérios e colocá-los na bolsa. E aquela bolsa, fora Freidele quem bordara. E ele enrola a bolsa em seu xale ritual, para escondê-la dos olhos das pessoas que o cercavam. O pai, que viera da Polônia para as núpcias, olha para ele com cólera e preocupação. O que poderá faltar a seu filho na casa de Rabi Ahiezer? Se é riqueza que ele quer, ele a tem e muita. Se é mulher que ele deseja, ele tem uma esposa formosa e piedosa. Se é casa que ele ambiciona, a sua casa é um verdadeiro palácio real. Por que então estaria o jovem tão inquieto? Saíram para o almoço festivo. Os convivas pronunciaram as sete bênçãos da felicidade nupcial. O marido e a esposa sentaram-se lado a lado. Os corpos estavam próximos mas os corações distantes.

5

E jamais se aproximaram. Começava um mês, passava outro. Numerosos estudantes se reuniram para ouvir o ensinamento de Rabi Ezequiel e a Academia estava repleta de ensinamentos sagrados. Gracioso era seu modo de ensinar, e tudo o que expunha, o texto, os comentários e as alusões místicas, eram sempre brilhantes. Mas, até mesmo enquanto ensinava, Ezequiel sentia a angústia no peito, como se ele fosse um ingrato – que Deus o perdoe – e não apreciasse o fato de estar de volta à Terra Santa.

E Dina, esta ficava em casa, solitária e calada. As vezes, saía um pouco e ia até o canto onde Ben-Uri havia trabalhado na construção da Arca. E ela olhava as ferramentas que estavam cobertas de poeira. Juntava as mãos e entoava as canções de Ben-Uri até seus olhos se encherem de lágrimas. E, em segredo, chorava por seu orgulho ferido.

Uma vez, ao passar por ali, Rabi Ezequiel ouviu uma bela melodia que parecia sair daquele aposento. Deteve-se para escutar e então lhe disseram que aquela voz não era de um ser de carne e osso, mas dos maus espíritos suscitados pelo sopro de Ben-Uri, quando ali cantava e trabalhava. Imediatamente se afastou Rabi Ezequiel daquele local. E, daí por diante, sempre que precisava passar por lá, desviava-se e seus ouvidos não ouviam mais aquelas melodias.

À tarde, Rabi Ezequiel costumava passar pelas montanhas. Quando os notáveis de Israel passeiam, seus auxiliares os precedem batendo com seus bastões, e todo o povo se levanta cerimoniosamente, para lhes render homenagem. E o sol faz um dossel de cor de púrpura sobre cada um dos justos, no momento em que vai saudar seu Criador. Bem aventurado é aquele que teve o privilégio de se estabelecer na Terra Santa.

E Rabi Ezequiel? Ele tinha os pés fincados nas portas de Jerusalém, mas seus olhos e coração permaneciam nas casas de estudo e de oração da Diáspora, distantes da Terra Santa. Sua imaginação o leva aos estudantes de sua cidade, com quem gostava de conversar, passeando e respirando o ar do crepúsculo. E havia acontecido uma vez de terem encontrado Freidele, que cantava com suas companheiras:

> Para longe irão levá-lo
> para com rica moça casar
> Seu pai não quer saber
> se irão sofrer nossos corações.

Uma vez, veio um mensageiro da Polônia para Jerusalém, e trazia uma carta para o genro de Rabi Ahiezer. Seu pai havia regressado em paz à sua cidade e recobrara o seu vigor para ensinar e julgar. De passagem, comunicava a seu filho que Freidele havia se casado e tinha ido morar em outra cidade, levando também sua mãe. E agora era a esposa do bedel da sinagoga quem cuidava de sua casa. Rabi Ezequiel leu a carta e pôs-se a chorar. Freidele era mulher de outro homem e ele ainda pensava nela. E sua própria mulher, onde estava? Quando um passa pelo outro, ela olha para uma direção e ele olha para a direção oposta.

Entrava mês e saía mês e a Academia se esvaziava. Os alunos desapareciam discretamente. Cortavam um ramo de uma árvore do jardim e cada um partia para seu caminho.

Todos viam que a alma de Rabi Ezequiel estava doente. Rabi Ahiezer constata que seus trabalhos não progridem e que o casamento da sua filha não foi bem sucedido, e reconhece que o casamento não é um casamento.

O casal se apresenta perante o Rabino, em silêncio e de olhos baixos. Rabi Ezequiel está se divorciando de sua esposa. E assim como não a olhara na hora do enlace, não a olhou na hora do divórcio. E assim como Dina não havia escutado quando ele lhe dissera "tu me és consagrada como esposa", assim não o ouvira dizendo "tu és repudiada".

Nossos sábios, de abençoada memória, dizem que, quando um homem repudia sua primeira esposa, até os altares choram. Mas, neste caso, os altares já haviam chorado, quando ele a tomara para esposa.

Não se passou muito tempo e Rabi Ahiezer partiu de Jerusalém em companhia de sua filha. Ele havia falhado no seu estabelecimento lá, todos os seus empreendimentos haviam fracassado. E ele partiu, triste e envergonhado. Sua mansão fora fechada, a Academia se esvaziara. E o "quorum", que se reunia na sinagoga para honrar Rabi Ahiezer, não mais compareceu após sua partida.

6

E naquela noite, após a partida, no momento em que o Rabino se pôs a estudar, ele adormeceu sobre o Talmude. Viu em sonho que estava condenado ao exílio. Na manhã seguinte, seguindo o conselho de nossos Sábios, ele deu àquele sonho a melhor interpretação e jejuou o dia todo. À noite, após provar um pouco de alimento, retornou ao seu estudo e escutou uma voz. Elevou os olhos e viu a Presença Divina sob a forma de uma bela mulher, vestida de negro, sem adornos, que lhe acenava com tristeza. O Rabino despertou assustado, rasgou as vestes em sinal de dor, chorou e jejuou novamente o dia todo e a noite seguinte. E dos céus lhe revelaram coisas vedadas a olhos mortais: almas assombradas, tateando com tristeza em busca do seu par. O Rabino olhou com atenção e viu Ben-Uri que lhe dizia:

— Por que me afastaste, impedindo-me de receber meu quinhão no Reino de Deus?

— É tua esta voz, meu filho Ben-Uri? — disse o Rabino, elevando a voz em pranto. E, chorando, o Rabino acordou de seu sono e compreendeu que sua sorte estava selada. Lavou as mãos, vestiu a sua roupa, apanhou o bastão e o bornal e, chamando a sua esposa, disse-lhe:

— Minha filha, não mande ninguém me procurar. A condenação ao exílio recaiu sobre mim, a fim de redimir as esposas abandonadas.

Ele beijou a *mezuzá* e foi embora. Procuraram-no muito, mas não o encontraram.

Dizem que ele continua a errar pelo mundo. Assim, um velho mensageiro da Terra Santa chegou um dia a uma casa de estudos da Diáspora e, certa noite, ouviu, em sono, um grito. Acordou e viu aquele dito Rabino, segurando um jovem e tentando arrastá-lo.

Assustado, o emissário gritou:
— Rabino, tu estás aqui?

Imediatamente o Rabino desapareceu. O moço relatou ao mensageiro que, quando a Casa de Estudos se esvaziava de fiéis, ele se ocupava em desenhar um ornamento para a parede oriental da sinagoga, de extraordinária beleza, segundo o mensageiro. E, assim que o jovem se concentrava no seu trabalho, parava de repente, diante dele, um velho que o puxava pela fímbria da veste, sussurrando-lhe ao ouvido:
— Vem e partamos para Jerusalém.

Desde então muita gente conta que esse Rabino anda a perambular pelo mundo. E nós ouvimos algumas histórias espantosas e maravilhosas a este respeito. Rabi Nissim, de abençoada memória, que durante anos viajou pelo mundo contava:
— Possa eu perder meu quinhão na redenção de Israel, se não o vi certa vez a flutuar no Grande Mar sobre um lenço vermelho, com uma criança nos braços. E, embora fosse a hora do crepúsculo, juro por tudo o que é sagrado que era ele mesmo. Só não sei quem é a criança.

Atualmente, dizem que ele foi visto a vagar pela Terra Santa. Alguns duvidam do fato e outros zombam. Mas as crianças contam que, às vezes, ao anoitecer, encontram um velho que se aproxima delas, olha-as no fundo dos olhos e se vai.

E quem conhece a história aqui narrada afirma que esse velho é o Rabino e não outro.

As soluções a Deus cabem.

JURAMENTO DE FIDELIDADE

Iafo, a bela dos mares, cujas praias são banhadas pelo grande Mar, e que um céu azul ilumina todos os dias, vive cheia de todo o tipo de gente; são judeus, ismaelitas e cristãos que se ocupam do comércio e do trabalho da navegação e de pequenos serviços a ela ligados. Mas em Iafo também há pessoas que não se ocupam desses negócios como, por exemplo, professores e, entre eles, Iacov Rechnitz, cuja história vamos em parte relatar.

Ao terminar seus estudos e receber o título de doutor, Iacov se juntou a uma caravana que ia a Israel, a passeio. Vendo que a terra era boa e seus habitantes silenciosos e tranqüilos, pensou: "se eu encontrasse um meio de me manter, fixaria residência na Terra de Israel". Iafo era o lugar que mais lhe agradava, porque ficava à beira-mar e ele, Iacov, era um apaixonado pela flora marítima. Certo dia, Iacov foi visitar uma escola que estava procurando um professor de latim e alemão; os diretores o viram, gostaram dele e lhe ofereceram o cargo de professor, que ele aceitou.

Rechnitz era botânico de profissão e especialista em ciências naturais. Como as aulas de ciências naturais estavam sendo dadas por outro e o cargo de professor de latim e alemão estava vago, deram-lhe esse, pois às vezes o cargo não faz o homem, mas o homem faz o cargo. Deve-se entretanto dizer que Rechnitz estava apto para o cargo que assumia.

Rechnitz começou a trabalhar no ensino e fazia seu trabalho com dedicação. Escolhia bons livros e não impingia assuntos que levassem ao tédio; não aborrecia os alunos e nem se gabava perante os outros professores, que em sua maioria eram autodidatas. Era estimado pelos alunos e bem aceito pelos colegas. Seus alunos, por tratá-los com amizade, e seus colegas, porque permitia que o tratassem como tal. Sua estatura alta e sua voz cheia, assim como seus modos e seus olhos castanhos, que olhavam cada ser humano com carinho, também contribuíam para que fosse amado pelas pessoas. Não havia passado ainda um ou dois meses e já seu bom nome corria pela cidade. Mal havia passado um ou dois meses para que ele freqüentasse as residências das moças, que o tinham conhecido antes que seus pais.

A corrida atrás de terras já havia terminado. Os caçadores de fortuna, que queriam enriquecer com as terras de Israel, tinham falido e debandado, e Iafo permanecia com gente que, na maioria, sabia que esta Terra não é como as outras, e que não aceita senão seus leais trabalhadores que lutam com ela. Uma minoria se dedicava ao comércio e outros tipos de profissões necessárias ao país, e os demais se sustentavam com o dinheiro que haviam trazido de fora. Tanto uns como outros não eram ambiciosos. Deixavam o negociante sentar-se sossegado em seu trono e se protegiam à sombra dos consulados, que os tratavam melhor do que jamais tinham sido tratados em suas terras de origem. Os sonhadores despertavam de seus sonhos e os homens de ação começavam a sonhar com o futuro centro espiritual que a Terra de Israel havia de ser para o povo de Israel. De tempos em tempos se reuniam, discutiam sobre a Terra e sua colonização e enviavam suas apreciações ao Comitê de Odessa. No intervalo dessas discussões todo homem tornava-se pai de seus filhos e filhas, marido de sua esposa e amigo de seus amigos.

A vida era fácil e havia pouco que fazer. Os dias decorriam agradavelmente e as pessoas eram gentis umas com as outras. As necessidades de sobrevivência não eram muitas e não causavam muitas preocupações. Os ricos se contentavam com uma pequena casa, vestiam-se com roupas simples e se alimentavam com comidas que não exigiam gastos supérfluos. A pessoa acorda cedo pela manhã, toma um chá, come azeitonas e verduras com um pedaço de pão, sai para sua ocupação e trabalha até o almoço; volta para casa antes de escurecer, encontra à sua frente um samovar fervendo e os vizinhos que vão uns às casas dos outros e tomam chá com geléia de frutas. Lá em Iafo há um rapaz erudito, que se ri do dono do hotel, porque ele troca as palavras, dizendo geléia em lugar de compota. Há um agricultor, que conta sobre a remoção das vinhas e a plantação de amêndoas, sobre subornos e funcionários. Casualmente, aparece por lá um visitante de Jerusalém, que conta sobre as coisas de sua cidade. Se é uma pessoa alegre, distrai a todos com a anedota jerusalemita. Lá vivem apenas os moradores de Iafo e não há quem relate notícias de fora do país, as quais já se tornaram velhas antes de os jornais chegarem à Terra de Israel.

Iacov Rechnitz era querido e bem recebido em todas as casas. Ficava feliz quando ouvia que falavam alemão em consideração a ele e alegrava as pessoas com palavras russas que aprendia delas, pois os donos das casas ainda não costumavam falar hebraico; falavam russo ou ídiche e, na presença do doutor Rechnitz, alemão, pois o doutor Rechnitz tinha vindo do Império Austro-Húngaro e lá não se conhecia o russo. Como a maioria dos solteiros, Rechnitz ficava satisfeito quando o convidavam. Em troca, procurava pensar como eles, a tal ponto que tudo lhe parecia familiar. Por ser solteiro e não ter casa própria, convidavam-no às vezes para o jantar. E depois da refeição, quando o dono-da-casa se sentava para ler o novo número do *Schiloakh* em hebraico ou *Resesviet* em russo, acompanhava as moças num passeio. A lua estava encoberta, e as estrelas brilhavam. Não se viam as estrelas, mas os olhos das moças iluminavam o caminho. Em seu lugar, outro rapaz veria nisso o seu mundo. Mas Iavoc Rechnitz tinha outro mundo em seu coração: o amor ao mar e à pesquisa de sua flora. Mesmo quando o ar de Iafo adormecia os ossos da maioria das pessoas e esvaziava seu espírito, o espírito de Rechnitz permanecia desperto. Aquele era o mar no qual os barqueiros ganhavam a vida com suas embarcações, os comerciantes transportavam mercadorias e os pescadores pescavam e ele pescava as plantas de suas águas. Já descobrira espécies de ervas completamente desconhecidas, que jamais haviam sido vistas por qualquer pesquisador e escrevera a seu mestre sobre elas. Seu mestre alegrara-se por ter, na Terra de Israel, um pesquisador honesto, e fizera publicar suas descobertas no Jornal Imperial e Real de Viena, de estudos botânicos e zoológicos; apressou-se ainda a incentivar seu discípulo predileto para que persistisse nas pesquisas, pois nada se conhecia sobre os mares da Terra de Israel e suas algas. Rechnitz não necessitava de incentivo, pois já se havia ligado ao mar como uma enseada que está presa à praia. Todo dia saía e colhia aquilo que o mar lhe dava e, se a hora fosse propícia, alugava um barco de pesca; Iehia, o bedel, intermediava entre ele e os donos árabes dos barcos pesqueiros. Rechnitz lançava-se ao mar e dizia:

– Navegaremos até o local onde viveram os ancestrais do primeiro homem.

Armado de uma espécie de rede e uma haste de ferro, retirava da água uns tipos de algas que não sobem à tona e seu coração batia-lhe no peito como o de um caçador que corre atrás de sua caça. Rechnitz nunca teve enjôo de mar; ao contrário, os mistérios da água, os milagres da criação lhe davam força e vigor. Aquelas plantas cresciam no fundo do mar, como jardins de flores, como um emaranhado de arbustos, como um bosque sombrio nas águas, e sua aparência era como uma espécie de enxofre amarelo, como púrpura, como carne viva, como pérolas brancas, como azeitonas, como corais, como as penas do pavão, coladas nos penhascos, nas rochas e nas encostas. Pelo amor que tinha pelo mar e sua flora, ele o chamava de "meu pomar, meu vinhedo" e vários outros tipos de nomes carinhosos. Quando voltava do mar, lavava suas algas em água doce para tirar-lhes o sal, pois o sal as deformava, e as estendia num prato raso.

Quem o visse tratando de suas ervas teria certeza que estava preparando uma salada para comer. Tirava as algas do prato e as estendia sobre um papel grosso, e o limo que há nelas facilitava sua aderência. De todos os botânicos do mundo, somente uma minoria se ocupava da flora marítima e, nessa minoria, apenas Rechnitz com as algas da Terra de Israel.

Rechnitz observava como se alimentavam, como cresciam e se reproduziam. Alguns pesquisadores faziam seu trabalho ocasionalmente no mar, nos dias em que estavam livres da Universidade. Mas Rechnitz ia para o mar todos os dias do ano, com sol ou com chuva, de dia e de noite, quando o sol aquece o mar e quando o frio o esfria, quando o mar está calmo e quando está bravo, quando as pessoas dormem e quando elas correm atrás de suas ocupações. Se ele se ocupasse da flora que cresce no continente ou apenas de sua classificação científica, seu renome teria crescido no país, ele se tornaria membro de todo tipo de sociedade, passaria os dias em conversas e discussões e as noites em reuniões e conferências. Entretanto, como se dedicava a algo distante da comunidade, seu nome não era conhecido na Terra de Israel e seu tempo era todo disponível. Continuou estudando, pesquisando, examinando e colecionando plantas. Quando encontrava uma que não conhecia, mandava-a para o exterior, na expectativa de que seus mestres soubessem mais sobre ela; assim, chegaram a dar seu nome a uma espécie de algas: *colorafa rechnitzia*. Não se passaram muitos dias para que o convidassem a escrever sobre as grandes algas do Mar Mediterrâneo, nos Criptógamas do Mar Mediterrâneo, do mestre Horst.

2

Foi assim que Rechnitz começou a dedicar-se a essa atividade: quando entrara na Universidade, não havia escolhido uma matéria em especial; era um estudioso de todas as ciências, pois todos os campos do conhecimento, e principalmente as ciências naturais, o atraíam. E já se via como um eterno aluno, daqueles que jamais deixam os muros da Universidade. Uma noite, quando lia Homero, ouviu um ruído semelhante ao barulho das ondas do mar. Fechou o livro e apurou os ouvidos para escutar aquele som que explodia e continuava como o rumor de muita água. Levantou-se da cadeira e olhou para fora. A lua flutuava entre nuvens e estrelas, e na terra imperava o silêncio e o descanso. Voltou para o livro e continuou a leitura. Novamente aquele som voltou aos seus ouvidos. Largou o livro e foi para a cama. Os sons silenciaram, mas aquele mar, cujo som Rechnitz ouvira do próprio firmamento à sua frente, se repetia e prosseguia sem fim, enquanto a lua pairava sobre a água fria, suave e apavorante.

No dia seguinte Rechnitz parecia alguém que as ondas haviam depositado numa ilha abandonada, e assim permaneceu nos dias seguintes. Concentrava-se menos no estudo, passou a ler livros sobre viagens marítimas e tudo o que lia acrescentava sede à sua sede, que só as águas do mar poderiam saciar. Começou a informar-se sobre tudo o que dizia respeito ao mar e pensou em dedicar-se à medicina, pois, sendo médico, poderia servir numa embarcação e passar o tempo viajando. Assim que entrou na sala de anatomia, desmaiou e compreendeu que jamais seria médico. Certa vez foi visitar um amigo seu, pesquisador de algas, que havia voltado do mar, e ele mostrou-lhe as algas que trouxera consigo. Rechnitz viu e se admirou de sua variedade e do pouco que se sabia sobre elas. Assim que se despediu do amigo, Rechnitz soube o que desejava.

É possível que esse episódio de leitura de Homero e todo seu seguimento não passe de lenda; mas apesar de não haver evidência do caso, são poucas as possibilidades de outras teorias explicarem como Rechnitz chegou a escolher tal atividade.

Assim, quando terminou os estudos, foi para Israel. O prêmio que recebeu da Universidade e o presente em dinheiro, que lhe dera o Sr. Gothold Ehrlich, foram suficientes para cobrir-lhe as despesas.

3

O Sr. Ehrlich, que o ajudou em sua ida a Israel e já facilitara anteriormente seu ingresso no ginásio, era um rico comerciante e cônsul honorário de um país pequeno, que não ocupa muito lugar no mapa; o jardim de seu palacete estendia-se até a casa do pai de Iacov Rechnitz.

Quando Iacov era pequeno, brincava com Schoschana, filha única do Sr. Ehrlich, menina caprichosa que a ele se apegou mais do que a qualquer outra criança e não deixava ninguém mais brincar com ele, dizendo:

– Iacov é meu, quando eu crescer vou casar com ele.

Para reforçar essas palavras, ela cortou um dia um de seus cachos e um pouco do topete dele, misturou-os e queimou-os e ambos comeram as cinzas jurando fidelidade um ao outro.

Iacov Rechnitz era bem visto na casa dos pais de Schoschana. Ela era filha única de seu pai e de sua mãe, e tudo o que agradasse a Schoschana agradava aos pais, ainda mais que aquele menino era amável por si mesmo, por sua inteligência e por seus modos. A Sra. Guertrud Ehrlich, esposa do Sr. Gothold Ehrlich, mãe de Schoschana, era mulher delicada e doentia; ela o abraçava e lhe dava presentes úteis, que não o embaraçavam. Mais do que ela fazia o cônsul, que entregava ao pai dele um salário para a sua educação, pois o que o pai de Iacov ganhava não dava para educar o rapaz à altura de suas aptidões. Foi com esse auxílio do cônsul que Iacov entrou no ginásio e depois na Universidade.

Em seu primeiro ano de ginásio, Iacov estava sempre na casa de Schoschana. Em dias de calor, eles colhiam flores, teciam coroas um para o outro e as enfeitavam com borboletas; em dias de inverno, deslizavam no gelo da piscina que havia no jardim. Ele ajudava Schoschana em seus estudos, ela lhe ensinava a andar na ponta dos pés e todo esse tipo de coisa. No segundo ano, afastaram-se um pouco devido à distância, pois o pai de Iacov vendera a casa, pressionado pelos credores, e alugara uma moradia em outro local. Naquele ano, Iacov entregou-se aos estudos e Schoschana, às atividades que distraem o coração: a música, o desenho, o esporte e as outras atividades a que as filhas dos ricos estão acostumadas. Porém, ainda não se haviam separado completamente, pois no primeiro sábado do mês a consulesa convidava Iacov para o almoço, assim como o convidava para o aniversário de Schoschana. Um dia, a Sra. Guertrud adoeceu, sua casa fechou-se para visitas e Schoschana foi enviada a uma pensão de moças, em outra cidade.

Duas vezes por ano o cônsul convidava Iacov. Como a casa estivesse fechada às visitas, costumava recebê-lo em seu escritório, cujas paredes eram forradas de cortinas de seda; sobre elas estavam pendurados dois grandes retratos: um da mulher e outro da filha. A Sra. Guertrud trajava um longo vestido, cuja barra preenchia a base do retrato. Como seu vestido era azul-claro e o barrado desenhava dobra sobre dobra e prega dentro de prega, parecia que seus pés pisavam em nuvens. Na cabeça usava um pequeno chapéu que era como uma espécie de lenço, cujas pontas lhe desciam pelo pescoço. Schoschana usava um vestido curto até os joelhos, e suas pernas pareciam mover-se e caminhar. Quando o sol brilhava no retrato, tinha-se a impressão de que ela queria correr. Além desses, havia sobre a mesa mais dois retratos da mãe e da filha, e, diante deles, uma rosa mergulhada num copo de água límpida. O cônsul era metódico em sua maneira de ser, e se ia receber alguma visita, logo retirava todos os papéis e cadernos de que não iria precisar naquele momento.

Quando Iacov entrava naquele escritório, tinha a impressão de que ele fora montado somente para os retratos e que aquele velho estava lá apenas para cuidar deles. Sua impressão se confirmava quando, ao entrar, o cônsul se levantava de sua cadeira e punha água no copo que estava diante dos retratos. Entretanto, Iacov não erguia os olhos para não ver aquilo que não tinha permissão de ver. Os retratos, porém, desenhavam-se em seu coração, às vezes como eram, às vezes com modificações; a Sra. Guertrud desaparecia na neblina longínqua e Schoschana andava e corria e, em sua boca, havia uma rosa úmida. Quando ele entrava, o cônsul o olhava com bons olhos e dizia:

– Você cresceu muito.

E o cumprimentava como se cumprimenta um adulto.

No inverno ia com ele a uma confeitaria, cujos talheres eram de prata. Chegavam e sentavam-se em cadeiras macias. Ao ver o cônsul, o garçom trazia-lhe imediatamente um copo de café, para que o cônsul sentisse que todos sabiam o que ele desejava. O cônsul perguntava ao garçom:

– E o que serviremos ao meu jovem amigo? – e olhava Iacov com carinho, e pedia para ele um copo de chocolate com creme e muitos doces. Ali ficavam até escurecer e, quando se despediam, o cônsul lhe dizia:

– Dê lembranças a seu pai e a sua mãe.

No verão saíam numa carruagem cujas rodas eram de borracha. Viajavam cerca de uma hora para fora da cidade e chegavam a Caterinen Hof, cercada de arbustos exuberantes, de um verde bem escuro; entravam num grande jardim em que havia muitos canteiros de flores redondos e uma estátua do imperador. Lá também havia vacas e estábulos, que não eram visíveis nem seu odor era sentido; o pico das montanhas elevava-se por detrás do pátio, exalando o cheiro dos pinheiros, e o pátio todo tinha uma aparência de festa. Sentavam-se nos tapetes de uma grama verde, fresca e aparada, e bebiam um café fino que fazia aquele

pátio famoso; sobre o café, um creme claro como a neve, que em parte escurecia, em parte derretia. Comiam bolos de queijo, de papoula, de uvas-passas, ou uma fatia de pão preto, cujo odor abria o apetite e cujo sabor aumentava as forças; sobre ele, a manteiga era fresca e úmida. Depois de comer e beber, o cônsul acendia um cigarro e conversava com Iacov sobre seus estudos, até que o cigarro terminasse; acendia um segundo e se levantava da mesa; dizendo:
— Até aqui foi uma reunião de prazer, daqui em diante cada homem a seu trabalho.

Iacov se apressava em levantar-se, observava o dono do pátio que ajudava o cônsul a vestir o casaco, e seu rosto corava, pois o homem vinha ajudá-lo também. Iacov baixava os olhos e perguntava ao cônsul:
— Como está passando a sua senhora?
O cônsul tirava o cigarro da boca, fazia uma pausa e respondia:
— Oxalá eu pudesse dizer a você que está tudo bem com ela.

Como não podia dizer isso e não queria entristecer Iacov, acrescentava:
— Mas à Schoschana, segundo as cartas que leio dela, não lhe falta nada.

Iacov baixava a cabeça e dizia:
— O senhor poderia estender minhas lembranças a ela?
— Assim o farei — respondia-lhe.

E ao dizer isso, era como se lhe tivesse pedido algo difícil, mas que ele se esforçaria por fazer.

4

Iacov concluiu o ginásio e ingressou na Universidade. Os negócios de seu pai melhoraram, e Iacov mesmo ganhava para manter-se, com a ajuda que prestava aos alunos em seus estudos. Já não necessitava mais do cônsul, mas guardava-lhe afeto, e aquele costume de se verem duas vezes por ano consolidou-se. Agora, ao se despedirem, o cônsul tirava um caderninho do bolso, anotava o dia e a hora, e dizia para Iacov:

— Então até daqui a seis meses. De toda forma, telefone primeiro ao escritório – e, para não dar a impressão de que o estivesse dispensando, enumerava os meses, somava-os, e dizia:
— Portanto, até daqui a meio ano.

Uma vez, no dia que o cônsul havia marcado com ele, Rechnitz telefonou para seu escritório e de lá responderam que o cônsul estava ocupado e não poderia falar com ele; se quisesse, que telefonasse amanhã ou depois de amanhã. No dia seguinte, Rechnitz estava na casa de um aluno. O pai do aluno lhe perguntou o nome daquele cônsul sobre o qual ele costumava falar. Disse-lhe o nome. O pai do aluno estendeu o jornal e mostrou-lhe uma notícia de falecimento, dizendo:
— Amanhã você deverá ir ao cemitério, acompanhar o enterro da esposa do cônsul.

Toda aquela noite Iacov Rechnitz permaneceu acordado. Dias passados vinham e permaneciam à sua frente; dias em que entrava na casa do cônsul e dela saía, e a esposa do cônsul o tratava bem, às vezes com um olhar bondoso, às vezes com uma palavra amável, às vezes com as duas coisas juntas. A mãe de Iacov também era bondosa com ele, como uma mãe é bondosa com o filho, e Iacov a amava como um filho ama sua mãe; mas o amor de Iacov pela Sra. Guertrud Ehrlich nascia daquele amor que não se explica por nenhuma das razões comuns: há uma razão para ele, como há uma razão para cada coisa, porém fora esquecida, e só sobrara o efeito. Iacov sabia que a Sra. Guertrud estava doente, e sofria e se preocupava, mas nunca sofrera tanto como naquela noite, pois antes ela estava viva e agora estava morta. E agora que ela morrera, Schoschana estava órfã de mãe. O fato de a mãe de Schoschana ter morrido e Schoschana ter ficado órfã não lhe dava um sentimento de pena, mas lhe parecia como uma ação nova entre as ações da alma, que se incluía assim no ausente e no presente ao mesmo tempo.

O dia ainda não clareava e Iacov Rechnitz já se levantara de sua cama e fora para o cemitério. Muitos tinham sido seus pensamentos naquela noite, a tal ponto que achou que perdera a hora e se atrasara; portanto, deveria apressar-se e talvez conseguisse chegar a tempo para o enterro. As portas do cemitério estavam abertas e dentre os túmulos vinha o som de uma es-

cavação. Ele correu entre árvores e sepulcros e chegou até o som. Encontrou dois homens com terra até o umbigo e um terceiro, que media com os pés a cova. Quando o perceberam, levantaram a cabeça e disseram:
— Você quer verificar se foi feito segundo a medida? — e com as ferramentas apontavam para que entrasse na cova. Rechnitz não compreendeu e não se moveu. Aquele que media a cova lhe perguntou o que desejava. Rechnitz o olhou espantado. Que lugar para esta pergunta! Ao descobrir que a Sra. Ehrlich ainda se encontrava em sua casa, pareceu-lhe ter recebido uma boa notícia: apesar de ter morrido, ainda estava sobre a terra.

Homens e mulheres permaneciam diante da porta do palacete, em silêncio. Há momentos e lugares em que o homem se cala mesmo estando em grupo. A mãe de Iacov acariciou-lhe as faces, enxugou uma lágrima de seus olhos e seu pai juntou os pés no chão, como quem verifica se a terra existe. De repente, os portões do palacete se abriram e pessoas vestidas de preto tiraram o caixão e o colocaram numa carruagem preta atrelada a quatro cavalos pretos; um odor de flores emanava das coroas colocadas sobre o caixão e à sua frente. E de dentro do odor se ouvia o som do choro reprimido de uma velha empregada, que tapava a boca com um lenço para que não se ouvisse a sua voz. Enquanto a carruagem se preparava para partir, Schoschana e seu pai saíram. Schoschana, vestida de preto e o rosto oculto por um lenço preto, amparava-se no braço do pai e ambos caminhavam como se estivessem ausentes do mundo. Sem perceber, Iacov tentou mostrar-se a ela, mas recuou imediatamente. Por todo o caminho, Schoschana não levantou os olhos do caixão de sua mãe nem mesmo uma vez. A notícia fúnebre que a família mandara publicar nos jornais pedia que as visitas de pêsames fossem dispensadas, por isso Iacov limitou-se a enviar-lhes um cartão de pêsames.

5

Como já contamos, Iacov Rechnitz fora para Israel um pouco com o prêmio que recebera da Universidade, um pouco com a ajuda do cônsul Ehrlich – o qual o convidara, ao terminar seus estudos, para ir a um restaurante, lhe oferecera um banquete de homenagem no dia em que fosse agraciado com o doutorado e lhe dera um presente em dinheiro, para que não necessitasse correr imediatamente à procura de trabalho. Iacov ficou muito sensibilizado e não pôde deixar de aceitar essa doação, não pelo dinheiro em si, mas pelo que significava para ele mais essa manifestação de afeto e homenagem do cônsul. Juntou o presente do cônsul com o prêmio da Universidade e se uniu a uma caravana que saía para a Terra de Israel; lá encontrou um cargo de professor e fixou moradia em Iafo.

Rechnitz não esqueceu seu benfeitor. Duas vezes por ano, no ano novo judaico e no início do ano civil, escrevia um cartão de boas-festas para o cônsul. E quando seu primeiro artigo foi publicado na imprensa ele lhe enviou uma cópia. Para Schoschana, nada escrevia. Aquilo que houvera entre eles na infância não se manifestava na adolescência.

Agora resumiremos tudo a respeito de Iacov Rechnitz em Iafo. Iacov Rechnitz era professor numa escola da cidade, onde tinha muitos alunos e participava com os professores e pais de reuniões, pois algumas escolas já costumavam fazer os pais participarem de suas reuniões, assim como os pais faziam com que os professores participassem dos assuntos comunitários; onde quer que houvesse assembléias e reuniões todos os habitantes de Iafo eram convocados. Mesmo assim sobrava-lhe tempo para se ocupar de seus interesses: a pesquisa da flora marítima e, às vezes, a redação de algum artigo sobre o assunto. Para quem tem vontade, há tempo e hora para tudo. Ainda mais naqueles tempos que precederam os dias da guerra, ainda mais na Terra de Israel, em que os dias eram bem mais longos que hoje; a pessoa conseguia fazer bem mais, e ainda lhe sobravam horas para pensar e fazer o balanço de sua vida. Sendo que as pessoas comuns se satisfazem com suas atividades e não alimentam grandes preocupações pessoais, mais tempo lhes sobrava para se ocuparem de outras coisas.

Rechnitz freqüentava os intelectuais da cidade que o recebiam bem e o incorporavam ao seu grupo. Se havia uma moça bonita na casa, ótimo, e se havia duas moças, ainda melhor.

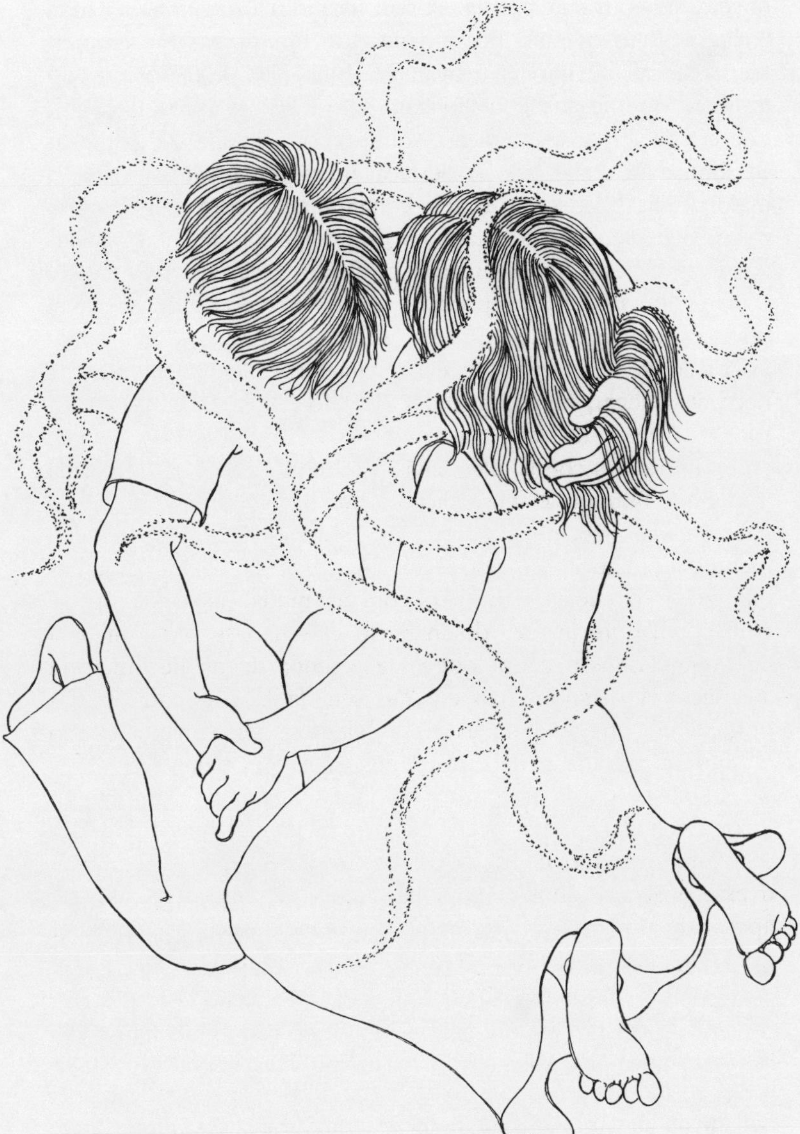
R.R.

Também fora daquelas casas havia moças bonitas, que roubavam o coração com sua beleza. Porém as moças que tinham vindo sozinhas, sem os pais, ficavam de olho nos poetas e escritores; só as moças de família ficavam de olho nos professores e estudiosos que se sustentavam com seu trabalho. Iacov Rechnitz, que era professor e estudioso, conhecia principalmente as moças de família de Iafo, que se destacavam por sua beleza, como a maioria das moças de Israel, contempladas com o brilho do rosto, o esplendor da estatura e belos modos. Rechnitz jamais conversava com elas sobre sua profissão, mas falava de países e mares, povos e tribos, poesia e idéias, usos e costumes. Quem ouvisse uma moça de Iafo falar sobre a Grécia e Roma, sobre Safo e Medéia, saberia que ela ouvira Iacov Rechnitz. Antes de Rechnitz chegar, nenhuma moça de Iafo ouvira falar desses assuntos. Apesar de Iafo estar repleta de doutores que haviam aprendido essas coisas, eles haviam se afastado disso, da mesma forma que tiraram de seu coração o que haviam aprendido antes, nas *ieschivot*. Rechnitz, porém, havia adquirido esses conhecimentos na infância, quando a imaginação e a ação andam juntas em paz e paralelas e mesmo com as mudanças do tempo e com o amadurecimento do intelecto elas não se separam uma da outra. Por isso e por outra razão ainda: Iacov Rechnitz era austríaco. A diáspora não era tão sentida lá e o coração das pessoas era atraído para as coisas alegres; dessa maneira tudo o que ele possuía o deixava alegre e alegrava outros.

Muitas moças gostavam de Iacov Rechnitz, assim como Iacov Rechnitz gostava delas. Nada mais natural que uma delas o tivesse desejado como marido e é possível que ele também tivesse posto os olhos em alguma mulher pensando em casar-se, apesar de ainda não se ver como um homem casado, nem saber qual daquelas moças lhe agradava. Assim, ele frequentava a casa de Rachel Halperin, passeava com Lea Lúria, visitava Osnat Maguergot, conversava com Raia Zabludovski e com Mira Vorbaschitski e às vezes via Tamara Levi. Outras vezes passeava com todas ao mesmo tempo, à noite, na beira do mar, onde as ondas beijam as praias e o céu beija a terra. Como eles eram sete, Rechnitz e as seis moças, e passeavam juntos, à noite, eram chamados na cidade "os sete planetas".

Aquele grupo se formou como qualquer outro. No início, Rechnitz costumava passear com Lea Lúria, pois ela queria viajar para a casa de seus parentes, em Berlim, e estudava alemão com ele; como sua intenção não era senão exercitar a fala, eles estudavam passeando à beira-mar. Quando ela desistiu da viagem, eles continuaram com os passeios e Rachel Halperin se juntou a eles, pois Rachel era amiga de Lea, e o pai dela, que era do conselho da escola, costumava levar Rechnitz para sua casa, para comer com ele pão e azeitonas. Em seguida, Osnat Marguergot juntou-se a eles. Depois veio Raia Zabludovski com seu primo de São Petersburgo. Quando o primo começou a fazer poesias dedicadas a ela, ela se separou dele e se juntou a Mira Vorbaschitski; Mira Vorbaschitski trouxe consigo Tamara Levi, que conhecera Rechnitz antes de todas, pois quando viera para Israel ele tinha morado num pátio vizinho dela. Assim, por serem sete, eram chamados "os sete planetas". E por serem chamados "os sete planetas", ninguém mais entrou no grupo, para não invalidar o nome.

6

Um dia, perto da Hanucá, Iacov Rechnitz recebeu um cartão da África, do Sr. Gothold Ehrlich. Naquele ano o cônsul estava passeando com sua filha pelo mundo, e como iam voltar pelo Egito queriam ver a Terra Santa e Jerusalém, a Cidade Sagrada.

Iacov Rechnitz se alegrou com aquela notícia. Primeiro, porque iria ver o cônsul. Segundo, porque teria uma oportunidade de retribuir-lhe um pouco de sua bondade. Iacov Rechnitz não pedia muito para si, mas uma coisa ele desejava: poder demonstrar gratidão a seu benfeitor. Agora que o cônsul estava para vir à Terra de Israel, Iacov, como anfitrião, queria receber bem a visita.

Começou a preparar-se. "Antes de mais nada", pensou, "tirarei férias da escola, para estar livre e mostrar-lhe o campo, o Scharon e a Galiléia, para que veja o povo de Israel trabalhando suas terras". Em sua alegria, Rechnitz esquecera-se de que o cônsul havia escrito que sua intenção era permanecer na

Terra cinco ou seis dias e cinco ou seis dias não seriam suficientes para ver a Terra nem mesmo da maneira como os pássaros vêem o mar.

Naqueles dias Iacov Rechnitz voltou a pensar no cônsul e em sua casa, na sua mesa posta e na Sra. Ehrlich. E novamente se viu passeando com a pequena Schoschana, enquanto ela colhia flores do jardim, tecia coroas e deslizava sobre o gelo da piscina. Verão, inverno, primavera, outono, todas as estações do ano se misturavam numa só, e tudo o que havia de bom e de belo nelas permanecia à sua frente, numa única visão. Quantos verões e quantos invernos haviam decorrido desde então? Agora o palacete do cônsul estava fechado, sua mesa silenciosa e o jardim da casa dava frutos e flores e não havia ninguém lá para sentir-lhe o aroma. A Sra. Guertrud morrera e Schoschana passeava com o pai de país em país, pois desde então o cônsul não tivera descanso; buscava conforto em coisas que o ocupassem, viajando e vagando por terras distantes. Rechnitz lembrou-se novamente do dia em que acompanhara o enterro da Sra. Guertrud. Uma carruagem preta sacolejando e andando e, sobre ela, muitas flores; Schoschana caminhando atrás da carruagem, uma echarpe preta cobrindo-lhe o rosto, que não se via. Ainda que juntasse todo o poder de sua imaginação, não conseguia esboçar para si mesmo a aparência que ela teria agora, na adolescência. Às vezes a echarpe esvoaçava e então ela parecia caminhar nas pontas dos pés e correr atrás das borboletas do jardim e colocá-las na coroa de flores que tecera para sua cabeça. Depois de tantos anos, Iacov ainda se recordava de seus caprichos: eram inesquecíveis.

7

O cônsul não frustrou a expectativa de Rechnitz. Ele veio, conforme o esperado. Um dia, Rechnitz entrou na sala dos professores e encontrou um velho bem vestido, sentado, esperando por ele; com ele estava uma moça alta e bonita. Depois que Iacov cumprimentou seu benfeitor, ou talvez antes disso, Schoschana lhe estendeu a mão quente e delicada, tratou-o com familiaridade e o olhou como quem vê somente o que está à sua frente.

Apesar disso, havia naquele olhar um certo ar de surpresa e investigação, de quem pensa no passado e faz comparações. Iacov estava confuso. Não imaginava que Schoschana se sentisse tão próxima ao falar com ele, a ponto de tratá-lo por "você". Seu coração ressoava dentro dele. As batidas do seu coração e o embaraço impediram-no de olhar para ela. Ele também pensava no passado, sem conseguir reconhecer a Schoschana antiga naquela que estava à sua frente.

Havia feito tantos planos para o dia em que o cônsul viesse à Terra de Israel, que já se via ajeitando os assuntos do cônsul para seu conforto e prazer, dizendo:

– Hoje, faremos isso e amanhã faremos aquilo.

Entretanto, diante de seu benfeitor, esqueceu tudo e ficou esperando até que o cônsul lhe dissesse o que fazer. O cônsul tirou o relógio e disse:

– Chegou a hora do almoço; se você não tem o que fazer, venha comer conosco.

Rechnitz se arrastou atrás dele; às vezes ia à esquerda do cônsul, às vezes atrás de Schoschana, até chegarem ao hotel.

Aquele hotel ficava no bairro dos alemães, não distante da escola de Rechnitz, dentro de um jardim grande e agradável, com árvores fortes, arbustos e flores, e dois grandes pomares se estendendo da escola até o bairro. Muitas vezes Rechnitz passeava no jardim, ora sozinho ora com uma de suas amigas.

Novamente Iacov estava à mesa do cônsul. Mesmo não sendo a casa do cônsul e a Sra. Guertrud não estando sentada à cabeceira da mesa, portava-se como naquele tempo. Mantinha-se composto e conservava-se silencioso até que lhe dirigissem a palavra.

O Sr. Ehrlich perguntou-lhe:

– Você poderia nos contar um pouco de seus negócios?

Iacov levantou a cabeça, olhou o Sr. Ehrlich no rosto e disse:

– Eu sou professor numa escola hebraica e ensino aos alunos um pouco de alemão e um pouco de latim. Meu ordenado não é grande, mas dá para cobrir minhas necessidades, pois o aluguel aqui é barato e também os alimentos. Não há necessidade de roupas caras, nem mesmo os ricos gastam dinheiro em roupas. Esta terra ensina seus habitantes a se satisfazerem com pouco, e eu tenho tudo o que desejo. Também encontrei alguns homens cultos. Mesmo que não lidem com a ciência, respeitam os homens de ciência.

E aqui Rechnitz enrubesceu por ter se incluído como homem de ciências.

– E sobre suas pesquisas?

– Aqui há disponibilidade para todo e qualquer assunto, até mesmo para coisas que não são tão úteis como minhas pesquisas.

O Sr. Ehrlich gostou da resposta de seu protegido, que sabia e aceitava que o mundo não tinha a menor necessidade das coisas com que ele se ocupava. Mas, apesar de tudo, ele se dedicava a isso, pois era possível que alguém viesse a se interessar por elas e sempre seria bom haver quem as conhecesse. Schoschana permanecia pensativa. Talvez ela ouvisse a conversa deles, talvez não. Ouvindo ou não, seus olhos não deixavam transparecer uma opinião sobre a pendência.

O Sr. Ehrlich serviu a Rechnitz um copo de vinho, encheu depois o seu e continuou:

– Um velho erudito nos apareceu pelo caminho, um professor e especialista em ciências exóticas. Certa vez eu tirei do mar uma planta estranha. Mostrei-a a ele. Ele me disse que aquela planta era desconhecida até que um jovem pesquisador austríaco, que morava em Iafo, a descobriu, e que ela recebeu o nome de *colorafa rechnitsia*. Pois bem, você é da Áustria, mora em Iafo e seu nome é Rechnitz. É possível que seja você o tal pesquisador e que a planta tenha agora o seu nome. Fico contente, doutor, que tenha feito um renome desses, capaz de ser lembrado até em lugares distantes. Erga seu copo, e vamos beber por sua vida e suas pesquisas.

Iacov baixou a cabeça e torceu as mãos. Schoschana levantou o copo e aproximou-o do dele. Em seguida, voltou a sentar-se como antes. Aquele fora seu único gesto de aproximação, depois do qual pareceu tê-lo esquecido. Iacov disse consigo mesmo: "ela está arrependida de ter-me tratado no princípio com afeto e amizade".

O garçom veio e colocou diante de cada um deles um pequeno copo de café preto. O cheiro do café subiu às suas narinas. Aquilo o fez pensar no seu quarto, onde ficava sozinho, bebia um café e lia um livro, e nenhum olhar o vigiava. Olhou o café, do qual subia uma espuma pálida e marrom escura; dela pareciam irromper olhos pequenos e pontudos como faíscas.
– Você bebe sem açúcar? – disse o cônsul.
– Não – respondeu Iacov, que esquecera de pegar o açúcar.
Schoschana pegou o açucareiro de prata, retirou um cubo de açúcar e colocou-o dentro do seu café.
– Mais um? – perguntou Schoschana, pegando um segundo cubo.
– Obrigado – disse Iacov. E pensou: "Se o instinto de defesa que existe em tudo não impedir Schoschana, o açúcar cairá dentro do copo cheio e ele transbordará". Mas enquanto ele pensava e olhava, foi como se aquele fosse o primeiro cubo e não havia o que temer, pois ao colocarem café no copo haviam deixado espaço para o açúcar.

O cônsul tirou uma carteira de cigarros; estendeu um cigarro para Iacov e pegou um para si. Puxou Iacov pelo braço e começou a andar com ele para cá e para lá, enquanto a fumaça revoluteava e subia, até que os cigarros foram consumidos pela metade, enquanto suas cinzas permaneciam ainda presas. O cônsul estava no centro do salão; bateu a cinza e disse:
– Então nós estamos juntos novamente.

Enquanto falava, sentou-se numa poltrona em frente de Schoschana e fez Iacov sentar-se à sua direita. Olhou para sua filha e disse:
– Você por certo estará ocupado depois do almoço. Venha nos ver à noite e comeremos juntos. Está bem, Schoschana?

Schoschana balançou a cabeça concordando. Fora uma resposta automática. Apesar disso, aquele movimento era gracioso, mesmo não sendo consciente.

Naquele dia, Rechnitz estava livre, mas como o cônsul dissera "você está ocupado", não pensara em dizer "eu estou livre". Veio-lhe à mente algo que lera num desses livros de sabedoria: "As atividades da alma, aquelas que nos levam a agir, não conseguem transformar os impulsos em ação se lhes faltar a participação de outros agentes", como todas as coisas agradáveis que não conseguimos, por dependerem de outras forças além das nossas. Se esses agentes não contribuírem conosco, todas as atividades de nossa alma serão inúteis e, além disso, poderão gerar confusão interior. Rechnitz precisava se consolar, já que à noite voltaria ao hotel, mas não conseguiu: aquelas horas vazias pareceram-lhe não ter mais fim.

Despido de toda alegria, ele se viu saindo do hotel. Pensava consigo mesmo: "Já que eles estão aqui, farei tudo o que for possível, e tomara que eu consiga. Logo irão embora, e novamente ficarei disponível para mim. Para que estou criando preocupações exageradas? Preocupações exageradas são supérfluas. Vou me esforçar para fazer tudo quanto eu achar que deva fazer e isso basta. Não se zangue comigo, Schoschana, se você se enganou comigo e pensou que eu fosse digno de seu primeiro amor. Já não somos mais crianças brincando, o tempo já passou para nós. É uma pena, é uma pena que não sejamos felizes".

8

Naquele dia, depois do almoço, Rechnitz estava livre de todas as suas ocupações. Nesses dias em que Rechnitz estava livre para si, ainda mais depois do almoço, costumava ficar no quarto, fazer um café e ler um livro. Lia quanto precisasse, levantava-se e classificava suas ervas ou passeava na beira da praia, procurando novas plantas. Naquele dia, sua vontade de ir para casa passara. Café ele já havia tomado e fora-lhe negada metade do prazer da preparação da bebida: encher a chaleira, observar as chamas que saem dos orifícios da máquina e envolvem a chaleira, a água que agita e ferve, circula e sobe, jogar nela pó e sentir o cheiro de café enchendo o quarto. Não lhe restou senão ir até a praia. No fundo, ele foi sem ter vontade, pois havia comido além do apetite e as pernas lhe pesavam, talvez por causa do vinho que bebera. Lembrou-se de algumas coisas que teria dito diante do cônsul. E mesmo que não encontrasse nada de errado, uma tristeza começou a envolver seu coração. Aquela tristeza que nos envolve sem que

saibamos a razão. Sua alma se dispersou e novamente se concentrou, mas faltava-lhe a força de vontade, que mantém o fio das idéias.
Chegou Lea Lúria e viu Rechnitz parado. Disse-lhe Lea:
— O senhor passa por Iafo como quem é o dono do mundo.
Rechnitz fechou o casaco e respondeu:
— Pois eu me sinto como se não tivesse lugar nele.
Lea pôs nele seus dois olhos bondosos e disse:
— Deus o livre que lhe tenha acontecido algo.
E uma espécie de melodia se ouvia da voz dela, como quem sofre e se preocupa. Podia-se ver em seu rosto que ela estava pronta a encontrar uma solução e tirá-lo de qualquer sofrimento.
Rechnitz negou com a cabeça:
— Não me aconteceu nada, mas quando uma pessoa é afastada do seu trabalho no meio do dia, com certeza não sabe o que fazer.
— Se um passeio é algo que se possa fazer, passearemos um pouco, mas prometi visitar Rachel Halperin. Iremos até a casa dela; é possível que também ela queira passear.
Lea olhou no relógio que estava em seu pulso e prosseguiu:
— Ela está à minha espera. O senhor virá comigo?
Rechnitz respondeu cantarolando:
— Por que não?
Lea riu e disse:
— Então vamos.
— Vamos — confirmou Rechnitz, pois não tinha nada contra passear com Lea e Rachel juntas; queria apenas aliviar seu coração.
Lea Lúria quisera, um ano antes, viajar para Berlim; estudara com Rechnitz um pouco de alemão, língua em que conversavam enquanto passeavam. Mas, apesar de já ter parado de estudar, por ter desistido da viagem, continuavam a passear juntos. Quem os visse, diria que formavam um casal perfeito, e pode ser que também Iacov e Lea pensassem assim, cada qual a seu modo. Porém, assim ou quase assim pensava Rechnitz dele próprio em relação a Rachel Halperin e talvez dele em

relação a outra, como veremos em seguida. E talvez com elas acontecesse o mesmo, cada uma conforme seus sentimentos. Lea não era jovem. Já passara de vinte e três, talvez vinte e quatro anos. Seu rosto era grande e cheio, nem oval nem comprido, e a testa não tinha rugas. Tinha cabelos louro-acinzentados, o corpo cheio, e ela mantinha uma postura tal que impunha respeito a quem a olhasse. Ela se admirava de todo aquele respeito, como se perguntasse o que tinham visto nela para tratá-la com deferência, mas para não cansar as pessoas costumava calar-se. Esse silêncio aumentava a sua graça: quando as pessoas a observavam calada, ficavam imaginando quanta sabedoria sua boca expressaria se falasse. Lea usava um vestido turquesa-claro e uma corrente fina pendurada no pescoço. Seu rosto era algo tisnado; os sapatos de sola grossa, como os dos moradores das montanhas, davam-lhe postura e amortizavam-lhe os passos. Seus braços eram cheios e quentes, e seus olhos aprovavam tudo o que era feito, mesmo quando só estava observando. E por que então Lea ainda não encontrara seu parceiro na vida?

Porque Rachel era mais bonita que ela, ereta qual uma palmeira e sem um centímetro a mais de cintura. Seus olhos brilhavam de vez em quando, apesar de parecerem estar sempre mergulhados em fria indiferença. Seus lábios sorriam para as pessoas, que desejavam entregar-lhe a alma antes que ela mesma lhas tirasse. Qual então qual a razão de Rachel não ter encontrado seu par? Talvez por causa de Lea, que não pedia nada e, assim, fazia com que as pessoas quisessem lhe dar tudo. Uma situação não inteiramente clara, mas que atraía estranhamente a alma.

9

Rachel e Lea são filhas de boas famílias e seus pais ocupam lugar de destaque na comunidade do país. A um deles, Ahad Haam escreve cartas chamando-o de ilustre amigo, e o outro tem sua opinião aceita pela comissão de Odessa e até mesmo por Lilienblum e por Ussischskin.

O pai de Lea e o de Rachel viveram muitas aventuras. Iekhiel Lúria, pai de Lea, fora de início estudante de *ieschivá* e estudava a Torá da maneira como nossos pais estudaram: às vezes por ela mesma, às vezes pelo rabinato; por sobrevivência, pelo prestígio ou simplesmente por não saber que era possível viver sem a Torá. Mas novos ventos começaram a soprar entre os muros do *ieschivá*, dentre eles um vento purificador sobre o destino da nação e sobre o seu renascimento. Os estudantes passaram a professar a palavra de Deus, conforme constava no Livro dos Profetas: o retorno a Sion e o florescimento da redenção para a casa de Israel, na Terra Santa. Houve os que depois fizeram de suas palavras uma fraude, mas também os que venceram e as cumpriram: fizeram com suas vidas aquilo que seus corações desejavam. E Iekhiel Lúria, ao ouvir que em Israel havia judeus que se sustentavam com o trabalho da terra, desejou para lá imigrar, a fim de cumprir a Torá trabalhando. Esperava cumpri-la indo para o campo e tornando-se agricultor; com uma das mãos ele plantaria e com a outra seguraria o *Talmud*; caminhando atrás do arado, teria sobre ele o *Talmud de Jerusalém*, cumprindo assim, na Terra Santa, o preceito da Torá do trabalho da terra. Quando chegou sua hora de ir para o exército, fugiu para a terra de Israel e entrou numa das *ieschivot* de Jerusalém. Conseguiu cumprir a Torá, mas não no trabalho, pois as *ieschivot* eram distantes das comunidades dos pioneiros e o trabalho da terra era desqualificado aos olhos dos homens de Jerusalém. Ele continuou estudando da maneira como fazia fora de Israel, com a diferença de que, lá fora, havia uma boa esperança quanto à terra de Israel, e ali perdera metade de sua esperança. Ele já era casado e tinha uma filha. Começou a pensar em um novo objetivo. Juntou tudo o que lhe havia sobrado de seu dote e entrou para os negócios. Perdeu o dinheiro e sobrou-lhe apenas a Torá, e nem ela estava completa. Certa vez acompanhou um coletor de donativos e dízimos que fora visitar as colônias agrícolas. Viu o povo de Israel trabalhando no campo e nas vinhas: naquela época a fama das pessoas das colônias agrícolas era má aos olhos dos homens de Jerusalém, que inventavam coisas ruins a seu respeito; contudo ele não ligou para isso e foi trabalhar com um agricultor, como assalariado. Tornou-se operário e sofreu muito; alegrava-se porém por ter conseguido trabalhar a Terra Santa. Não se passou muito tempo e os moradores das colônias agrícolas entregaram suas terras aos funcionários do Barão Rotchild, e acabou-se a alegria do trabalho. Lúria errou de um lugar para outro, até que foi parar na Alta Galiléia e se tornou professor. Empenhava-se no ensino da Torá, mas não encontrava consolo, pois seus alunos tinham dificuldade de entender o que lhes ensinava. Deixou sua escola, desceu para Iafo e abriu uma loja de pás e foices e outras ferramentas agrícolas de que a terra necessitava. Os parentes de sua mulher, de Berlim, contribuíram com dinheiro, e todo aquele que vinha da colônia agrícola encontrava nele um amigo querido e um conselheiro.

Diferente dele era Bóris Halperin, o pai de Rachel Halperin. Desde a infância recebera uma educação laica e, ao terminar os estudos, tornou-se diretor de uma fábrica de tijolos. Sua casa era o lugar de encontro dos Amantes de Sion e, mais tarde, dos sionistas políticos.

Na polêmica de Uganda, ele se desligou de repente da fábrica, deixou os sionistas com suas idéias, reuniu seus familiares e emigrou para a Terra de Israel, para uma colônia agrícola na qual estavam alguns de seus amigos do *Bilu*, com os quais trocava cartas amistosas. Não se passou muito tempo até haver um desentendimento entre eles. Disse para si mesmo: se com estes a quem eu sou ligado de corpo e alma é impossível morar, com o resto dos habitantes da Terra de Israel será pior. Arrendou então terras dos árabes, e ele e seus familiares ali viveram como simples agricultores, até que seus filhos cresceram e precisaram de escola. Mas não havia escola nem perto da aldeia nem longe dela. Deixou seus campos, foi para Iafo e abriu uma loja de cal, cimento e madeiras para construção. Bênção em seus negócios ele não teve, assim como Lúria, porque não estavam habituados à faina do comércio, porque os negócios estavam em baixa e porque a preocupação dos dois estava mais voltada para a comunidade do que para seus próprios interesses. De toda forma, sentiam-se satisfeitos com o que possuíam e agradeciam, um a Deus e outro ao destino, por terem conseguido morar na Terra de Israel. Mesmo tendo idéias diferentes, respeitavam-se mutuamente. O Sr. Lúria respeitava o Sr. Halperin pela força de sua sabedoria, o Sr. Halperin respeitava o Sr. Lúria pela retidão de seu caráter, e ambos eram respeitados pelos moradores do novo povoado, por suas características e por serem homens honrados. Suas casas eram totalmente abertas, e professores e escritores freqüentavam-nas. Das quatro horas da tarde até as dez da noite, todos encontravam lá um samovar fervendo e um copo de chá. Tanto um como o outro viam o Dr. Rechnitz com bons olhos. O pai de Rachel, apesar de Rechnitz ser do "Império Austro-Húngaro" e não conhecer a língua russa, e o pai de Lea, talvez justamente por isso; e mesmo se Rechnitz fosse da Galícia, não se importaria, pois Lúria se casara com uma mulher de lá. Como homens educados, não pressionavam Rechnitz para que declarasse suas intenções, mas esperavam por aquele momento que enleva o coração dos pais.

10

Rachel já soubera por seu irmão, que era aluno da escola, que visitas importantes haviam chegado para o Dr. Rechnitz. Um senhor e uma moça. O senhor era velho e curvado, como todos os velhos de fora do país. Mas a moça era alta e bonita. Ela vestia umas roupas diferentes das que se usavam em toda a Terra de Israel.
Rachel disse a Rechnitz:
– Ouvi dizer que você recebeu visitas.
Rechnitz balançou a cabeça.
Rachel insistiu:
– Quem são eles?
– Gente da minha cidade.
– E aquela moça, quem é?
– É filha do velho.
– Ela é bonita?
– Isso depende do gosto.
– Meu irmão já me contou sobre ela.
– O que seu irmão contou sobre ela?
– Por que você mesmo não conta? Você está muito silencioso.
– O que há para ser contado? Quando eu era criança, minha casa ficava ao lado da casa do senhor Ehrlich e eu a freqüentava, como é costume entre vizinhos. Desde que a se-

nhora Ehrlich, sua esposa, morreu, e ainda antes disso, quando meus pais mudaram de casa e fomos morar num outro lugar, parei de ir lá, por causa da distância e porque não éramos mais vizinhos. Agora eles estão passeando pelo mundo, o cônsul e a filha, e na volta de sua viagem pela África vieram por quatro ou cinco dias para a Terra de Israel.

— E ela? Quer dizer, a filha?
— Ela está passeando com o pai, e a caminho de casa vieram ver a Terra Santa.

Rachel sorriu um sorriso forçado e seus olhos voltaram à costumeira indiferença fria. Rechnitz corou. Quantos favores o cônsul lhe havia feito e, ao mencioná-lo, fazia-o com displiscência, como fazem os ingratos. Rechnitz olhou para Lea.

— Deixe, Rachel — disse ela — você não vê que o doutor Rechnitz não tem nada para contar?
— Se sua boca nada sabe — replicou Rachel — talvez seu coração saiba mais. Então, doutor, diga-nos de que se trata.
— Ela é filha do meu benfeitor.

Rachel se assustou com sua voz. Quis dizer algo, reconsiderou e disse:

— Por favor, doutor, desde quando a conhece? Vocês não eram vizinhos?
— Éramos vizinhos na nossa infância, mas desde o dia em que entrei para o ginásio não mais a vi.
— Interessante, interessante — murmurou Rachel.
— O que há de interessante nisso? — quis saber Lea.
— É interessante, não é mesmo doutor? — continuou Rachel.
— É melhor sairmos para passear — cortou Lea.
— É uma pena cada hora que não estamos fora. Você está pronta?
— Estou pronta — disse Rachel.
— E então?
— E então vamos passear.
— Para onde?
— Para onde nossos pés nos levarem. Doutor, para onde? Para Mikvé Israel ou para Scharon?
— Eu fui convidado para o jantar e não posso ir longe.

Rachel brincou:

— Não faz uma hora que se separou dela e já quer voltar.

Rechnitz olhou para o relógio:
– De qualquer modo, tenho tempo para passear um pouco.
E Lea:
– Cuidarei para que você chegue ao local que deseja, na hora adequada.
Dirigiram-se à praia, como faziam as pessoas de Iafo, que não tendo itinerário certo, vão para a beira-mar.

11

Um cheiro bom subia da areia que não estava nem fofa nem dura. Acima da areia, não longe da terra, o céu, e nele todo tipo de nuvens úmidas, metade delas como chumbo despejado em prata, metade como ouro vermelho. Sobre elas, projetos de nuvens, algumas parecidas com animais vivos e aves, outras, como o rastro do sol. Névoas de enxofre as envolvem e elas se rasgam, se revolvem e giram e andam. Um som vem do mar e o mar está cheio, e incontáveis conchas e caramujos novos estão jogados em suas praias. Percebia-se que não havia silêncio dentro das conchas. Rachel levantou uma delas e colocou-a perto do ouvido. Lea quis dizer algo, reconsiderou a idéia e calou-se; depois se curvou, levantou um caramujo, sussurrou dentro dele e jogou-o ao mar. Rechnitz pegou uma planta que o mar havia rejeitado, examinou-a e disse:
– Eu me esqueci de perguntar a que horas eles jantam.
Rachel o olhou como se não soubesse a que ele se referia:
– Você está com fome?
– Não, é que, isto é,...
Rachel riu:
– Se é assim, vamos perguntar.
Rechnitz balançou a cabeça e disse:
– Sim, sim; temos que ir.
Lea olhou para o mar:
– Como é belo! É uma pena sair daqui.
– Eu te prometo que o mar não fugirá até amanhã – disse Rachel.
Lea olhou o mar:
– Certo. Acho que não.

— Você não acredita em mim? — disse Rachel.
Lea riu:
— Está bem, vamos.
Andaram até o hotel. Naquela hora, Schoschana passeava pelo jardim. Rachel parou de repente e não tirava os olhos dela. Finalmente passou a mão pelo rosto e disse:
— Como é bela essa moça! Quem é ela?
Rechnitz a fez calar-se e sussurrou:
— É ela. Essa é a filha do cônsul.
— É essa — disse Rachel, com uma voz diferente — dá para notar que ela é orgulhosa.
— Como você sabe que ela é orgulhosa? — perguntou Lea.
— Como sei que ela é orgulhosa? Você não viu o menear de sua cabeça, quando respondeu ao cumprimento do nosso doutor?

Iacov lembrou-se do movimento que Schoschana fizera com a cabeça, no instante em que o cônsul o convidava para o jantar. Estes movimentos não vêm da razão nem da alma, que dirigem os sentidos e ordenam os movimentos.

Lea olhou para as mãos de Rechnitz e comentou:
— As mãos do doutor estão vazias. Onde acharemos flores para suas visitas?

Rechnitz se assustou. Ele deveria trazer flores para as visitas e não as havia procurado. Dirigiu o olhar para Lea. Lea olhou para os canteiros de flores que havia diante da entrada do hotel e sofreu com Rechnitz. Rachel lembrou:
— A casa de Mira fica a dois passos daqui. Se não encontrarmos flores lá, iremos até a casa de Raia. Seu primo de Petersburgo a afoga com flores. Não se afobe doutor, nós não o deixaremos ir sem levar algo.

Rechnitz a olhou como que pedindo e implorando, tirou o chapéu e disse:
— Obrigado.
— Se aquela senhora não estivesse passeando no jardim, eu poderia pegar com o porteiro. Não há nada mais bonito do que narcisos brancos em mãos de um negro. Por que se cala, doutor? Pode contar-nos alguma história, como por exemplo a daquela rainha africana que ia à assembléia montada num de seus ministros — ironizou Rachel.

Lea abraçou Rachel e disse:

— Você é uma boa menina, Rachel.

— Então não sou uma boa menina por querer pegar as flores de Raia, que seu primo lhe traz, e mandá-las para aquela senhora por intermédio do doutor Rechnitz? Melhor que isso seria se essas flores fossem de Mira, que as teria dado para aquele primo. Desculpe, senhor Rechnitz. Não havia nenhuma má intenção nas minhas palavras. Me dê sua mão e façamos as pazes. Não está frio, Lea?

Rachel passou a mão sobre o ombro de Lea, beijou-lhe o pescoço e continuou:

— Seu pescoço está salgado, Lea.

Lea abraçou Rachel, deu-lhe um longo beijo e disse:

— Eu não sei o que tenho. Não se pode dizer que estou feliz, mas posso dizer que estou bem.

— Se é assim, então está bem. Eu já não sei o que é bom e o que não é.

Lea pensou no que disse sua amiga e olhou para os joelhos.

12

Rechnitz chegou uma meia hora antes do jantar. Schoschana estava perto da entrada e examinava uns cartões desenhados que o funcionário do hotel lhe mostrava. Quando viu Iacov, acenou-lhe com a cabeça, voltou a seus cartões e separou alguns para examiná-los novamente. O cônsul estava embaixo, na sala de leitura, e lia um jornal. Ao ver Rechnitz, tirou o cigarro da boca, pousou o jornal sobre a mesa e estendeu-lhe a mão.

— Sinto ter-lhe interrompido a leitura.

O cônsul arrancou os óculos:

— Não há nada de novo, o mundo continua como sempre e os jornais continuam a mesma coisa; à sua maneira, eles nos mantêm ligados ao mundo, e acabam fazendo com que todos pensem igual. Ainda há jornais que se opõem entre si, porém a oposição apenas prova que tudo é uma coisa só, e que as controvérsias estão nos detalhes dos assuntos. Em um futuro próximo todas as criaturas pensarão igual, fora talvez os selvagens da África, que guardarão, como já se sabe, a individualidade que o criador fixou em suas criaturas.

Riu e continuou:
— Estou filosofando. Contudo há uma gota de verdade no que disse, apesar de parecer filosofia. Certamente você já encontrou aqui gente interessante!

O cônsul chamou então o garçom e lhe ordenou:
— Prepare-nos uma mesa especial para o jantar; se não houver uma, esperaremos até que todos os hóspedes terminem sua refeição.

Dirigiu-se depois a Rechnitz:
— Isto é, se você não estiver com fome. De que falávamos? De jornais. Não, sobre pessoas. Você encontrou gente interessante?
— Onde é que não há gente interessante? Acho que não existe pessoa sem algum interesse. Pode ser porque eu não sou experiente com pessoas e não conheço muito sobre elas, estou certo disso; e pode ser porque a maioria das pessoas de Iafo são russas, e a maioria dos russos são ágeis, nos movimentos e no raciocínio. Eles não se entregam a um só interesse, com exceção talvez das discussões. Nisso todos se parecem.

O cônsul jogou a cinza do cigarro dentro do cinzeiro que estava à sua frente e comentou:
— Se você morar com esses russos mais um ano, verá que eles também são como os outros homens. Sobre o que discutem? Que coisas há sobre as quais vale a pena discutir?
— Basta que um deles diga algo para que seu amigo imediatamente discuta com ele. E mesmo que os dois estejam dizendo a mesma coisa, nada se realiza sem discussão.
— Interessante, interessante — observou o cônsul.

Rechnitz o olhou, enquanto ele se esforçava em bater a cinza, e voltou a dizer:
— Os fatos isolados talvez não sejam interessantes. De qualquer modo o desenrolar do assunto é interessante, se na verdade ele volta e se repete, a cada fato e assunto; ainda mais por ser um princípio sabido que tudo quanto o senhor Grinberg disser, o senhor Bergrin dirá o contrário.

O Sr. Ehrlich sorriu:
— Esses nomes, meu caro, você acabou de inventar.
— Na verdade não há aqui ninguém chamado Grinberg ou Bergrin, mas existem algumas pessoas cujos nomes são o contrário uns dos outros.

— E os sefaraditas, como são?
— Não conheço os sefaraditas. Eles vivem em suas casas e não se misturam com os asquenazitas. Talvez lhes falte senso comunitário. Além disso, eles se vêem como filhos de reis, cujo poder lhes tivesse sido tirado e tivessem sido submetidos aos asquenazitas, que se teriam elegido para governar. Mas conheço um pouco os iemenitas. Uma tribo ativa e viva. Sentem prazer no trabalho de suas mãos e se dedicam ao estudo da Torá e às práticas da religião. Em nossa escola há um bedel iemenita. Tem um semblante de príncipe, e tudo o que seus olhos vêem o faz refletir. Certa vez perguntou-me o que significavam as palavras do rei Davi, quando disse: "Puseste limite para não ser ultrapassado, e para que a terra não volte a ser coberta. Puseste limite às águas do mar para que não invadissem o continente, e eis que vemos as águas do mar invadirem o continente".
— E que resposta você deu ao iemenita?
— O que poderia eu responder? Não lhe respondi nada, mas suspirei como quem sente muito por algo que não é como deveria ser.
— É a melhor das respostas. Estou fumando e não te ofereci um cigarro. Na verdade é um pecado fumar nesta atmosfera tão perfumada. Mas que posso fazer? É meu costume. Quando leio jornal ou converso com alguém, fumo. Se leio ou converso sem fumar eu me aborreço.
O cônsul riu de suas próprias palavras, como quem se ri de suas fraquezas e se sente satisfeito com elas.
— Já que você não quer um cigarro, então vamos molhar nossas línguas com uma gota de conhaque.
Ao experimentar o conhaque, o cônsul comentou:
— Nada mau, nada mau!
E ao beber o segundo copo, começou a elogiá-lo excessivamente. Rechnitz apressou-se a esclarecer:
— Este conhaque é de Rischon Letsion. Se nós viajarmos para lá, o senhor verá o maior lagar de vinho de toda a Europa.
O cônsul sorriu como o grande que sorri para o pequeno:
— Tenho dúvidas de que haja tempo. É impossível vir à Terra Santa e não subir para Jerusalém e nós não temos aqui mais do que quatro dias. Você, com certeza, já esteve lá. Turistas

que eu encontrei pelo caminho não se impressionaram com a nossa Jerusalém. Sujeira e mendicância, mendicância e sujeira.
— Turistas cristãos ou turistas judeus?
— Qual é a diferença? Também para os cristãos a Terra é santa.
— Ela é santa para eles, mas eles possuem terras próprias.
— Para onde a conversa está sendo levada?
Rechnitz corou e calou-se.
O cônsul prosseguiu:
— Se o clima de Jerusalém for tão agradável quanto o de Iafo, isso já nos bastará. Clima assim agradável não encontrei em nenhum lugar. Até o velho barão concorda com isso. Você o conhece? Ele foi ministro da guerra na África, ou vice-rei. O que você acha, Iacov, de eu fixar residência aqui? O pai de meu pai, que esteja em paz, no fim da vida veio para Jerusalém e morreu muito velho. Lembro-me de que, quando eu era criança, apareceu um enviado de Jerusalém e meu pai lhe deu dinheiro. Todo ano chegavam de lá impressos e toda véspera de Rosch Haschaná meu pai enviava para lá uma quantia. Também a mim vieram, em nome da Terra de Israel, para me fazer ficar com ações do Banco de Colonização. Eu lhes disse: "Se vocês querem um donativo, estou pronto a dar, mas ações para colonização? Qual a relação delas com a Terra Santa? Se os velhos vão para morrer, para quê vão os jovens?" Eu não me refiro a você, meu amigo, pois você veio por suas pesquisas, e para a ciência qualquer lugar é lugar.

Quando Rechnitz quis responder, o garçom avisou que a mesa já estava posta. O cônsul acenou e disse:
— Nós estamos conversando há pouco tempo e os hóspedes já conseguiram terminar suas refeições. Garçom, pergunte a minha filha se ela está pronta para o jantar.

13

Quando os três se sentaram para comer, o cônsul perguntou a Schoschana:
— Minha filha, como foi o seu dia hoje? Acho que não voltei a vê-la desde que terminamos o almoço.

— Pergunte ao nosso convidado e ele lhe dirá como foi o
meu dia — respondeu a moça.
— De que maneira o senhor Rechnitz poderia saber?
Iacov baixou a cabeça.
O cônsul insistiu:
— E então, doutor, como foi o dia da nossa amiga, a senhorita Schoschana Ehrlich?
O que sabia Rechnitz dos atos de Schoschana? Por poucos minutos ela lhe aparecera no jardim, quando ele passeava com Rachel e Lea, e novamente desaparecera de sua vista; nada lhe restara senão o seu aceno de cabeça. Ele fitou Schoschana como quem sente dificuldade de entender o que fora dito e virou-se depois para o cônsul. Este sorriu, dizendo:
— Há um segredo entre vocês. Agora perguntaremos ao doutor Rechnitz como foi o dia dele.
"Agora", pensou Rechnitz, "Schoschana dirá: 'Pergunte isso a mim' ". Mas Schoschana não disse nada.
O cônsul encheu os copos e fez um brinde. Rechnitz bebeu e pensou: "Amanhã eles viajarão para Jerusalém e eu voltarei a mim. Eles voltarão para Iafo e de novo partirão daqui". Schoschana estava sentada à esquerda de seu pai, de frente para Iacov. Sua alma parecia ter-se recolhido ou ter abandonado o corpo. Um vento suave soprava de fora e um cheiro de limões misturado com um cheiro de laranjas enchia o salão. O lustre da mesa duplicava sua luz e as paredes da campânula branca que a cobria avermelharam-se. Uivos de chacais vinham dos jardins e dos pomares. Ao ouvi-los, o papagaio que estava na gaiola balançava-se e imitava suas vozes. De repente, as águas do mar se encresparam e fizeram ouvir o som de suas ondas; delas vinha um cheiro bom, misturado ao cheiro dos jardins e pomares que coroam Iafo. O cônsul levantou seu cálice e disse:
— Vá contar aos comedores de repolho que, enquanto o sangue deles coagula de frio, há pessoas sentadas diante de janelas abertas. Schoschana, você não está com frio? O que mais você trará, garçom? Café preto? Quando bebo café à noite, não consigo dormir. Cada geração com seus costumes. Nossos antepassados tomavam bebidas que faziam dormir e nós tomamos bebidas que despertam do sono. Há algo no mundo que justifique ficarmos acordados? Estes odores que vêm do jardim

fazem reviver a alma. Cheiro de jasmim com cheiro de laranjas, não é?
Schoschana continuava sentada, em silêncio. Os odores que reavivam a alma fazem-na dormir. Em silêncio ela se levantou da mesa e beijou o pai na testa.
– Vai subir para o seu quarto, minha filha?
– Sim, pai.
O Sr. Ehrlich beijou a filha na face e disse:
– Descanse bem, minha filha.
Schoschana estendeu a mão para Iacov e subiu para o seu aposento.
O cônsul olhou para ela e disse:
– Schoschana está um pouco cansada. Não sei se viajaremos amanhã para Jerusalém. O que você faz amanhã?
Rechnitz consultou sua agenda:
– Do meio-dia em diante estou livre.
– Então venha almoçar conosco. Schoschana e eu sempre nos alegramos com a sua vinda.
– Quem sabe iremos amanhã até Mikvé Israel?
– Onde fica Mikvé Israel?
– A pé, fica a uma hora de distância.
– A pé? – admirou-se o cônsul.
– É possível ir até lá de charrete. E de lá, a uma distância de uma hora fica Rischon Letsion.
– E Scharona, o que é?
– Scharona é uma pequena aldeia de cristãos alemães.
– E onde fica?
– Perto daqui.
– Ouvi dizer que em Scharona há bons agricultores e pessoas tementes a Deus. Amanhã decidiremos aonde ir. Às doze e trinta almoçaremos. Traga consigo um bom apetite para despertá-lo em nós.

14

Quando Rechnitz chegou para o almoço, não encontrou Schoschana.

A maior parte da noite ela se ocupara com os desenhos que comprara e não se havia deitado para dormir; pela manhã fora encontrada cochilando ao lado da janela. Relutou em obedecer ao pai e deitar-se, para descansar um pouco.

– Hoje comeremos sem Schoschana, disse o cônsul.

A refeição passou silenciosamente. O cônsul comeu pouco e o que comeu foi sem apetite.

"Vejo", pensou Rechnitz em seu íntimo, "que hoje ele não está de bom-humor". Todos os preparativos de Rechnitz para mostrar Mikvé Israel e Rischon Letsion a seus visitantes foram cancelados por causa do cansaço de Schoschana.

Ao tomar o café, o cônsul se agitou e disse a Rechnitz:

– Parece-me que você queria dizer algo.

Rechnitz não queria dizer nada, mas como foi interrogado, se refez e disse:

– Quem sabe o senhor gostaria de ir a Mikvé Israel ou Rischon Letsion?

– A Mikvé Israel ou Rischon Letsion! – repetiu o cônsul. – Depois de todas as viagens que fizemos, uma pequena aldeia como Rischon Letsion ou uma escola agrícola como Mikvé Israel não acrescentam muito. A propósito, qual a razão de vocês chamarem seus povoados com nomes compridos e duplos? Nossos antepassados, que viveram muito, deram a seus lugares nomes curtos e agradáveis: Iafo, Haifa, Aco, Aza. E vocês, que sabem que o tempo é curto, multiplicam os nomes compridos.

Iacov preparava-se para ir embora quando chegou Schoschana. Seu rosto estava rosado e seus movimentos eram lânguidos. Sete horas seguidas, das oito horas da manhã até agora, ela estivera deitada em sua cama e dormira até a chegada da garçonete, que lhe trouxe o almoço na cama.

– Você já vai? – disse a Iacov.

– Sim. – respondeu Iacov num sussuro, como se temesse acordá-la.

– Venha me ver daqui a uma hora, talvez possamos passear um pouco.

Iacov consultou o relógio, acertou-o e respondeu:

– Virei.

Ainda não se passara uma hora e ele já estava de volta.

Schoschana estava na entrada do hotel, vestida com roupas quentes e observava uma litogravura na parede.

Ao vê-lo, era como se ele fosse parte daquele quadro que estava na parede ou a própria parede na qual pendia o quadro. Iacov cumprimentou-a e perguntou:
— Você não queria passear?
— Passear? — indagou a moça com surpresa.
— Você me disse que queria passear.
Schoschana o olhou da maneira como se olha para um mentiroso, levantou-se de sua cadeira e disse:
— Vamos.

15

Schoschana caminhava silenciosa e Iacov, ao seu lado, também estava mudo. Nada do que lhe queria dizer se concretizava em palavras. Mas não se pode passear calado; Rechnitz monologava e tentava um assunto que pudesse entreter Schoschana. A certa altura passou por eles um asceta árabe. Descalço e nu da cintura para cima, tinha dois dardos fincados nas ilhargas; seu cabelo era longo e desgrenhado e seus olhos estavam cheios de ódio. Ao caminhar, ele girava com as mãos os dardos fincados em sua carne, gritando *alá karim*, e um grupo grande, que se arrastava atrás dele, gritava também *alá karim*. Rechnitz pôs-se a explicar para Schoschana o significado daquele grito. Mas Schoschana não olhava para o asceta nem prestava atenção às suas palavras.

Depois de algum tempo, chegaram às "nove palmeiras", que Iafet, filho de Noé, plantara quando construiu Iafo: uma por ele, uma por sua mulher, e sete por seus sete filhos. Quando Nabucodonozor assolou a Terra de Israel, ele as arrancou e as plantou em seu jardim, e quando os exilados da Babilônia retornaram da Diáspora, trouxeram-nas consigo e as replantaram em seus lugares. Essas nove palmeiras, cuja copa fresca sustenta as nuvens prateadas, estão trançadas como uma coroa de prata esverdeada; a copa brilha e sobe, torna-se prateada e verde, verde e prateada ao ar límpido, e as hastes das folhas estremecem qual pingos de chuva sob o sol. Sempre que ali chegava

Rechnitz, ficava emocionado. Ainda mais agora, que tinha a oportunidade de mostrá-las a Schoschana.
Estendeu a mão e disse:
– Olhe, Schoschana, olhe!
Schoschana balançou a cabeça sem olhar para ele nem para as palmeiras que ele lhe mostrava. "Por que está lhe mostrando isso?" – perguntou-se Iacov, ao dar-se conta de que saíra com ela numa hora em que Schoschana estava cansada. Voltou-se e disse-lhe:
– Talvez você queira voltar para o hotel...
Ela balançou a cabeça concordando e acrescentou:
– Está bem. Mas antes vamos até o mar. Fica perto.
Ela ergueu um pouco o vestido e caminhou. O mar estava calmo e era todo de um profundo azul; as águas se batiam e debatiam, elevavam-se e subiam e não conseguiam misturar-se com as que estavam por baixo delas. No dia anterior o mar estivera cheio e agora encolhia-se e deixava uma larga praia. Não se via ninguém ali, a não ser um pescador.

Iacov daria todo o espaço do mundo para encontrar algo com que entreter Schoschana. Mas nada havia nada no mundo para entreter esta princesa adormecida que caminhava a seu lado e não sentia sua presença. Iacov recordou-se então daqueles dias em que brincava com Schoschana no jardim do pai dela e os dois alimentavam os peixes dourados da piscina. Porém, ao ver o mar e o pescador, que estava na água até a cintura, envergonhou-se de suas recordações.

De repente Schoschana parou e disse:
– Você se lembra de que eu e você brincávamos no jardim de nossa casa?
Iacov respondeu baixinho:
– Eu me lembro.
– Está bem. Vamos.
Parou novamente e acrescentou:
– Você se lembra do que costumávamos brincar?
Iacov começou a falar e andar. Ela lhe acenava com a cabeça a cada relato.
– É verdade, é verdade; eu tinha certeza de que você havia esquecido.

Ele colocou a mão sobre o peito, como quem diz: "E é possível esquecer algo assim?" Schoschana calou-se; Iacov ia atrás dela.
— Você não está cansada?
— Não, não estou. O que é lá?
— É um cemitério antigo, dos muçulmanos.
— Ali ainda se enterram os mortos?
— Ouvi dizer que não.
— Vamos até lá.
Assim que lá chegaram, Schoschana parou e disse:
— Você se lembra daquele juramento que fizemos um ao outro?
— Eu me lembro.
Ela pôs os olhos nele e o observou por um momento. Depois insistiu:
— Você se lembra dos termos do juramento?
— Lembro-me, sim.
— Palavra por palavra?
— Palavra por palavra.
— Se você se lembra, repita-o.
Iacov repetiu o conteúdo do juramento.
— Mas você disse que se lembrava dele palavra por palavra. Repita-o palavra por palavra.
Silêncio e suspiro, suspiro e silêncio, até que Iacov disse:
— Nós juramos com fogo e com água, com os cabelos de nossas cabeças e com o sangue de nossos corações que casaremos um com o outro e nos tornaremos marido e mulher, e que não há nenhuma força no mundo capaz de anular nosso juramento, para toda a eternidade.
Schoschana balançou a cabeça em silêncio. Depois disse:
— Vamos.
Assim que começaram a caminhar, ela parou e indagou:
— E o que pensa, Iacov? Nós não nos libertamos daquele juramento?
Seu coração ficou tenso e ele não podia responder. Ela continuou:
— Iacov, você está firme em seu juramento?
Ele apenas a fitava. E Schoschana disse:
— Você está disposto a cumprir esse juramento?

Iacov elevou a voz, exclamando:
— Eu estou pronto, pronto, pronto!
— Está bem. Vamos voltar ao hotel.
No caminho ela lhe estendeu a mão e despediu-se:
— Até logo.
— Você não quer que a acompanhe?
— Não é preciso.
— Tenho medo de que você erre o caminho.
— Nunca errarei. Mesmo dormindo, jamais esqueço os lugares onde estive.
Ele sentiu um arrepio e seus cabelos ficaram em pé. Mas implorou:
— Ainda assim...
— Se você quer, venha. Mas não fale comigo pelo caminho. Eu quero pôr em ordem meus pensamentos.
Quando chegaram no hotel, Schoschana estendeu a mão ao noivo e despediu-se dele rapidamente.

16

Rechnitz foi despertado de um sono profundo. Se lhe disserem que é próprio do ser humano virar-se em seu leito enquanto dorme, em relação a Rechnitz e àquela noite não acredite. Como uma estaca fincada, ele permaneceu deitado desde o momento em que se deitou até a hora em que se levantou.

Aquele passeio da tarde, com Schoschana, à beira do mar, trouxera-lhe bom sono. Ele estendeu a mão, pegou o relógio e o olhou, como de dentro de uma cortina transparente. "Ai, Deus do céu, se o relógio não me engana, preciso correr para a escola nu, do jeito que estou! Mas ir à escola nu não é possível e eu preciso me lavar." Assim pensando, pulou da cama, pegou uma bacia de água fria, mergulhou a cabeça na água, lavou-se e barbeou-se. Esculápio, deus da saúde, o protegeu para que não ferisse o queixo nem cortasse a pele. Finalmente jogou o aparelho de barbear ainda úmido sobre a cama, vestiu-se e correu para a escola.

Os alunos estavam todos reunidos no pátio e no corredor.

Alguns deles mascavam algo, outros liam versos escritos em duas colunas que, se unidos e lidos de uma vez só, ficavam engraçados. Distraídos com a brincadeira, não perceberam o bedel parado na porta, tocando o sineta para avisar que era hora de entrar. Quando se deram conta dele, uns lhe seguraram a mão direita para que parasse, outros para o ajudar, até que Rechnitz chegou e eles entraram com ele na sala de aula. Dali a pouco os alunos estavam sentados cada qual em seu lugar. Rechnitz subiu até a cátedra e percorreu a classe com o olhar. Não faltava nenhum aluno. O humor do professor estava bom, como de costume, sempre que se achava em meio a seus alunos. Começou a aula com voz límpida e alegre, a voz que agrada aos moços e moças. E assim ficou, falando e lendo com o entusiasmo contido que inspirava toda a classe e ia anotando na lousa cada dificuldade da escrita. Se o sino não tocasse uma segunda vez, ele continuaria a ensinar. E os alunos continuariam sentados. Acabada a aula, passou um apagador na lousa e saiu. Nesse momento, sentiu que lhe faltava algo. Lembrou-se, então, de que não havia comido nem naquele dia nem na noite anterior. Dirigiu-se à sala dos professores.

Professores e professoras sentavam-se juntos; uns tomavam chá, outros comiam rosquinhas que a mulher do bedel assava para eles todo dia, alguns mergulhavam suas rosquinhas no chá, bebericavam e liam livros abertos à sua frente. Rechnitz pegou uma cadeira, sentou-se entre eles e tamborilou com os dedos na mesa o hino dos Habsburgos, enquanto sua boca o ajudava na melodia. Chegou Iehia, comprimentou-o e perguntou-lhe:

– O que o Rabi deseja? – pois o bedel costumava chamá-lo de Rabi, por reconhecer que ele era um grande sábio da ciência secular e considerar que, certamente, seria também um sábio da Torá; e talvez também porque, quando Rechnitz chegara a Iafo, usava barba.

Rechniz lhe respondeu:

– O que eu quero? Eu quero é a minha barriga cheia e um bom coração para você e para todo o povo de Israel.

– Seja feita a sua vontade – replicou o bedel.

Rechnitz olhou para o rosto moreno de Iehia e seus olhos grandes e disse:

– Um café preto num copo grande.

O bedel apressou-se a atendê-lo.
Rechnitz pegou o café, envolveu-o com as duas mãos e baixou a cabeça para o copo, como quem esconde o rosto para que não se veja o que está gravado nele. Tomou um gole, colocou açúcar no café, engoliu um segundo gole e pensou:
– O que foi que eu contei ao cônsul sobre Iehia?
Depois bebeu o café até o fim.
Os professores se levantaram e saíram, cada qual para sua classe. Ele também se levantou e saiu. "Agora, meu querido", disse Rechnitz para si mesmo, "passearemos um pouco no pátio ou então entraremos na secretaria; talvez haja lá uma carta para você, senhor doutor Rechnitz, e a leremos".

Rechnitz entrou na secretaria, na qual não tinha estado na véspera nem na antevéspera, pois não era ansioso em relação a cartas, não como certos professores que correm a toda hora à secretaria e em confusão ficam remexendo nas cartas, havendo ou não alguma para eles. E mesmo agora, se soubesse o que fazer entre uma aula e outra, não teria entrado.

O secretário estava sentado à pequena mesa, a cabeça enterrada num caderno, caneta na mão, e fez que não via Rechnitz, apesar de ele ser alto. E Rechnitz, que tinha tempo livre e havia esquecido para quê entrara, esqueceu-se do secretário e olhou para os quadros na parede e para a parede que havia entre os quadros. O secretário levantou a cabeça, voltou a enterrá-la no caderno e continuou a escrever. "Não há dúvida", pensou Rechnitz intimamente, "é famoso este fulano cujo retrato está pendurado aqui na parede; é certo que ele tem um belo rosto pedante, e se assim não fosse não teria essa expressão. E você, meu senhor? Ora, esqueci o seu nome. O que você queria que pensássemos de você?" pensou Rechnitz ao mirar um outro retrato. O secretário levantou o nariz, comprido como uma lupa de detetive.

Os olhares de ambos se cruzaram. Rechnitz dirigiu-se ao secretário:
– Há alguma carta para mim?
O secretário pôs nele uns olhos redondos, ficou a observá-lo de maneira desdenhosa e respondeu:
– Quando é que as cartas são trazidas do correio, de manhã ou à tarde? Se é à tarde que se trazem as cartas do correio,

não tem cabimento perguntar sobre cartas numa hora em que ainda não digerimos o café da manhã.
— Pensei que talvez tivesse chegado ontem uma carta para mim.
O secretário espantou-se:
— Ontem? E por acaso ontem chegou algum navio? Ontem não chegou nenhum navio, portanto não há cartas. Talvez o senhor, doutor Rechnitz, se refira a cartas de Israel. Isso já é outra coisa.
— Sim, — respondeu Rechnitz, reconhecendo que com isso aquele pedante o devolvera à realidade, — Sim, refiro-me a uma carta da Terra de Israel, daqui de Iafo.
O secretário colocou a mão sobre o monte de cartas:
— O correio da Terra de Israel de fato veio, mas isso tampouco não quer dizer que tenha chegada alguma carta para o senhor; não chegou, nem da Terra de Israel e nem de Iafo, pois também ela, como se sabe, está incluída na Terra de Israel.
— Sim, sim; — balbuciava Rechnitz.
"Por que fica ele dizendo sim, enchendo minha cabeça", pensou para si o secretário, "se aqui não há cartas para ele? Não tem cabimento ficar dizendo sim, sim. Povo estranho, esses alemães; jamais se conseguirá fazê-los perder a cordialidade. Ontem ele passeava com uma moça nova da Áustria, talvez da própria Viena, além das outras moças. E onde é que eles passeavam? Na beira do mar. E quando passeavam? Na hora em que o mar está frio e espalha um frescor úmido. E um professor resfriado, é logo atchim!"

17

Novamente se ouviu soar a sineta da escola. Rechnitz virou e saiu. Aquele era o intervalo entre as aulas e ele estava livre dos alunos. Entrou na biblioteca, que era chamada de "Sala da Natureza", pois ali havia vários tipos de pedras, plantas, animais e aves empalhadas, típicos da Terra de Israel.
Os livros ficavam num armário e o armário ficava fechado. Vontade de ler um livro ele não tinha, e vontade de pedir a chave ao secretário é claro que não tinha também. Ficou olhando

os animais empalhados, comprados de Arzaf. Onde quer que se encontrem, os empalhamentos de Arzaf despertam carinho pelos animais, pois adquirem vida mesmo depois de mortos. Como é bela esta andorinha! Permanece como que dormindo. Ao sair, Rechnitz fechou atrás de si a porta vagarosamente, como se temesse acordá-la. Por fim retornou à sala dos professores. Não havia ninguém ali. A mesa estava vazia, não havia sobre ela rosquinhas nem bolos. Mas havia apostilas, panfletos e livros, e entre eles, um livro novo de matemática. Pegou-o e largou-o, pegou-o e olhou-o, conferiu os números e escreveu: "Conferido e testado".

Ouviu-se de novo a sineta da escola. Rechnitz sussurrou: – Devo entrar. – Passou a mão pela testa como quem quer despertar a memória: – O que eu quero? – Não conseguiu responder até que se encontrou na cátedra diante de seus alunos.

Rechnitz ergueu os olhos e quis olhar para eles. Os olhos pesavam e os joelhos começaram a tremer-lhe. Cruzou as pernas, esfregou os olhos e voltou a erguê-los. Os moços e moças sentavam-se em filas e, acima de suas cabeças, pairava como que uma espécie de nuvem que os transformava num bloco pesado. Rechnitz começou a falar:

– E então, meus amigos e minhas amigas, paramos portanto ontem em...

Faltaram-lhe as forças e ele quis chorar. Cerrou os olhos e continuou:

– E, ontem, portanto...

Os alunos perceberam que o coração do professor não estava na aula. Cada qual voltou ao seu assunto. O irmão de Rachel tirou do bolso um romance, colocou-o sobre os joelhos e começou a ler; seu amigo, que se sentava à sua direita ou à sua esquerda, pôs-se a fazer desenhos. Pior que eles eram as moças. A irmã de Raia atirou um avião de papel no nariz da irmã de Osnat, e a irmã de Osnat segurava um espelho pequeno na direção do sol e cegava com ele os olhos de suas amigas. Rechnitz viu e ficou observando. O sofrimento tinha secado seus olhos. Esses alunos, que ele tratava como amigos, faziam-lhe essa vergonha.

– O que você está lendo aí? – reclamou Rechnitz com raiva.

Halperin ergueu seu livro calmamente e respondeu:
– Sanin.
– O que é Sanin?
– Um romance.
– E o que está escrito aí?
– Ainda não consegui lê-lo, por isso não sei o que está escrito nele – respondeu Halperin.
– Não sabe, não sabe; você não sabe nada! E você, o que você está fazendo aí?
O aluno levou um susto e jogou o caderno. Disse Rechnitz:
– O que você me aconselha? Vale a pena ver o que você desenhou aí? Não vale a pena? Então por que você se empenha numa coisa que não vale a pena? E você, minha pequena amiga senhorita Maguergot? Se eu tivesse um espelho bonito como o seu, eu o seguraria em frente do seu rosto e ganharia de uma vez duas alunas esforçadas como você. Estou brincando, meus amigos e minhas amigas; apesar de não ter vindo aqui para isso. E também vocês, minhas amigas e meus amigos, também vocês não vieram aqui para ler romances. Daqui a pouco Iehia tocará a sineta e nós voltaremos para nossas casas. O que faremos em casa? Eis uma pergunta difícil, pois se a pessoa não faz o que deve, não sabe o que deve fazer. Viva! Iehia já está tocando a sineta. Portanto adeus, minhas amigas e meus amigos, adeus!

18

– O que farei? – perguntou Rechnitz a si mesmo. – Ir ao encontro do cônsul é impossível, pois se aproxima a hora do almoço e eu não fui convidado para a refeição; e se eu for, Schoschana poderá pensar que eu me considero seu dono e me permito ir a qualquer hora. Não está bom, não está bom! – exclamou. – É meio-dia e meia. Daqui a meia hora todos os que comem no restaurante se reúnem, e se eu não me apressar, não encontrarei mais comida. Já que eu não como lá há dois dias, a dona vai pensar que também hoje eu não irei.

De repente percebeu o que queria lembrar antes de entrar para a segunda aula: se fora nesta noite ou na véspera ou ainda na anterior que ele fora convidado para jantar com Schoschana.

O quarto dela era pequeno e bonito, a mesa estava posta para a refeição e sobre ela havia pão, biscoitos, leite e manteiga, tomates e abobrinhas, ovos e queijo; uma tigela cheia de morangos estava no centro da mesa, sobre os morangos havia açúcar em pó vermelho, e o quarto tinha um cheiro bom, além do cheiro dos morangos. Quando Schoschana saiu para ir buscar o chá, Iacov olhou em seu armário de roupas, e viu sobre elas um maço de rosas. Sentou-se, contou-as e viu que eram doze e, apesar de não acreditar em superstições, alegrou-se de que não fossem treze. Sobre o que conversaram, ele e Schoschana? Conversaram sobre todo tipo de gente e também sobre o pai dela, o cônsul. E, coisa estranha, Schoschana falava sobre o cônsul como se ele fosse pai de Iacov e não seu pai. Quando o mencionou disse: "Pois eu não o conheço bem, mas posso supor isto e isto". Iacov comia pouco, por isso Schoschana reduziu sua comida, e mesmo achando que deveria comer mais, ele não foi além do seu apetite. Quando terminaram a refeição, ela foi sentar-se na poltrona e ele se sentou numa cadeira, à frente dela. Ela indicou-lhe um lugar confortável para sentar-se, mas ele não deixou seu lugar, apesar de sentir dor nos ombros por causa da posição. Para não incomodar muito Schoschana, decidiu sair às nove horas. As nove horas passaram e ele não saiu. Continuavam falando de Rachel e de Lea, e da Sra. Ehrlich, a mãe de Schoschana. Era incrível, mas Schoschana não sabia onde sua mãe havia nascido, até que ele lhe contou. Iacov olhou para o relógio e já eram quase dez horas.

– É hora de ir, – disse ele.
– Ainda não são nove horas.
– Não, não, já são quase dez horas.
– Verdade? – exclamou Schoschana, espantada, e acertou seu relógio.

Uma hora depois ele se levantou para sair. Schoschana foi acompanhá-lo. No meio do caminho ele quis voltar e acompanhá-la, mas ela não permitiu que ele o fizesse. Voltou para o seu aposento e ele para sua condução. Pagou a passagem e subiu. A condução lotou e deu partida. Pelo caminho ia recebendo mais e mais passageiros. Entraram dois rapazes e um sentou no colo do outro. Iacov ouviu que eles falavam de Otto Weininger e de seu livro *Sexo e Caráter*. Viajaram assim uma hora. Parecia incrível: Iacov via-se novamente no quarto de Schoschana e eram por volta de onze horas; no entanto, às dez ele havia saído de lá e ela o havia acompanhado até a metade do caminho. Viajara uma hora na condução, mais uma hora que estava em casa, como é que podia se encontrar no quarto de Schoschana perto das onze?

19

Depois de fazer a refeição, Iacov não ficou no restaurante nem voltou ao seu quarto. Desde o dia em que o cônsul chegara a Iafo, seu cotidiano se modificara tanto, que aqueles dias em que ele se demorava no almoço, fazia um café e lia um livro pareciam-lhe pertencer à pré-história. Rechnitz pensava: "Agora o cônsul está tirando uma resta depois do almoço e Schoschana está em seu quarto, pondo seus quadros em ordem. Se ela estiver em seu quarto, poderei passear em frente do hotel, e se ela estiver passeando no jardim, também poderei passear ali, como fiz anteontem, com a diferença de que anteontem eu estava acompanhado e hoje estarei sozinho".

Aquele passeio que dera com Rachel e Lea, no dia em que Schoschana chegara a Iafo, colocava-o em superioridade sobre ela. Não pelo ciúme que poderia provocar em seu coração, mas em outro sentido, que no fundo era o mesmo, ou seja: que se poderia perceber daquilo que Iacov Rechnitz não estava sozinho no mundo, e ela, Schoschana Ehrlich, não era a única que existia. Na verdade, não planejara passear naquele dia com Rachel nem com Lea, muito menos com ambas, no entanto acontecera de Lea encontrá-lo etc. Mas se nos aprofundarmos na questão veremos que há aqui uma outra verdade por trás: ele estava acostumado a passear de vez em quando com uma moça, tivesse ela o nome de Rachel, Lea, Osnat, Raia, Mira ou Tamara.

A maioria das pessoas que vivem num lugar bonito sentem orgulho de sua cidade e se alegram com sua beleza, sem questionar sua natureza, e quando vão para uma outra cidade bonita apreendem dela não somente sua beleza, mas também a da cidade em que foram criados. Assim Rechnitz, desde a chegada

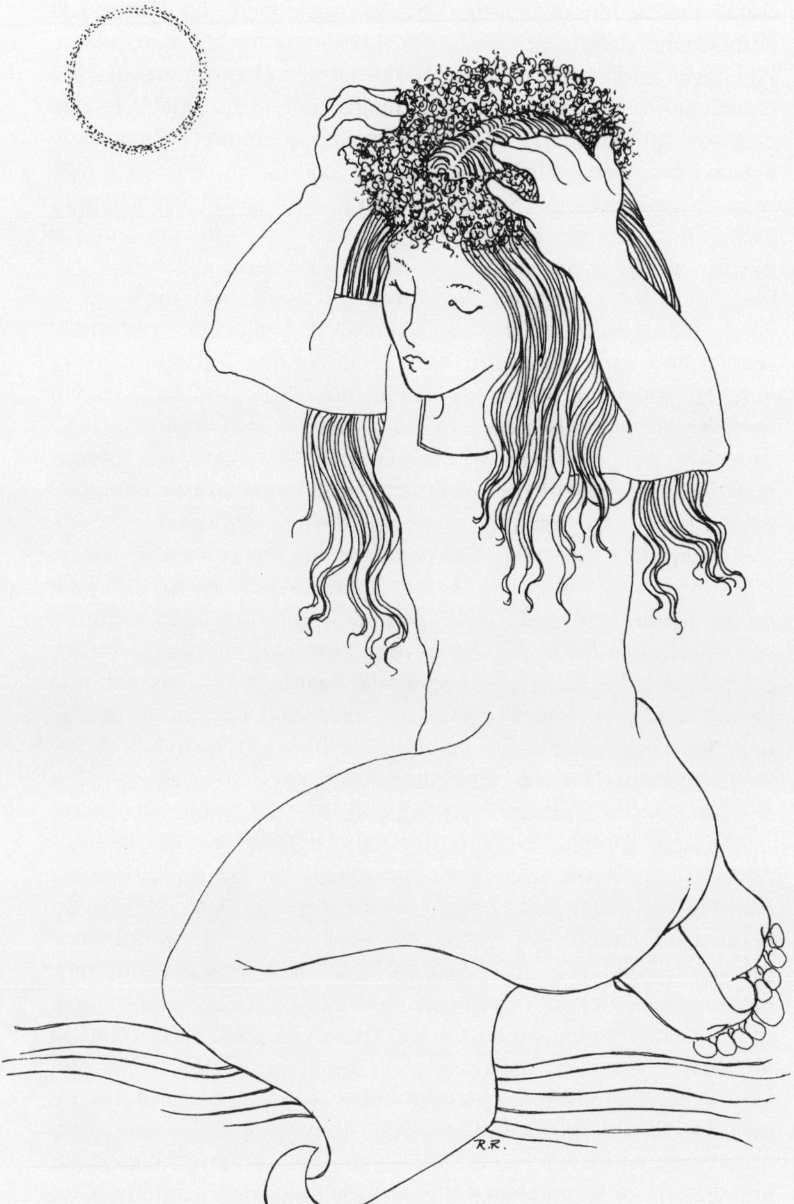
R.R.

de Schoschana, descobriu a beleza das moças com as quais convivia em Iafo.

Sobre Lea Lúria e Rachel Halperin nós já contamos. Rachel e Lea são amigas. Rachel é mais maliciosa que Lea e Lea é mais delicada que Rachel. Lea é mais velha que suas amigas, mas apesar disso seus olhos são jovens e bondosos, como se anjos bons morassem neles. Se se pesarem suas palavras, ver-se-á que são simples, mas a alma se deleita com elas. Quando saem a passeio e se sentam para descansar, Lea põe-se a preparar comida para cada membro do grupo, dá a cada um sua parte e até se esquece de deixar uma para ela, pois está sempre ocupada com o bem-estar dos outros. Rachel não pode ser medida pelo bem ou pelo mal. Se faz algo mau, não se fica bravo com ela; se faz algo bom, não se vangloria disso. Também em relação a Rachel, não é preciso representar para ela. Isso é ao mesmo tempo uma qualidade e um defeito, pois tudo o que você fizer não adiantará, já que tudo depende dela e não de você.

Pensemos agora em Osnat. Osnat Maguergot veio de Kirov. Dizem que o pai dela faliu e fugiu para a Terra de Israel, assim como o resto dos falidos foge para a América. Falência e fraude são crimes grandes e não há perdão para eles, até que o objeto do roubo volte ao seu dono; ainda assim há dúvidas sobre a possibilidade de limpar-se desses crimes. Ele, entretanto, parece não perceber isso e porta-se como se houvesse feito uma caridade à Terra de Israel ao mostrar que é possível permanecer ali sem que se tenha necessariamente de fugir para a América.

Osnat é uma moça grande como Lea Lúria e Rachel Halperin. Usa um vestido marrom-esverdeado, de tecido fino, e um cinto de fios de prata, com duas pontas que saem dele e se prolongam abaixo de seus joelhos. Há algo no vestido que lembra um hábito de monge, mas os lábios de Osnat são ardentes, ansiando por beijos. É só ficar com ela por duas ou três horas e, meu caro, a gente quase perde os sentidos; deseja-se pegá-la nos braços e talvez ela deseje o mesmo. Apesar disso você não age, mas pega as pontas de seu cinto e continua falando sobre as peças de Íbsen ou algo parecido. Há regras fixas no mundo, e se fosse possível mudá-las, em relação a Osnat isso seria impossível. Seus olhos azuis como aço foram feitos para despedaçar-lhe a alma. No entanto, é de admirar as coisas de que

Osnat fala: por exemplo, aqueles problemas modernos, levantados para aproximar você ainda mais. Ainda assim você não a toca nem sequer com o dedinho. O que deseja Osnat? Osnat pede muito e nada pede, nada pede e pede muito. Certa noite ela quer ir para Rischon Letzion e pede-lhe para acompanhá-la. Você anda com ela três horas no escuro e nas areias, noite na ida e noite na volta, e nem nas pontas de seu cinto ela deixa você tocar, nem na ida e nem na volta.

Raia Zablodovski é parente de Osnat, e você não encontra duas moças tão diferentes uma da outra como Osnat e Raia, tanto no tamanho como na aparência. Osnat é alta e seu rosto mostra vivacidade, enquanto Raia tem o tamanho de uma criança e seu rosto não é vivo demais – para falar a verdade, não é nem um pouco vivo. Seus cabelos parecem areia, sua boca parece a boca de quem comeu algo amargo, e ela se esconde em si mesma, como um passarinho mimado se esconde em suas asas. Há entre suas amigas quem a julgue egoísta e quem diga que ela é má. Mas tanto umas como as outras andam atrás dela, pois ela envolve estas duas características, (ou seja, o amor próprio e a maldade) com uma roupagem de humor que sempre surpreende. Se ela estiver sentada sobre uma pedra e com um belo lenço de seda estendido debaixo dela e você se admirar do fato, ela lhe dirá: – Não se admire, ele não é meu.

Em toda sua vida Raia nunca lera um livro inteiro, nem em hebraico nem em russo, nem mesmo os livros que todos comentam. Duas vezes fracassou em suas provas, largou a escola antes do tempo e não se arrependera. Raia dizia que a finalidade de todo o estudo é ser esquecido, logo, ela o esquecia antes de se esforçar por retê-lo. O fato dela ter sido considerada uma das moças do grupo de Rechnitz só se explica porque a ordem da vida está preparada e arranjada, e todo aquele que pertence a um grupo é considerado como parte dele, mesmo que seja diferente do grupo.

A vizinha de Raia é Mira Varvaschitski, filha de Niuma Varvaschitski, o vigia das colônias agrícolas de Scharon a quem todos os marginais temiam, pois se ele pegasse um deles em seu pátio, batia nele como quem bate com um bastão em roupa. Ela é a mais ágil das moças de Iafo, mais mesmo que Rachel Halperin, porque na infância o pai costumava sentá-la à força num cavalo sem sela e o fazia correr com ela por vales e montanhas, não se importando com o choro da criança. Mira ainda está acostumada a montar em cavalo sem sela, e às vezes desatrela o cavalo preso à carroça, monta nele e cavalga até Scharon. Apesar de ter um corpo gracioso, mais parece um bonito rapaz, tanto que, quando era criança e o pai era vigia, morando na extremidade da colônia agrícola, longe do povoado, sua mãe a vestia com roupas de homem, para que os árabes não a reconhecessem. Sempre lhe restou algo disso. Suas maneiras são agradáveis como as das moças e ela é querida por suas amigas e amigos, rapazes e moças igualmente.

Ainda nos resta contar um pouco sobre Tamara, a Tamara Levi, filha do Dr. Levi, o médico que morreu num acidente. Certa vez, nos dias de chuva, na escuridão da noite, ele montou em seu burro para visitar um doente na colônia agrícola, atolou e afundou num riacho. Tamara mora com a mãe num quarto de um grande pátio, com algumas moradias. A mãe de Tamara é filha de um Rabino e é uma pessoa que se porta honradamente, apesar das dificuidades para subsistir. Para isso ela cuida de doentes e às vezes fica com um doente durante toda noite, pois seu marido nada lhe deixou e ela precisa manter-se a si e a Tamara, e fazer com que a menina estude, como todas as outras meninas de boas famílias. Tamara e sua mãe são muito amigas e esse amor a levou a conflitos de alma. O secretário da escola, homem que ganha bem, anda atrás de Tamara e quer se casar com ela; a mãe concorda com o casamento, e Tamara também não tem nada contra. Mas por que exatamente este homem? É verdade que ele tem um bom cargo na escola em que Rechnitz é professor. Tamara é pequena, cabelos cinzentos e olhos azuis, mas é possível que seus olhos sejam cinzentos e seus cabelos azuis: uma espécie de brilho azulado emana de seu rosto, embaralhando os olhos e fazendo com que se confunda a cor dos seus cabelos com a cor dos seus olhos. Quando ela é vista pela primeira vez, não é notada. Se não fosse por um narciso do jardim ou um cravo que ela coloca sobre o peito ninguém repararia que ela tem um coração. O nome dela é Tamar, mas gosta que a chamem de Tamara, e como é uma criança querida a chamamos de Tamara, como ela gosta. Sua conversa não é exatamente inteligente e pode-se dizer até que tende um pouco para a tolice, mas sua boca acaricia o coração de quem fala com ela, como aquele cravo vermelho que está sobre seu coração e que ela acaricia com o nariz. Certa vez Rechnitz aproximou seus lábios dos lábios dela e colocou sua boca na dela. Seus lábios tremeram e ela tocou nos lábios dele. Tocou e não tocou. Deus, Deus, se um beijo assim já satisfaz, quanto mais um beijo de verdade. Lábios como os dela nenhuma moça no mundo possui. E não somente seus lábios, pois cada toque de sua mão parece um beijo. Haveria homem em Iafo que não soubesse disso? Outra virtude Tamara possui: ela nunca tem queixas e não lhe faz cara feia; pelo contrário, olha para você e recebe cada uma de suas palavras como uma dádiva. Você fica olhando para suas narinas que tremem, e a beleza que emana do rosto dela envolve como uma espécie de névoa azulada e doce. Somente uma vez Rechnitz beijou Tamara e não repetiu, pois ele era seu professor e não fica bem para um professor beijar as alunas – apesar de haver professores que se permitem fazê-lo, e apesar de Tamara já ter deixado de ser sua aluna, embora fizesse parte do grupo de suas amigas.

Às vezes ele se lamenta e se arrepende daquele ato, outras vezes se arrepende e lamenta não tê-lo repetido. No entanto é bom que ela não lhe apareça sozinha. Por enquanto a explicação que demos basta, embora pudesse haver aqui um outro motivo: o secretário da escola queria casar-se com ela, e não se deve prejudicar a vida de uma pessoa por uma hora de satisfação. Por enquanto este motivo basta. Mas há ainda outro motivo que Iacov guardou em seu coração.

20

Um estranho grito interrompeu os pensamentos de Rechnitz. Aquele papagaio que, na noite anterior, estava na gaiola do hotel repetindo o uivo dos chacais, andava agora no jardim e repetia o som do relógio. Diante do papagaio estava o velho barão todo vestido de branco, chapéu tropical na cabeça, segurando nas mãos uma maçã. O papagaio erguia-se num só pé, estendia o outro, agarrava a maçã e a comia.

– *Schmekt's heerchen?* (Está gostoso, chefinho?) – perguntou o barão em alemão.
O papagaio abriu o bico e gritou:
– *Schmekt's heerchen!*
– Bonito pássaro! – disse o barão a Rechnitz. – Eu o comprei de um caçador que o pegou para comer. Há lugares em que se come carne de papagaio. *Verflucht!* (Maldito!) – exclamou o barão.
– *Verflucht!* gritou o papagaio em seguida.
Riu-se o barão e ralhou com o papagaio:
– *Verflucht!* Não diga *verflucht, verflucht!*
O papagaio bamboleou o corpo e berrou:
– *Verflucht! Verflucht!*
Assim que Rechnitz se separou do barão, dirigiu-se ao hotel. Ia pensando: "Agora o cônsul já deve ter se levantado de sua resta da tarde e deve estar acendendo um cigarro por estar se aborrecendo. Irei até lá. Quem sabe ele me agradecerá por salvá-lo do tédio. E o que dirá Schoschana? Schoschana não dirá nada. Schoschana costuma calar-se e não gosta de falar. Existem pessoas cujo silêncio nos impõe respeito, pois parece que o coração delas está cheio de pensamentos grandiosos que não somos capazes de compartilhar; por isso se calam, e nós nos sentimos diminuídos diante delas, pensando que toda a sabedoria está em suas mãos. Porém, se olharmos melhor veremos que o silêncio delas faz parte de seu orgulho excessivo; não são superiores a nós nem mesmo pela distância de um bico de papagaio: pelo contrário, por nós nos diminuirmos é que elas crescem. E por que nós nos diminuímos perante elas? Isso merece uma reflexão mais profunda, mas eu não tenho tempo para isso, pois já passa das quatro horas, o cônsul já está se aborrecendo e eu já me demorei demais com os pensamentos. Além disso, monólogos compridos não ficam bem na ficção moderna. *Verflucht!*, como é bom este cheiro de biscoitos assados na manteiga! A esposa de Iehia faz seus bolos com óleo, porque os judeus não usam manteiga e porque os orientais gostam de óleo de oliva e não de gordura de vaca. Esta não é uma questão de praxe, mas de gosto, assim como o professor de espanhol prefere dizer 'a quarta parte da hora' e não 'um quarto de hora'.

Novamente se passou um quarto de hora e eu ainda estou aqui fora declamando longos monólogos".
Rechnitz entrou no hotel. Não havia ninguém no salão, tirando os garçons que punham a mesa e arrumavam a louça do café. Rechnitz passou pelo salão e olhou em volta. Nenhum hóspede. "Os chamados hóspedes ainda permanecem em seus aposentos e aguardam que os empregados lhes preparem sua comida e sua bebida, e eu sou como um desses empregados. E como eu não sei cozinhar, os deuses me deram a capacidade de distrair as pessoas. *Schmekt's beerchen?*" – perguntou Rechnitz para si mesmo, olhando à sua volta.
O funcionário viu Rechnitz e chamou-o:
– Há uma carta aqui para o senhor.
Rechnitz gaguejou:
– Uma carta? – seu coração começou a doer-lhe.
O funcionário foi buscá-la. Rechnitz pegou a carta e saiu.
Voltou ao jardim, apoiou-se a uma árvore, segurou a carta nas mãos e disse para si mesmo: "Carta de Schoschana. Preciso saber o que ela me escreve. Vou abrir a carta e verei".
Abriu a carta e viu que não era de Schoschana, e sim de seu pai. O coração voltou a bater dentro dele. Não eram batidas de esperança, que agitam o coração de um homem quando espera algo de bom, porém as que o coração dá quando ele sente que uma desgraça está para chegar.
Novamente olhou em torno. Como não havia ninguém, disse para si: "Schoschana contou ao pai tudo o que aconteceu com ela na praia e agora ele me repreende e me ameaça". – Seu coração se encheu de culpa. – "O que sabe este velho? Só porque pôs diante de mim as migalhas de sua mesa, pensa que tem o direito de me insultar? Pegue suas migalhas, velho, e as dê aos cães. Eu já posso me manter com meu trabalho e o meu renome no mundo das ciências não foi você quem o fez. *Verflucht!* Esses ricos!... Se você aceita qualquer coisa deles, já acham que você é sua propriedade privada. Eu estou pronto a agradecer todos os favores que me fez, senhor cônsul, mas minha alma não lhe foi vendida. E se sua filha quiser vir comigo e deixá-lo, eu a levarei".
Enquanto falava, olhou para a carta. Seus olhos brilharam. Não eram ameaças que estavam ali, mas, sim, uma espécie de

pedido de desculpas, pois o cônsul e sua filha haviam partido para Jerusalém e não tinham conseguido despedir-se de Rechnitz antes da viagem. Assim, o cônsul lhe escrevia palavras de despedida e de desculpas e... "Assim que voltarmos para Iafo gostaríamos de vê-lo em nosso hotel".

Foi bom para Rechnitz ter lido a carta, pois assim tirou de seu coração todo aquele fel que lhe amargurava a alma. Ele voltou a si e pensou: "Durante todos estes dias não dirigi meu olhar a Schoschana e quando falava dela, diante de seu pai, eu o fazia com humildade, mas de repente meu coração se tornou corajoso e agora, se me dirigir a ele e lhe pedir sua filha, ele se espantará. Eu não brigarei, não discutirei, não falarei muito nem contarei vantagens; ao contrário, em vez disso baixarei meus olhos até que ele perceba e entenda o quanto Schoschana me é cara. E se ela quiser ficar comigo, como me jurou, permanecerei esperando até que anjos bondosos estendam suas asas sobre nós, fazendo delas um dossel nupcial". Enquanto pensava, Rechnitz sentiu em si uma onda de leveza e de alívio. "É bom para o homem portar-se segundo seu caráter. Foi bobagem minha pensar que poderia levar Schoschana sem a aprovação do pai, como se eu tivesse força para isso".

Rechnitz sentiu-se como quem sai em perseguição de um inimigo e descobre que ele é seu amigo. Seu espírito manso o fez corajoso. Olhou para si mesmo e disse: "Sim, toda a minha vida eu fui assim e assim venci; assim serei todos os meus dias e assim vencerei".

21

O Sr. Ehrlich demorou-se em Jerusalém mais tempo do que havia previsto, pois o dia do aniversário da morte de sua mulher o sensibilizou e ele quis passá-lo na Cidade Santa. Aproveitou bem aquele dia. O Sr. Ehrlich rezou o *Kadisch* no Muro das Lamentações, distribuiu esmolas aos pobres e visitou algumas casas de caridade. Aprovou aquelas que a seu ver eram honestas e, diante das outras, fechava os olhos e não olhava para suas falhas em honra da cidade e do aniversário de morte de sua mulher. Visitou também o hospital Schaarei Tzedek e lá viu um médico que não dormia para cuidar de seus pacientes; não deitava a cabeça sobre o travesseiro senão no *Schabat* e nas noites dos feriados, satisfazendo-se com o pouco que ganhava. Ao ver, nas paredes do hospital, as placas com os nomes dos doadores que haviam contribuído para a construção do prédio ou para sustentar os doentes, o Sr. Ehrlich também fez sua doação para a manutenção de um leito, e para a elevação da alma de sua mulher, numa lembrança eterna perante Deus, em Jerusalém.

O cônsul estava satisfeito com Jerusalém. É verdade que não era a Jerusalém sobre a qual lhe haviam contado, nem a Jerusalém que vira em seus sonhos. Era a que seus olhos viam. Muitas coisas havia ali que seria melhor não haver; outras, que faltavam, seria bom que lá houvesse. Mas, como não se sabe por onde começar e o que fazer, é melhor deixá-la como está.

Novamente Rechnitz se encontra diante do cônsul, no hotel, e as brasas ardem diante deles numa bandeja de cobre, para afastar o frio e a umidade do ar. O cônsul tem um charuto grosso na boca e um cobertor de lã cobre-lhe os joelhos. Às vezes, esquenta as mãos no cigarro, às vezes nas brasas. Um pouco afastada senta-se Schoschana, embrulhada em pele de raposa. As brasas murmuram, a bandeja cora e lhes responde num sussuro. A sala se esquenta, o ar se aquece e uma doce preguiça envolve a fala; aquela preguiça que impregna o corpo todo. Do mar se levanta o som de suas ondas, como se fosse vozes de animais arrogantes. O cônsul sacudiu a cinza do cigarro e disse:

– Hoje não é possível passear na praia.

Rechnitz corou; será que o cônsul se referia àquele passeio que dera com Schoschana? Na verdade, ele nada fizera além de reclamar da tempestade que o impedia de viajar, mas no fundo estava contente de não ter que fazê-lo, pois por mais de um ano perambulava de um país para outro. Já vira muitos países. Quem poderia contar quantos eram e quem poderia lembrar seus nomes? Se não tivesse anotado em seu caderno o nome de cada lugar, nem mais saberia onde estivera e onde não estivera. Também Schoschana estava contente por não precisar viajar. Ela tirara muitas fotos, juntara muitos objetos e queria arrumá-los.

Naquele dia em que voltara de Jerusalém, Schoschana sentira-se cansada. Nem bem terminara a refeição, fora para o quarto e deitara-se. Na noite seguinte, entretanto, ela se demorou na refeição. Por iniciativa própria, sem que lhe fosse pedido, trouxe uma mala cheia de retratos e de diversos objetos que juntara em suas viagens e os mostrou a Iacov. Schoschana se surpreendeu por Iacov conhecer cada objeto e saber o seu nome. Mais do que surpresa, ela lhe ficou grata por ele dar atenção a seus objetos, como se fossem dignos de atenção. Em troca, ela lhe pagava com as histórias dos objetos. Muitas coisas Schoschana contou naquela noite a Iacov. Esta é uma delas: certa vez um rei quis que ela se casasse com ele. Aquele rei possuía um palácio feito com copas de tamareiras e tinha duas mulheres. Uma delas usava latas de sardinhas penduradas nos lóbulos das orelhas para embelezá-las. E a outra parecia com aquela com quem ele passeava no primeiro dia em que ela chegara a Iafo.

— Nesse dia você passeava com duas moças e eu não saberia diferenciar entre elas para dizer com qual delas a mulher do rei se parecia.

Exclamou o cônsul rindo e surpreso:

— Você passeia com moças? Eu imaginava que os cientistas só passeassem com suas pesquisas. Parece-me que a pesquisa é esposa complacente, que não tem ciúme das outras. Diga-me, Schoschana, aquelas duas moças são bonitas?

Schoschana olhou para Iacov e disse:

— Diga você.

— Se Iacov prezar sua honra — disse o pai — vai dizer que não há moças mais formosas do que aquelas, mas se for para te agradar ele dirá que elas não são bonitas. Portanto, diga você, minha filha: elas são bonitas?

E Schoschana:

— Para o Senhor Rechnitz elas são bonitas.

— Como é que você sabe que ele pensa assim?

— Se ele não as achasse bonitas não as teria trazido para que eu as visse.

Rechnitz interferiu:

— Eu não as trouxe para mostrá-las a você.

— Não? — disse Schoschana.

Rechnitz continuou:

— Foi assim: naquele dia, depois do almoço, quando eu saía daqui, as duas me apareceram no caminho e fomos passear. Eu tinha sido convidado para o jantar, mas não sabia a que horas seria. Resolvi voltar e perguntar ao garçom, e elas quiseram me acompanhar.
— E as flores que você me trouxe, foram presente de uma delas para você ou das duas?
— Nisso há um pouco de verdade — concordou Iacov. — As duas se preocuparam comigo, para que eu trouxesse flores para você, mas as que eu trouxe eu as peguei com o jardineiro.
— Elas pensavam que hoje eu estaria aqui e amanhã estaria do outro lado do mar.
— É possível.
— Se é assim, elas erraram.
— Erraram — disse Iacov, sem saber se deveria se alegrar com o fato ou não.
— Meu pai quer passar aqui todo o inverno. Não é isso, papai?
O cônsul olhou para a sua filha de maneira interrogativa, balançou a cabeça concordando e disse:
— Sim, sim, minha filha, eu estou pensando se não valeria a pena passar todo o inverno aqui. Pois vocês sabem como o inverno da Europa é duro. Ainda mais agora, depois que eu me acostumei com os países quentes...
Schoschana levantou-se da mesa, pegou a cabeça do pai com as duas mãos e beijou-lhe a testa dizendo:
— Você é bom, papai!
Lágrimas apareceram nos olhos do pai de Schoschana.

22

Naquele dia, depois do almoço, Rechnitz foi ao correio. Encontrou Schoschana andando pelo mercado, as mãos carregadas de objetos de argila, segundo seu costume: aonde quer que vá compra produtos locais. Agora que está em Iafo, compra todos os tipos de jarros e potes que são feitos na Terra de Israel. O que fará Schoschana com aqueles objetos de argila?

Talvez leve alguns consigo, talvez deixe todos no hotel, pois amanhã encontrará outros mais bonitos do que estes.
— Posso te ajudar? — disse-lhe Iacov.
Schoschana o observou por um instante, estendeu-lhe dois jarros e disse:
— Não tema por eles; se se quebrarem não faz mal, o mercado todo está cheio deles.
— Então me dê mais. Tomarei cuidado para que não se quebrem — disse Iacov.
Ao saírem do mercado ele subiu com ela numa charrete.
— Eu sempre acho que as charretes foram feitas para me interromperem o caminho; mas de repente eu me sento em uma e não mais temo cavalos nem carroças — disse Schoschana. — Com o que você se supreende tanto?
— É verdade, eu estou surpreso, pois você está acostumada com viagens, mas diz que as charretes foram feitas somente para interromper o seu caminho.
— Estou habituada com viagens longas e esqueço que também os caminhos curtos podem ser facilitados com meios de transporte.
— E nos caminhos curtos você se cansa talvez mais do que se cansaria nas viagens longas.
— As coisas grandes aumentam a força do ser humano. Como são belas estas palmeiras! Quantas são? Oito, nove?
— Sim, são nove; — disse Iacov.
— Eu nunca tinha visto palmeiras tão belas como estas — disse Schoschana.
Iacov quis dizer que ele próprio já lhe havia mostrado aquelas palmeiras; controlou-se e disse:
— Nos países tropicais, com certeza, você deve ter visto palmeiras mais bonitas do que estas.
— Mais belas do que estas? — exclamou Schoschana admirada. — Em toda a minha vida não vi nenhuma mais bonita. Pare, cocheiro! Não sei o que houve comigo, eu poderia jurar que já as vi, não em sonhos, Iacov, mas acordada. — Seu rosto corou enquanto falava. — Ande, cocheiro! — exclamou; e calou-se até chegarem ao hotel.
Lá chegando, disse a Iacov:

– Se você concordar, vamos ao jardim. Diga ao cocheiro que deixe os objetos no hotel. Em que língua você falou com o cocheiro? Hebraico? E qual é a língua do livro de orações, hebraico? Então este cocheiro fala no idioma das orações? E você, Iacov, fala no idioma das orações? Como vocês são adoráveis aqui! Sentaremos aqui neste banco. Eu sabia que você concordaria comigo, Iacov. Quantos favores você me fez hoje! Você carregou meus objetos e me colocou na charrete e veio comigo até aqui. É bom para a pessoa ser boa. Nós também seremos bons e não seremos maus. Você pensa que eu sou um ser humano mau? Às vezes eu também penso que sou má, mas na verdade não sou, é que eu tenho preguiça de desfazer a impressão que as criaturas têm de mim.

– Nunca passou pela cabeça de ninguém dizer que você é má – disse Iacov.

– Se isso não passou pela sua cabeça, como é que você sabe que os outros também pensam como você?

– Por mim eu julgo o resto do mundo.

– É muito orgulho de sua parte julgar todo mundo pela sua maneira de ver.

– Ao contrário, esta é uma boa qualidade, pois com isso tiro um engano de seu coração.

– Por favor, Iacov! E de que as pessoas podem se orgulhar?

– Você fala como seu pai. Ele me pergunta: por que as pessoas discutem?

– Em toda a minha vida, nunca discuti com ninguém.

– Você não tem necessidade de discutir, pois todos se apressam a fazer-lhe as vontades.

– Todos fazem minhas vontades, menos eu. Acho que nem mesmo tenho vontades, e o que eu faço não é consciente. Sou mais leviana que uma criança que toma decisões segundo o número de seus botões. O que quer esta jovem?

A garçonete preparou uma mesa e perguntou:

– O que a senhora deseja que eu traga?

– Não quero nada – disse Schoschana.

– Você vê, Schoschana, você tem uma vontade firme. Quando você não quer nada, você diz isso – disse Iacov.

Schoschana corou e disse:

— Mas mereço censura, pois não me passou pela cabeça que talvez você quisesse algo. Se não quer, então ficaremos conversando.

Este estava sendo o melhor encontro de Iacov com Schoschana desde o dia que ela chegara a Iafo. Nele havia algo de novo e de antigo. De novo, porque desde que chegara ela não estivera com ele no jardim, e de antigo, porque costumavam, na infância, ficar juntos no jardim de seu pai. Os bons deuses nos beneficiam mais do que merecemos. Iacov está com Schoschana entre árvores, arbustos e flores. E quando? Nos dias de inverno, num tempo em que até aquele jardim em que Iacov e Schoschana passaram os dias de infância está coberto de neve fria e a piscina está congelada. Eles já não correm atrás de passarinhos nem tecem coroas de flores, pois não são mais crianças, porém adultos. Sentam-se juntos e falam de si e do mundo, que no entanto é apenas um fragmento do mundo. Os bons deuses beneficiam às vezes os mortais, que vêem assim, por um instante, a vida do mundo inteiro. Devemos pedir aos deuses que esta hora se prolongue e prossiga sem fim e para sempre.

A bela e gentil Schoschana estendeu as mãos sobre a mesa. Iacov olhou da maneira como costumava olhar para os dedos da mão dela, e ela, ao colocar as mãos sobre a mesa, emocionava-o a ponto de desejar beijá-las. É próprio do ser humano lembrar de uma coisa a partir de outra diferente, seja algo próximo ou distante. Iacov lembrou-se de certa vez em que se encontrava em Ein Roguel, na casa de Arzaf, no momento em que ele esticava a pele de um animal sobre uma prancha, e sentiu uma semelhança entre o movimento das mãos do empalhador e as de Schoschana. Enquanto pensava naquilo a voz do papagaio se fez ouvir, gritando: *Verflucht!* Schoschana se assustou e olhou à volta. Iacov riu-se e disse:

— É a voz de um papagaio. — E continuou: — Neste mesmo instante eu estava pensando num empalhador chamado Arzaf. Não estou dizendo que esse pássaro lê pensamentos, mas é assombroso; bem no instante em que pensava em Arzaf, o papagaio gritou *Verfluch.*

— Akhzav?

— Não, Arzaf.

– Ontem à noite você disse que trocou as flores que suas amigas lhe deram para me trazer. Por que razão você trocou as flores?

O rosto de Iacov corou. Schoschana não viu, pois ela havia cerrado os olhos, como às vezes costuma fazer, enquanto conversa.

– Por que razão eu troquei as flores?

Schoschana balançou a cabeça, permanecendo de olhos cerrados.

– Porque encontrei outras mais belas do que aquelas.

– Faz sentido – disse Schoschana – mas agora me diga: qual é a razão verdadeira? Vejo que agora você não sabe; é possível que saiba em outra ocasião. Qual é o nome daquele empalhador de Ein Roguel?

– Seu nome é Arzaf.

Schoschana abriu os olhos e disse:

– Sim, sim, Akhzav.

– O que tem Arzaf a ver com isto?

– Já que você se lembrou dele, eu quis saber o seu nome. E agora que eu já sei, você não terá que mencioná-lo. Há ocasiões em que animais, bichos e aves, têm mais privilégios do que qualquer ser humano, com exceção das múmias do Egito. Você não fuma? Vou chamar o garçom e pedir que lhe traga cigarros. Em homenagem à terra da sabedoria, que deu vida eterna a seus filhos, pediremos cigarros egípcios.

Schoschana esqueceu logo que queria pedir cigarros e continuou:

– Nossos dias na terra são como sombras, e morreremos humildemente conforme os dias de nossas vidas. Como é belo o destino das múmias! Permanecem na terra e estão liberadas de qualquer trabalho e obrigação. Quem me dera ser uma delas!... – Schoschana abriu os olhos e olhou como quem deseja ter paz das doenças do mundo e seus sofrimentos.

– Eu não via você desde o dia do enterro de sua mãe. Mesmo naquele dia não a vi. Você estava como que ausente do mundo, Schoschana – disse Iacov.

– Não é assim. A meu ver, naquele momento o mundo é que estava afastado de mim e agora, Iacov, sou eu que estou afastada do mundo.

— Será que em todos esses anos você não teve alguns dias bons?

Schoschana permaneceu silenciosa e imóvel. Iacov a olhou e percebeu que ela estava triste. Desejava dizer algo e não sabia o que dizer. Gaguejou:

— Você está triste, Schoschana. O que é que a faz sofrer e entristece o seu coração?

Ela se sobressaltou:

— O que perguntou, Iacov?

— Perguntei-lhe o que é que entristece o seu coração.

Schoschana sorriu:

— Veja, você pergunta qual é a razão da tristeza do meu coração, mas na verdade deveria perguntar quais são as razões, pois elas são muitas e cada razão é muito, muito triste.

— Mas por que?

— Eu não sei — e como resposta voltou a se calar.

— Mas você é ainda, isto é, nós ainda somos jovens e temos toda a vida à nossa frente — disse Iacov.

— Essa vida que está à nossa frente você tem certeza de que é melhor do que a vida que deixamos para trás?

— Nunca pensei nisso.

— Eu também não pensei nisso — disse Schoschana.

— Então como é que se pode dizer uma coisa dessas?

— Dizer o que?

— Isso que você disse.

— A espiritualidade é inerente ao homem — disse Schoschana.

Iacov também estava triste. Pensou consigo mesmo: "E esta moça quer ser minha mulher". Ele a olhou murmurando e voltou a pensar: "E esta moça quer que eu me case com ela". Enquanto pensava, sentiu que sem ela o mundo inteiro lhe seria arrebatado.

Vozes de pessoas se aproximavam. Iacov se assustou e disse:

— Vem vindo gente.

Schoschana acenou-lhe com a cabeça:

— Meu pai vem vindo com o velho barão.

Ao se aproximarem, ouviu-se a voz do cônsul que ria um riso maldoso. Parecia que aquele velho havia contado ao cônsul

uma piada salgada. Aquele riso não era do agrado de Iacov, que conhecia o cônsul como um homem moderado, e agora lhe ouvia um riso vazio. Schoschana levantou-se da cadeira e disse:
— Vamos embora. — E eles se foram.
Chegou uma criança pequena com uma cesta nas mãos.
— O que você está fazendo aqui? — perguntou Iacov à menina.
— Minha mãe me mandou aqui para apanhar limões, respondeu ela.
Iacov baixou-se e a ergueu, dizendo-lhe:
— Minha doçura, eu tenho vontade de te raptar com cesta e tudo. Diga-me, o que diria sua mãe se eu a raptasse para sempre?
— Minha mãe não ficaria contente — respondeu a menina, triste.
— Diga a sua mãe que você é uma menina esperta — acrescentou ele rindo.
— Direi isto a ela.
— De quem é esta doce menina? — quis saber Schoschana.
— Ela é irmã de uma de minhas alunas.
— De uma daquelas com as quais você passeava aqui no jardim?
— Você as viu. O que você achou delas? — retrucou Iacov, após uma pausa.
— Elas são bonitas.
— Isso quer dizer que você gostou delas?
— Se elas são belas aos seus olhos, aos meus também são.
— Como é que se explica isso?
— É assim como eu disse. Você tem outras amigas aqui? Conte-me sobre elas.
Iacov começou a contar. Quando chegou em Tamara, Schoschana o olhou fixamente.
Os dois velhos voltaram e se aproximaram, enquanto o barão ria um riso selvagem. Parecia que agora fora o cônsul quem lhe contara algo picante.
— Vocês estão aqui? — perguntou o cônsul.
Schoschana contou ao pai como Iacov fora gentil com ela, colocando-a numa charrete e trazendo-a até o hotel.

— Feliz aquele que encontra uma boa companhia — disse o barão. E olhou para Iacov com ar de aprovação.
— Você não está com frio? — perguntou o cônsul.
— Não estou nem com frio nem com calor; estou muito bem, pai — respondeu Schoschana.
O cônsul olhou para a filha e se foi com o barão.
— Vamos sentar — disse ela a Iacov.
Sentaram-se. Schoschana prosseguiu:
— Certa vez eu sonhei que havia morrido, e não estava nem triste e nem contente, mas o repouso que senti em todo o corpo não se encontra na terra dos vivos. Foi muito bonito, eu nada pedia e nada perguntava, pareceu-me que eu estava desaparecendo dentro de um espaço azul sem fim. De manhã abri um livro e lá achei escrito que uma pessoa não sonha com ela própria morta. Então é possível que isso não tenha sido sonho e que eu estivesse mesmo acordada. Sendo assim, como é que estou viva depois de minha morte? Isto, Iacov, é uma charada. Você acredita na ressurreição dos mortos?
— Certamente não — respondeu ele.
— Não diga certamente; as suas certezas me levam às lágrimas — disse Schoschana. E ao dizer isso, cerrou os olhos.
Naquele instante Schoschana parecia estar flutuando sobre os espaços azuis de que havia falado. De repente sentiu que Iacov a fitava. Tirou o lenço, enxugou os olhos, abriu-os e olhou para ele com muito afeto.
— Eu fecharei meus olhos e você, Iacov, os beijará — disse Schoschana, após um breve instante.
Os olhos de Iacov encheram-se de lágrimas. Ainda com lágrimas nos olhos, colocou sua boca sobre os olhos úmidos de Schoschana.

23

Como todas as coisas boas que acontecem inesperadamente, esta boa notícia chegou-lhe sem ser esperada. Um velho pesquisador de Nova York, que mantinha intercâmbio de algas com Rechnitz, tinha-o indicado para uma cátedra. Sua indicação fora aceita e escreveram-lhe. Apesar de já ter granjeado um bom nome, Rechnitz não esperava por uma cátedra, pois era ainda jovem e havia gente melhor do que ele.

Naquele dia ele estava largado em seu leito, entre desperto e adormecido. Seus pensamentos navegavam para cá e para lá, sem saber no que pensar. Há ocasiões e épocas em que os membros do corpo da pessoa estão inertes e seu coração descansa, e há ocasiões e épocas em que seu coração navega e vai construindo muitos raciocínios. Acontece de os membros estarem inertes e não se ter sossego; o coração navega e anda sem idéia e sem pensamento. E há ocasiões em que as duas coisas vêm de uma só vez: este navega e se vai e aqueles estão inertes e se vão, e a pessoa não tem sossego nem no corpo e nem nos pensamentos. Rechnitz já queria sair da cama, porém sabia que mesmo que se levantasse nada faria. Entregou-se então àquela ociosidade da qual não se tira proveito. Ouviu que batiam à sua porta. Pulou e abriu. Entrou o carteiro e entregou-lhe uma carta. Ele recebeu a carta grunhindo, como quem tivesse sido interrompido em algo que fazia. O carteiro atirou o saco às costas e saiu, e Iacov abriu a carta e a leu. Viu que era uma boa carta; se estivesse ansioso por uma cátedra e lhe comunicassem que fora nomeado professor, já seria uma boa notícia. Como não esperava por isso, a notícia era ainda melhor.

Rechnitz costumava agradecer cada fato bom, às vezes aos bons deuses, às vezes ao Único do mundo. Agora ele se calava e nada dizia. Mas aquilo que lhe sombreava a alma desaparecera.

Rechnitz vestiu-se e foi até a casa de um professor de inglês, que conhecia melhor a língua. Na verdade não precisava fazê-lo, pois já entendera o que dizia a carta. Aquele homem nada lhe informou que ele não soubesse, mas arregalou os olhos, estendeu a mão para Rechnitz e lhe disse:

– Eu o felicito, Senhor Professor.

Naquela época a honra da sabedoria ainda era importante para as criaturas, tanto mais uma sabedoria da qual se consegue o sustento. Veja quantos sábios há que nem sequer são docentes e um jovem rapaz, um simples professor, se elevou e se tornou um catedrático – perfeito!

Na época de Rechnitz já moravam alguns eruditos em Israel. Alguns se ocupavam com a pesquisa da terra e outros com a pesquisa bíblica. A semelhança entre eles é que faziam pesquisas num campo sem grande valor para a ciência, como para idéias nacionais religiosas e sociais. Alguns deles ficaram conhecidos no mundo e suas palavras foram aceitas até que vieram outros ventos e com estes outros sábios. Rechnitz não fez de seu trabalho um degrau para outra coisa. Pelo contrário dedicou-se e esforçou-se e trabalhou somente pela pesquisa. Para ele, todas as horas eram boas para o trabalho. Tempestades ou sol forte em nada interferiam. Além de recolher algas do mar de Iafo, ia buscá-las também no mar de Haifa, de Ako, de Hadera, de Cesaréia, pois as algas que saíam do mar de Iafo não eram parecidas às algas vindas dos mares restantes. E aqui temos de repetir o que já dissemos anteriormente: Rechnitz não encontrara colega na sua especialidade e fazia seu trabalho sozinho. O que poderia ser um fardo para as mãos de trabalhadores, às vezes é uma bênção para um sábio de verdade, pois se há algo de novo ele o examina por si só e não perde tempo em conversas supérfluas. Com a força de sua juventude e de seus conhecimentos e com os seus olhos críticos, ele estava atento, pesquisava e transformava detalhes e generalidades em regras, com as quais criou um método completo. Assim como tinha força para ver e observar, tinha força também para descrever aquilo que via. Seus pareceres sobre a natureza das algas cirenaicas, mais ainda do que sobre as cerúleas, divulgaram seu nome. E quando os zoólogos e os botânicos se reuniram num congresso, a maioria dos conferencistas o mencionava e até mesmo os que divergiam dele o elogiavam.

A barulhenta Iafo continua a fazer barulho. Mesmo as pessoas que nada têm com as universidades e com os professores falam nele, no jovem doutor que foi nomeado catedrático. Todo aquele que encontra Rechnitz, conhecendo-o ou não, pára e o felicita. Seus conhecidos o convidavam para um brinde e em todo lugar ele encontrava uma mesa posta como que para o repasto de um dia de festa. E aqui devemos dizer que tudo o que fizeram foi em honra da ciência, pois os pais das moças sabiam que agora, nomeado catedrático, o cônsul não o largaria.

Mais que eles sabiam as próprias moças que, desde o dia em que Schoschana Ehrlich chegara a Iafo, sentiam como era difícil cruzar com Rechnitz, ainda mais agora que ele se preparava para viajar. Mas todos tinham afeto por ele. Lea mandou-lhe

flores, das mesmas que lhe dera para levar à jovem Ehrlich no dia em que esta chegara a Iafo. Tamara lhe assara um bolo em forma de navio, com uma bandeira de açúcar nas cores da América. Também Rachel Halperin trabalhou em sua homenagem e lhe escreveu um cartão de felicitações. Tratando-se de Rachel, era um grande feito, pois tinha a língua afiada, mas escrevia com dificuldade; já no começo titubeava sem saber, por exemplo, se devia escrever "mui honrado Senhor" ou "honrado Doutor Rechnitz" ou "meu amigo Sr. Rechnitz".
Rechnitz estava confuso e emocionado com as congratulações e com o afeto das pessoas. Veja isso: eis que o secretário da escola parece sentir em seu coração a alegria de Rechnitz como se fosse seu próprio sucesso! Quanto aos amigos de Rechnitz, nem se fala. Por um lado estão contentes com o triunfo dele. Por outro, estão contentes porque um dentre eles, um membro da sua escola ganhara um prêmio desses, e a honra dele é a honra de todos. E como é grande esta honra, pois, desde os dias de Nietzsche até Rechnitz, nenhum homem tão jovem fora nomeado catedrático. Rechnitz deixou o assunto de sua carreira nas mãos do tempo e voltou a suas ocupações como se nada lhe houvesse acontecido. Porém começou a estudar inglês e a ocupar-se de coisas com as quais talvez antes não perdesse tempo.

24

Rechnitz entendeu que o pai de Schoschana sabia o que havia entre ele e sua filha. Uma moça como ela não costuma esconder seus atos. Mas talvez não soubesse como estavam as coisas agora, pois a visão de Schoschana era diferente da visão de Iacov, e certamente ela via os fatos não como são e, sim, como eles se desenhavam em seu coração. Apesar de ter contado a seu pai, restava-lhe uma dúvida sobre o fundamento do fato. Quanto a Iacov, não encontrava uma maneira de falar com o pai de Schoschana sobre o que acontecera entre os dois. Isso, de certa forma, o deixava satisfeito, pois temia que o cônsul censurasse seu procedimento. Como não encontrava oportunidade de falar com ele sobre isso, não encontrou palavras para falar com ela. Schoschana não o evitava, mas não lhe mostrava contentamento. Quando se mostrava contente, não o deixava falar. Schoschana conseguia distraí-lo e ele não conseguia falar; ao contrário, quando conversavam, a conversa não se encaminhava para aquele assunto. Quando se despedia dela, ele permanecia do mesmo modo como havia estado na véspera e na antevéspera.

– O que devo fazer? – ele se perguntava – o que devo fazer? – E como não achasse respostas, deixava o assunto nas mãos do tempo.

E aqui devemos dizer que Rechnitz não era um homem passivo, mas, sabendo que o fato não dependia unicamente dele, colocou-o de lado até que Schoschana fizesse a parte que lhe cabia.

O cônsul e a filha não viajaram. Já era sabido que estavam se fixando ali. Os corretores de imóveis começaram a freqüentar a moradia do cônsul, trazendo plantas de apartamentos e de casas. Ao vê-los, Rechnitz se envergonhava. Gabara-se perante o cônsul das pessoas da Terra de Israel e, afinal, precisava reconhecer que há judeus que não pertencem ao meio intelectual. O cônsul, porém, não vê neles nenhum defeito. O ser humano precisa se manter, e o que farão esses pobres homens num país pobre desses? Quando lhes aparece uma oportunidade de ganhar algum dinheiro fácil, eles invertem as coisas e mentem por vontade própria ou não.

Por enquanto, o cônsul mora com a filha no hotel. Duas ou três vezes por semana, Rechnitz é convidado para a refeição. Às vezes para o almoço, às vezes para o jantar. Quando Schoschana não come com eles, seu pai diz que a menina está cansada, sente dor de cabeça, e sua voz se entristece com aquilo que diz.

Um dia acontece algo estranho. Os três estavam sentados juntos, conversando. Schoschana calou-se de repente e cochilou no meio de uma frase. A princípio Rechnitz pensou que ela tivesse cerrado os olhos como costumava fazer, enquanto falava. Percebeu depois que ela havia adormecido de verdade. No dia seguinte, Rechnitz encontrou Hofman, o velho médico, saindo do hotel, e com ele o Sr. Ehrlich. Depois de dispensar o médico, o cônsul viu Rechnitz e lhe disse:

– Você está aqui? Sente-se, Iacov, sente-se. Hoje comeremos sem Schoschana. Schoschana sente dor de cabeça.

Muitas vezes o cônsul já comera sem sua filha; agora, porém, parecia que comer sem ela fosse algo novo, e do mesmo modo que era novo, era triste.

Durante a refeição, o cônsul se esforçou muito para entreter seu convidado, pois sem a presença de Schoschana precisava empenhar-se duplamente e cuidar para que nada lhe faltasse.

Ao final da refeição, o cônsul fez Iacov sentar-se ao seu lado, na poltrona que havia no canto da sala, e conversou com ele sobre os Estados Unidos e Nova York, sobre a cátedra que lá o aguardava e sobre a reforma feita pelo Imperador Guilherme, para que as universidades estabelecessem intercâmbio de professores e de conferencistas.

– Eu nunca lhe perguntei antes o que o levou a esta especialidade – disse o cônsul.

– Eu me dedicava à botânica, e da botânica passei a interessar-me pela flora aquática, isto é, passei das plantas mais complexas para as mais simples, e daí para as plantas do mar – respondeu Iacov.

E naquele momento esquecia-se de que havia ainda um outro motivo para o fato.

– E essas plantas têm também uma doença que lhes é própria? – perguntou o cônsul a Rechnitz.

– Não há nenhuma criatura no mundo que não seja suscetível de adoecer, disse – Rechnitz.

De repente os olhos de Rechnitz se abriram e sua face se transformou, como um pintor que descobre algo jamais visto por ele anteriormente e se esforça para entendê-lo. Iacov lembrou-se da piscina que havia no jardim do cônsul, do que crescia dentro da água, e de como ele ficava boquiaberto e se admirava com isso. Talvez a partir daí seu coração tivesse sido atraído para as plantas aquáticas. Vinte e um anos se haviam passado desde que, pela primeira vez, lá descera com Schoschana até a piscina e ali colhera umas espécies de plantas úmidas, e em todos esses anos isto nunca lhe passara pela cabeça. Naquele instante veio-lhe à mente aquela piscina redonda, cavada no jardim entre arbustos e flores, que Schoschana colhia e trançava em coroas; viu Schoschana pular na piscina, desaparecer e novamente de lá emergir com o cabelo escorrendo água e coberto de algas como uma sereia.

Essa recordação trouxe-lhe à memória o dia em que Schoschana juntou um de seus cachos com uma mecha de seu topete, misturou-os e os queimou, eles comeram as cinzas e fizeram um ao outro um juramento de fidelidade. Como aquela cinza do cabelo de ambos que Schoschana havia misturado, assim ele misturou o dia em que tinham feito o juramento de fidelidade ao dia em que ela lhe lembrara, junto ao mar, o juramento antigo. Enquanto Iacov pensava, o cônsul tirou o relógio e disse:
– Você está cansado, não se envergonhe, um jovem precisa dormir bastante.

Quando se preparava para sair, disse-lhe o cônsul:
– Vejo que não me demorarei muito aqui; é possível que em breve viajemos para Viena. Enquanto aqui estivermos, nos alegraremos com a sua presença a qualquer hora.
– Como está passando a senhorita Schoschana? – perguntou Iacov num sussurro.

O cônsul o olhou e respondeu:
– Se eu soubesse... – e tornou a olhar para Iacov, como para alguém que talvez soubesse mais.

25

Aquilo que o pai de Schoschana não contara, outros contaram. Uma grande desgraça havia atingido a filha do cônsul, um tipo de doença da qual não se ouvira falar na Terra de Israel. Sente tonturas, suas pernas não têm firmeza para caminhar, movem-se para cá e para lá e desmoronam. Quando ela fala, sua língua move-se com dificuldade, sua voz é como a voz dos que dormem e tudo o que deseja é dormir. Ela cochila a todo momento e a toda hora, enquanto fala, enquanto anda e enquanto come. Acontece-lhe dormir dias seguidos. Acorda e torna a adormecer. Zabludovski, o médico, pai de Raia Zabludovski, disse:
– Esta doença me é suspeita, tanto que eu hesito em dar-lhe o nome. A senhorita Ehrlich veio de lugares que me levam a desconfiar de termos aqui um caso da doença do sono. Poderia

confirmar o que digo com um exame de sangue. Mas, mesmo sem o exame de sangue, só pelos sintomas da doença, parece-me que foi picada por um inseto venenoso. Ouvi dizer que a paciente costuma dormir muito, dormir dias seguidos e, ao acordar, come e bebe; nota-se uma modificação em seu caráter, pois ela sempre fora cheia de vida e agora está apática, embora digam que seu rosto não mudou e sua beleza não diminuiu. Pois eu, quando era aluno da Universidade, vi gente com esse mal; no início permanecem no seu tormento alguns meses, sem modificação. Se forem medicados rapidamente e a doença estiver no início, podemos bloqueá-la e curá-la. Temos sais minerais muito eficazes que se aplicam até que o veneno seja eliminado e o doente volte a ficar saudável.

A enfermidade de Schoschana não assusta as pessoas e o seu tratamento não é difícil, mas a moça requer de cuidados. Prostrada na cama, em seu aposento, é cuidada por uma enfermeira atenciosa, e todos os que passam em frente ao quarto suavizam os passos para não incomodar o descanso da enferma e para captar um pouco da presença da adormecida.

Rechnitz continua a visitar o pai de Schoschana do mesmo modo como fazia nos anos passados, com a diferença de que, no passado, costumava encontrá-lo duas vezes por ano e agora o encontra duas vezes por semana. O cônsul demonstra por ele um carinho ainda maior do que o de antes e lhe diz tudo o que o coração lhe traz à boca e tudo o que a boca traz do coração. Conta-lhe às vezes sobre suas viagens e sobre certos tipos de pessoas que lhe apareciam pelo caminho. O que vira e o que não vira. Quando a gente sai de casa, acontecem coisas que nossa percepção duvida, ainda mais quando se anda por terras longíquas e estranhas. Às vezes o cônsul repete tudo o que contara e confunde uma pessoa com outra e um lugar com outro, pois pela quantidade de pessoas que conheceu e pela quantidade de países que viu confunde as pessoas e lugares. E quando ele diz "agora te contarei algo que nunca havia contado", com toda certeza voltará a contar algo que contara setenta e sete vezes. Às vezes o cônsul pára na metade, olha para Iacov com os olhos fixos e pergunta:

– Eu já não lhe contei tudo isso? É difícil para mim, pois você me deixa repetir coisas que já ouviu.

– Não, tudo é novo para mim – responde Iacov.
O cônsul volta a falar e não desconfia. E se acaso se lembra de que já havia contado, continua falando, como aquelas músicas que repetimos todos os dias porque despertam o coração e nos lembram dos dias em que as cantamos pela primeira vez. Os empregados do hotel se aproximam, tiram o cinzeiro cheio da frente do cônsul, colocam um cinzeiro limpo e perguntam num sussurro:
– O cônsul deseja algo? – e se afastam em silêncio, como chegaram.
Acontece de o cônsul divagar no passado, na época em que a Sra. Guertrud Ehrlich era viva. Quando fala daqueles dias, é preciso em cada detalhe e não se engana; e também vê o passado como sendo agora. Iacov não pergunta sobre Schoschana e o pai de Schoschana não a menciona. Mas de tempos em tempos segura a cabeça, como quem a sente doer: embora diga que sente todo tipo de dor, menos dor de cabeça, é como se sua dor houvesse se associado à dor de cabeça de Schoschana.

Uma vez, antes do *Purim*, Rechnitz foi excursionar com seus alunos pelo país, como costumam fazer os professores que saem com seus alunos. E, na verdade, nesses dias vale a pena viajar. Montanhas e vales, planaltos e planícies vestem uma vegetação verde, e o país inteiro floresce como um jardim divino.

Antes da partida, Rechnitz foi despedir-se do cônsul. Ele o viu, o olhou fixamente e lhe disse:
– Você tem o frescor de um jovem deus.
Pegou-o pela mão e saiu com ele para o jardim. A fisionomia do rapaz fez com que se erguessem à sua frente os dias de primavera, nos quais o mundo todo se renova. Ele também desejava renovar-se, se não nas montanhas e nas planícies, ao menos no jardim de seu hotel.

As flores do jardim se abriam, os limoeiros exalavam seu aroma, os galhos das palmeiras que ali cresciam se estendiam em direção ao céu azul, e o céu azul florescia com a presença de cada árvore e cada arbusto. A emoção impedia o cônsul de dizer qualquer coisa, exceto "como é bela esta árvore", "como é belo este arbusto". De repente estendeu a mão e disse:

– Schoschana está presa a seu leito e não vê tudo o que vemos.
Um suspiro partiu do coração de Iacov, que perguntou:
– Como vai Schoschana?
O cônsul pegou-lhe a mão e disse:
– Eu nunca desejei para minha filha um marido mais respeitável do que você, mas...
Iacov baixou os olhos e ficou esperando. Um instante se passou, e mais um instante, e o pai de Schoschana nada disse. Iacov levantou a cabeça e levou os olhos para cima. O pai de Schoschana o notou, suspirou e disse:
– Em breve viajaremos para Viena a fim de consultar Notengal; tomara que ele encontre um remédio para a doença dela. E você, meu filho – continuou o cônsul – você...
Não conseguiu terminar e calou-se. Lembrara-se de uma carta que o pai e a mãe de Iacov lhe haviam escrito. Queria lembrar o que haviam escrito e não se lembrava. Disse para Iacov:
– Você entende isso? Acontece de segurarmos um objeto para entregá-lo a quem pertence; de repente o objeto escapa de nossas mãos antes de o entregarmos a seu dono, e nos encontramos os dois com as mãos vazias: eu que tinha o objeto em minha mão e ele que estende sua mão para recebê-lo.
Enquanto falava, olhou para as mãos, como se lamentasse o desaparecimento de um objeto. Finalmente, estendeu a mão direita, deu adeus a Rechnitz e disse:
– Vamos.
Segurou a mão de Rechnitz, como fazem os velhos que, ao receberem uma mão quente em suas mãos, a retêm. Rechnitz percebeu isso e se alegrou por sua mão aquecer a mão dele.
O cônsul percebeu que Rechnitz esperava. Pôs seus olhos naquele jovem saudável e cheio de frescor, no esplendor de sua vitalidade e pensou em Schoschana doente, talvez mais gravemente do que o médico lhe revelara. Seu rosto se contraiu e ele olhou para Iacov através de um lamento: "O que ele quer de mim?". Retirou a mão e despediu-se.
Rechnitz separou-se do cônsul com tristeza, pois ele jamais se portara assim. Enquanto se afastava, ouviu que o cônsul o chamava. Vieram-lhe pensamentos contraditórios de esperança

e expectativa, de desgraça e sofrimento, que lhe diziam: "Vá ouvir o que você não quer ouvir".
— Meu Deus, meu Deus! — murmurou Rechnitz — Ajude-me com sua imensa piedade!
— O que eu queria dizer é que, quando retornar de seu passeio, não se esqueça de vir nos ver — disse-lhe o cônsul.
Rechnitz colocou a mão no coração e disse:
— Eu virei.
O cônsul acenou-lhe com a mão, desejou-lhe boa sorte, e seu semblante voltou novamente a expressar o afeto de antigamente. A alma de Rechnitz tornou a acalmar-se: "Agora devo me apressar e ajeitar minha viagem". Começou a enumerar os objetos que deveria levar para o passeio. Os objetos vinham à sua mente em confusão, mas finalmente começaram a se ordenar e não precisou voltar a enumerá-los.

26

Transformações e mudanças não ocorreram com Schoschana, dormia alguns dias seguidos e despertava como se fosse apenas para tornar a dormir. Deus do céu! Que mal fez Schoschana para que a tortures tanto? Se é por causa de seu orgulho, todo o seu orgulho não era mais que a manifestação dessa doença, que tira a capacidade da pessoa ser simpática com os outros. Quem seria capaz de imaginar que esta moça tão graciosa, cujos cílios cobrem seus belos olhos, como se só alguns fossem merecedores de os olhar, e cuja postura era a de uma palmeira que começa a florescer, teria o destino de dormir todos os seus dias?

Schoschana permanece deitada em sua cama. Todo aquele que passa diante de seu quarto suaviza os passos para não lhe perturbar o sono, para captar um pouco da sua presença, mas nada capta, pois toda a presença dela se esconde nas profundezas do sono. Já fazia muitos dias que Iacov não via Schoschana. O pai dela envelhecera além da conta de seus anos. Deus não lhe dera a mesma doença, mas lhe tirou a capacidade de permanecer desperto. Nas horas em que as pessoas costumam estar acordadas, ele dorme, e, às vezes, adormece até conversando. Desperta, suspira e diz:

– À noite, quando eu quero dormir, permaneço desperto e de dia, quando quero conversar com alguém, o sono me domina.

Rechnitz percebeu que o cônsul se sentia envergonhado e então começou a evitar o hotel. Vinha perguntar como o cônsul estava passando e o cônsul não lhe perguntava por que não viera nem ontem e nem antes de ontem. Na verdade, nada mudara entre ele e Iacov; ao contrário, o cônsul passou a nutrir por ele um novo afeto, fruto da velhice repentina.

Quando se divulgara o chamado da Universidade, todos começaram a aproximar-se de Rechnitz mais do que antigamente, sem qualquer intenção para si ou para sua filhas, pois reconheciam que o Dr. Rechnitz estava comprometido com Schoschana Ehrlich, e não havia como mudar. Porém, depois que Schoschana Ehrlich adoecera, voltaram a pôr os olhos em Rechnitz. As expectativas dos pais nem sempre têm fundamento, e se desiludem de qualquer esperança – porém, a partir dessa desilusão floresce uma nova esperança: Schoschana sofria de doença do sono e as esperanças dos pais das moças despertavam. Suas filhas pensavam diferente. De toda a esperança que alimentavam em relação a Rechnitz, em seus corações só restaram saudades antecipadas, antes de sua partida.

Rechnitz preparou a viagem para a América ou para a Europa. Há três anos não via os pais: quando viajava em férias, ia a Nápoles, por causa das pesquisas, e não chegava até sua casa.

Desde o dia em que fez alusão à ida, sua mãe fica à janela da casa lendo as cartas do filho por ordem de datas ou a carta que o cônsul lhes mandara de Iafo. Iacov está em Iafo, revendo-se como uma criança, no tempo em que também Schoschana era ainda uma criança pequena, usando um vestido curto, correndo atrás de passarinhos, colhendo flores e delas fazendo uma coroa para a sua cabeça. Seus pais já se mudaram do bairro do cônsul, e a casa dele permanece como que abandonada, sem moradores; mas sempre que Iacov pensa na casa de seus pais ele a vê vizinha à casa do cônsul.

Entretanto Rechnitz voltou ao seu trabalho. A imaginação, que capta muitas coisas ao mesmo tempo, também separa detalhe por detalhe; eles se repetem, se juntam num só e se tornam um só bloco, que se desmantela e se reúne, como uma grande existência, que é feita de várias partes presas e amarradas como uma só. Novamente Rechnitz faz seu trabalho ao lado do microscópio e está contente, como acontece às vezes, com pequenas coisas que nos trazem uma grande alegria, ainda mais quando se unem a algo grande. As plantas do mar são discretas em suas cores, verde, vermelho, marrom, azul, não têm cheiro nem sabor, e não sobrevivem na terra, mas Rechnitz gosta delas mais do que de todas as árvores, arbustos e flores do mundo. Pela força daquele afeto ou pela força daquela qualidade de se alegrar muito com uma coisa mínima, sua alma também cresce, continua crescendo e se completando. E com a plenitude da alma vem a paz de espírito. Novamente ele analisa, pesquisa e examina com amor imenso coisas que havia deixado por muitos dias, talvez desde o dia em que Schoschana Ehrlich chegara a Iafo. A ciência é uma noiva suave e não tem ciúme das outras; quando se volta a ela, se encontra nela o que não havia em mil de suas rivais. Há quantos dias e semanas estas algas estão abandonadas! Elas flutuam em água salgada, dentro de bacias quadradas e compridas, de vidro branco, e transbordam de água salgada como lágrimas. Quando Rechnitz a elas retornou e enxugou-lhes as lágrimas, elas o olharam com olhos afetuosos que o fizeram esquecer de tudo.

Iafo, a bela dos mares, está cheia de todo tipo de gente que se ocupa do comércio e do trabalho com embarcações e seu agenciamento, cada qual correndo atrás de seus negócios e se ocupando com sua faina. Mas há quem não se ocupe desses negócios; por exemplo Iacov Rechnitz, que, no entanto, não é um desocupado; e poder-se-ia até dizer que ele trabalha mais do que todos. Qual a utilidade dessas plantas das quais ele se ocupa? As estrelas enfeitam o firmamento e iluminam o universo, e seus habitantes e as flores enfeitam a Terra e exalam um agradável perfume. Uns nasceram para iluminar e outros para perfumar. Estas algas, que não têm nem sabor nem perfume, que prazer há nelas? Porém, longe de Iafo, longe da Terra de Israel, há pesquisadores de algas que se ocupam com as mesmas coisas de que Rechnitz se ocupa, valorizam o trabalho que ele faz e lhe dão crédito e valor.

27

Em homenagem a Rechnitz, reuniram-se todos os seus amigos, professores e membros da escola, e ofereceram-lhe uma festa de despedida. Primeiro queriam fazer a festa no Hotel Semíramis, mas concordaram finalmente em fazê-la na escola em que Rechnitz ensinava.

Sentaram Rechnitz à cabeceira, os dois diretores um à sua direita e outro à sua esquerda. A seguir, todos os professores e membros da escola, cada qual segundo sua importância. A mesa estava posta e sobre ela havia vinho, bolos, laranjas, amêndoas, amendoins e as outras frutas da estação.

Levantou-se o primeiro diretor e disse:

— Meus senhores, todos sabem por que aqui nos reunimos: um dos que trabalharam conosco, por três anos, separa-se do grupo. Eu não preciso dizer quanto sentimos por isso. Mas nossa alegria é tão grande quanto nossa tristeza, pois ele vai para um lugar de importância e de honra. E nós nos sentimos honrados com o fato. Ergo o meu copo e faço um brinde em sua homenagem, a todos nós e à nossa escola, na qual professores como Rechnitz ensinam.

Depois que ele bebeu, levantou-se o outro diretor e começou:

— Meu colega disse que nossa alegria é tão grande quanto nossa tristeza, pois nosso amigo é promovido e alcança um lugar de importância e honra, isto é, vai para uma universidade fora de Israel. Mas eu, ao invés de estar alegre como meu colega, estou triste. Por que Rechnitz se vai daqui? Porque não temos uma universidade; portanto, se tivéssemos uma universidade ele não precisaria nos deixar, ao contrário, ele promoveria a nossa universidade e seria seu catedrático. Queridos amigos, aqui eu toquei num ponto que finalmente deve ser dito. Por que não temos uma universidade? Porque nós nos contentamos com pouco, por isso nada temos. Eu sei que se riem de mim, por eu querer uma universidade para nós. De que não se riem? Não há nada que façamos que não se riam de nós. Por acaso quando fundamos esta nossa escola não houve quem risse de nós? Chamaram-nos de charlatães. Agora aqueles que se riram pedem um cargo aqui. Porém, eu não comparo uma universidade a uma escola secundária. Nada no mundo se parece, com exceção dos espertos e dos gozadores, que se parecem uns com os outros, em todo lugar e em todos os tempos. Hoje eles riem, amanhã se admiram, depois de amanhã querem ter o prazer e finalmente se orgulham e dizem que foram eles que deram a idéia da coisa. Para finalizar, espero que em breve nós também consegamos uma universidade e convidemos você, Rechnitz, nosso colega, para vir fazer conferências em nossa universidade. E como será grande esta universidade, quando todos os sábios de Israel, de todas as universidades do mundo, se reunirem em Jerusalém, no monte do Templo, para ensinar ciência e sabedoria. Uma universidade dessas, meus professores e meus senhores, nunca foi vista. Entenda-se que eu não me refiro a uma espécie de escola de Bíblia para pesquisadores de judaísmo. Basta deste judaísmo com que nos empanturram noite e dia! Quando digo universidade, refiro-me a uma universidade real, na qual se estudem todas as ciências, como em todas as universidades. E aqui eu me dirijo a você, Rechnitz, nosso colega. Meu caro Rechnitz, assim como nós sentimos que você nos deixe, assim futuramente nós nos alegraremos no dia em que o trouxermos de volta para cá, para a nossa universidade. Você é abençoado na sua partida e será abençoado na sua volta. *Lekhaim*, saúde!

Quando o orador terminou, o salão estourou em vivas.

Depois que as vozes se calaram e foi bebido o brinde, outros oradores se ergueram e discursaram um após o outro, até depois de meia-noite, quando foram para suas casas em paz.

28

Desde a época em que o cônsul chegou a Iafo, Rechnitz deixara de ir às casas que estava habituado a freqüentar, pois a toda hora corria para ver o cônsul; agora, tendo deixado também o cônsul, passa a ficar em seu quarto, dedicando-se ao seu trabalho. Pega uma alga, corta-a, examina-a ao microscópio; pega outra alga e a cola sobre um papel, dobra o papel e o coloca em seu caderno grande, escreve o nome de cada alga e o nome do local de onde a retirou, e também o dia em que a tirou do mar. Perto de duzentas espécies de algas retirou Rechnitz do mar de Iafo, de Haifa, de Ako, de Cesaréia, de Hadera e de outros lugares. Não estaríamos exagerando se disséssemos que não há em todo mundo quem tenha tantas algas do Mar Mediterrâneo quanto Iacov Rechnitz. Atualmente conhecemos mais de duzentas algas do Mar Mediterrâneo e os pesquisadores que são especialistas nisso conhecem mais do que nós. Naquela época não havia no mundo quem possuísse uma coleção de algas como a de Rechnitz. Algumas ele secou, outras colou num papel e com outras, ainda, ele montou um caderno. À primeira vista pode parecer-lhe que está vendo desenhos feitos por um artista, já que cada traço é perfeito e belo. Pois é próprio das algas coladas serem absorvidas pelo papel e não se destacarem na superfície dele. Mas se você depositar nelas uma gota de água, imediatamente se tornam macias e então, à sua frente, criam vida: coisas do criador, que cuida de toda espécie inferior da mesma maneira que cuida de espécies grandes e superiores. Às vezes, a emoção faz os olhos de Rechnitz deitarem uma lágrima, que amacia a planta.

Todo dia o mar traz novas algas e à noite, quando a Lua brilha, as moças de Iafo saem para passear à beira-mar. As ondas beijam-lhe os passos e jogam à frente delas plantas e mais plantas, como aquelas que Rechnitz costuma recolher. Mas você não encontrará Rechnitz ali. Rechnitz se satisfaz com o que tem dentro de sua casa e sobre sua mesa. Alegre e com o coração em paz, ele permanece ao lado das bacias de vidro cheias de água salgada, tendo à sua frente um caderno grande, cujas folhas estão repletas. É um prazer para o espírito e uma diversão para os olhos examinar aquele caderno.

Se formos resumir os atos de Rechnitz, basta dizer que ele permanece em seu quarto e se dedica ao seu trabalho. Mas os atos das pessoas, além de terem um lado positivo, têm também um lado negativo. O lado negativo dos atos de Rechnitz é que ele desviou a atenção de todo e qualquer assunto que distraísse seu coração de seu trabalho. Quando deixa a escola, volta para sua casa e para seu trabalho. Às vezes, concentrado no trabalho, ele se esquece de acender o fogareiro e fazer café, e se o acende, se esquece de colocar café na chaleira, até que a água transborda, sobe e apaga o fogo; nem é preciso dizer que não vai à casa dos pais de suas alunas e amigas tomar chá. Assim, ele se afastou de todas as casas, aquelas casas repletas de gente boa e correta, que, se aos nossos olhos parecem pessoas modestas, serão grandes no futuro, pois moram na Terra de Israel e se tornarão os pioneiros de Iessod Hamaalá. E se a razão da ida deles a Israel não é a mesma para todos, é possível que justamente aqueles que vieram por uma razão pessoal sejam lembrados e inscritos para sempre, e aqueles que vieram por idealismo, pela Terra de Israel, não sejam lembrados nem mencionados.

Assim como desviara seu coração deles, também o desviara de suas filhas. Aqueles dias foram talvez os melhores dias de Rechnitz. Por causa desse grande interesse, tirou de seu pensamento todos os outros. Mas também aquele grande interesse se desfez. Rechnitz sabia que precisava preparar a viagem, se não para a Europa, então para a América e, se não para a América, então para a Europa, pois o cônsul já estava de partida e era melhor viajar com ele e com Schoschana do que viajar só. Mas seu trabalho o desviou das viagens. As pessoas de Iafo, que sabiam que Rechnitz preparava suas conferências, não o atrapalhavam em seu trabalho. Ele, por sua vez, não se ocupava com as coisas que as pessoas sabem ser necessárias. Se Rechnitz fazia alguma pausa, era para bendizer e agradecer aos deuses que foram bondosos com ele.

29

Certa noite Rechnitz estava em seu quarto. As portas do apesento estavam fechadas, as cortinas descidas e a luminária iluminava a mesa e as diversas plantas dispostas sobre a mesa. Os dias em que o quarto de Rechnitz ficava cheio da beleza e do perfume das flores já estavam distantes. Agora, à sua frente, só há ervas do tipo que ninguém chega ao nariz por causa de seu cheiro, e também o esboço da conferência que ele está preparando, pois se for para a América, terá seu estudo à mão. Esta noite, que não passa de uma simples noite, foi especial para ele; nela Rechnitz experimentou algo que uma pessoa não experimenta senão uma ou duas vezes na vida. É quando alguém se afasta de tudo por causa de determinado objetivo e no final aquele objetivo também se afasta, isto é, quando abre mão de um desejo por outro e este, afinal, também se anula; assim fica-se livre de qualquer objetivo e de qualquer desejo. Em toda sua vida, Rechnitz não fora livre como naqueles dias em que se afastara de Rachel, de Lea, de Osnat, de Raia e das outras, por causa de Schoschana Ehrlich; desesperançara-se de Schoschana Ehrlich por causa de sua doença; estava para preparar sua viagem, desviara a atenção da viagem por causa do trabalho e faz do trabalho um objetivo e um princípio.

Talvez já tenhamos dito que Rechnitz era uma pessoa discreta e não corria atrás de moças, mas era uma pessoa de natureza sociável e que um grupo pequeno de moças bonitas lhe agradava mais do que todas as criaturas do mundo. Às vezes, seus pensamentos lhe traziam isso à consciência, e quando percebia, ficava assustado. Com a vinda do cônsul sua consciência voltara, mas sua paz se fora. Quando retornou ao trabalho, sua paz também retornou. Mas como era possível não sofrer com a desgraça de Schoschana? Muitas razões, porém, se desenvolveram e vieram enfraquecer seu coração, de tal forma que nem com todo o conhecimento de linguagem conseguimos descrevê-lo.

Rechnitz permanecia então em seu quarto, em paz com sua alma e livre de qualquer objetivo e desejo, pois já se conformara com a desgraça de Schoschana, que está deitada e doente. Os bons deuses foram bondosos com Rechnitz e lhe deram a paz e o descanso, e com a paz e o sossego lhe deram a alegria do trabalho. Não por muito tempo, porém. Os deuses são ardilosos e ao verem que o nosso sucesso cresce, designam enviados que nos tiram do nosso mundo. Qualquer pessoa pode ver isso por si, mas, sendo negligente para ver por si, que veja então com Rechnitz. Não vamos falar da beleza daquela noite nem nos prolongaremos em elogiar o sossego, e contaremos como foi bruscamente interrompida a tranqüilidade de Rechnitz.

Estava ele sentado, quando ouviu uma batida na porta. Em seguida a porta se abriu e Tamara apareceu. Ela nunca havia visitado Rechnitz, talvez nunca tivesse visto o quarto de um rapaz, e isto se percebia por suas atitudes e por aquele leve brilho que alterava seu rosto.

Tamara permaneceu na soleira da porta, até que o dono do quarto a fez entrar. Seus lábios tremiam como flores ao orvalho matutino. Rechnitz não a pegou em seus braços, mas tomou-lhe as mãos em suas mãos e sentou-a no sofá. Tamara é uma jovem modesta. Nunca se atrevera a pensar que pudesse ser notada, ainda mais por um grande erudito como Rechnitz. Como então viera até ali? É que, como esperava futuramente sair de Israel e ele ia para a América, ela juntou todas as forças e veio vê-lo.

Tamara terminara o ginásio em Iafo e preparava-se para viajar para a Europa, a fim de estudar medicina, como seu pai, que era médico. Enquanto isso fazia trabalhos de escultura e objetos de argila. Estava com problemas e não sabia para onde seu coração tendia. O corpo do homem é cheio de segredos; seus dedos querem criar formas. Às vezes ela sonha com carne e sangue, às vezes com formas de pedra. Rechnitz se emociona com a conversa de Tamara, apesar de não haver nela nenhuma grande sabedoria. Subitamente sente vontade de tomar em seus braços aquele corpo que não sabia o que fazer e beijar seus lábios. É possível que o fizesse, não fosse o som dos passos de pessoas que chegavam e subiam.

Novamente se ouviu uma batida na porta. A porta, que não se abria para visitas há muitos dias e noites, nessa noite se abriu duas vezes.

30

Rechnitz foi arrancado de seus pensamentos e não se deu conta que a pequena Tamara os ocupava. Rachel e Lea entraram. Elas não pensavam em entrar, é que passaram pela casa dele, ouviram vozes, perceberam que ele não estava ocupado com seu trabalho e entraram. Na verdade não erraram, pois se Tamara estava ali, com certeza ele não estava ocupado.

Tamara estava sentada no canto do sofá e olhava para Rachel e para Lea, sem ódio ou inveja; se alguma partícula de inveja nela surgisse, seria a que uma garota sente das moças que conversam com Iacov sem timidez. Tamara baixou a cabeça sobre o peito e aspirou o perfume do cravo em sua blusa, satisfeita de ter um lugar entre as duas moças, entre Rachel e Lea.

Rechnitz tirou suas bacias e suas algas e passou o microscópio para outro lugar. Sobre a mesa ficaram apenas algumas algas secas que ele não utilizaria, pois tinha outras daquele tipo, dobradas e colocadas em seu caderno. Agora que afastara todo seu material de trabalho e à sua frente estavam somente as visitas, queria oferecer-lhes um doce, como sempre costumava fazer, porém não achou chocolate nem frutas, pois, desde a chegada do cônsul, comia fora e não comprava nada para si. Mas Zeus, o anfitrião, inspirou o dono da casa a fazer um chá, porque chá é bom a qualquer hora.

Rechnitz pegou a espiriteira e acendeu-a. Ela queima como nos dias em que Rachel Halperin freqüentava a sua casa. Rachel senta-se e olha, ora para a luz que brota e sobe das fendas do aparelho, ora para a luz que se reflete no espelho que está à frente. Rachel está pensando: "Rechnitz parte para a América e não mais o verei; é possível que me tire de sua cabeça e me esqueça, do mesmo modo que não pensava em mim antes de ter-me conhecido, e talvez seja esta a última vez que eu esteja aqui neste quarto". Ergueu o olhar para Rechnitz, mas ele estava de costas, ocupado com o chá e o açúcar. Apertou os lábios ferinos, pegou duas ou três algas das que Rechnitz deixara sobre a mesa, pois lhe era difícil jogá-las fora. Segurou-as e começou a trançá-las. Lea Lúria já se ocupava da preparação do chá, como costuma fazer, tomando a si todo o trabalho.

O pequeno aparelho está entre a porta e a janela, e a água borbulha e sobe. Quando a água ferver o suficiente, dará apenas para servir as moças, pois a chaleira é pequena e nela não cabe muito. Agora deixemos o chá até que ferva e vamos nos dirigir aos outros assuntos.

O aparelho ali está e a água continua esquentando. Tamara permanece no canto do sofá e Rachel está sentada ao lado da mesa, trançando uma espécie de coroa de flores. Acontece de vir-lhe ao coração uma espécie de melodia, "À nascente senta-se o rapaz, trançando flores para uma grinalda", e ela se admira por estar mexendo com uma espécie de planta cujo cheiro era como o cheiro do iodo que se coloca sobre as feridas. Lea disse:

— Eu estou aqui parada como se nada houvesse, no entanto prometi a Osnat que iria vê-la.

— Você é um feixe de promessas, Lea — disse Rachel, e voltou a trançar a coroa.

— O que posso fazer se prometi? Deixarei que espere à toa? — disse Lea.

— Osnat vai esperar até cansar — respondeu Rachel.

— Aonde você vai, Tamara?

— Vou chamar a senhorita Maguergot — disse Tamara. — O senhor Rechnitz nada tem contra isso não é?

— Ao contrário — disse Rechnitz.

— Eu sabia que eu e Lea não éramos suficientes para você. Quem mais chamaremos? — brincou Rachel.

Enquanto Tamara se preparava para ir à casa de Osnat, esta chegou e com ela veio Raia, sua parenta; pois Osnat não esperara por Lea e saíra com Raia Zabludovski e, no caminho, passaram pela casa de Rechnitz, ouviram vozes conversando e entraram.

Na verdade Osnat não tinha intenção de ir à casa de Rechnitz, mas estava satisfeita de ter vindo. Raia Zabludovski também não viera por causa de Rechnitz, e sim por ela mesma, pois a todo lugar aonde vai leva a si mesma consigo, portanto, todo lugar é o seu lugar. Estão portanto as cinco moças na casa de Rechnitz, cada qual por seu próprio motivo, e as cinco satisfeitas por estarem perto dele.

— Quem mais está faltando aqui? — disse Rachel.

— Se Mira estivesse aqui, nosso grupo estaria completo — comentou Lea.

— E de onde você pegaria um copo para ela? — disse Rachel.

— Eu não bebo chá — disse Tamara.

— Minha menina, aqui há mais bocas além da sua — respondeu Rachel.

Tamara baixou a cabeça sobre o peito e cheirou o cravo de sua blusa.

— Eu não quis ofendê-la, Tamara — afirmou Rachel.

— Eu sei, senhorita Halperin, que sua intenção não era me ofender e eu não estou ofendida.

– Poderíamos passear. Quem é a favor disso, levante a mão – disse Osnat depois que todos tomaram chá.
– É melhor que vocês levantem os pés para sairmos – disse Rachel.
– Primeiro vou arrumar a cama do dono da casa, e quando ele voltar encontrará a cama arrumada. Para onde vamos? – disse Lea.
– Para onde? Por aí – disse Osnat.
– Quando passarmos pela casa de Mira, também a chamaremos. Quem é a favor disso? – disse uma outra.
Novamente Rechnitz se encontra entre seis moças. Há uma hora atrás, estava satisfeito por tê-las deixado e agora estava satisfeito por terem voltado. A inveja dos deuses faz uma vez ser assim e outra vez ser diferente, para que não saibamos por nós mesmos o que é bom e o que é mau para nós.

31

O mar se deita num leito sem fim, e suas ondas que a luz da lua branqueia parecem uma camisola de dormir. As praias se alargam e a lua brilha na areia e no mar. Uma brisa agradável acaricia Rechnitz e as seis moças, que no caminho também chamaram Mira, que se apressou em vir para completar os Sete Planetas. Uma noite destas e uma brisa tão agradável, quando vêm juntas, o bem é completo e são muito bem-vindas.

Rachel, Lea e Osnat caminham à direita de Rechnitz e Raia, Mira e Tamara caminham à sua esquerda; Rechnitz caminha no meio. Às vezes elas trocam de lugar: as que caminhavam à sua esquerda vão para a direita e as que caminhavam à sua direita vão para a esquerda, mas o tempo todo elas cuidam para que Rechnitz ande no meio. Rechnitz caminha entre as moças conduzindo e sendo conduzido, como nas primeiras noites boas há uns dois ou três anos. Seu pensamento estava afastado de Schoschana naquela hora. Só a lembrança dela enfeitava-lhe o coração, como os cílios dourados de Schoschana enfeitam-lhe os olhos enquanto ela dorme.

Rachel Halperin parecia alegre e Lea Lúria estava realmente alegre.

— Esta noite! — exclamou Lea emocionada, e os encantamentos, que não possuem boca, vibravam em sua bonita voz. Como não soubesse dizer todo o louvor daquela noite, estendeu as mãos delicadas e olhou para o espaço do mundo que a noite comanda com a força de sua beleza.

— Esta noite — repetiu Lea. — E novamente sua voz se interrompeu.

E como não conseguia abrandar a inquietude de seu coração, ela disse:

— Meninas, meninas, por favor, olhem e vejam!

Ó mar e o firmamento, o céu e a terra e também todo o espaço, que no momento eram um corpo que não era corpo, e sim uma espécie de calma branca envolta em azul ou um azul esbranquiçado, límpido como o ar. E no céu acima do mar a lua corre como uma sonâmbula. E a areia também estava como que atingida pela lua, e parecia que ela também andava e caminhava. Como essa areia e como todo o ar assim estavam as moças e Rechnitz, todos unidos, como que atingidos por um sonho. Se olhavam para cima viam a lua correndo, se olhavam para o mar, viam-na pairando na superfície das águas. Céu e terra, terra e mar se tornaram como que um só bloco, contido em outro bloco invisível ao olho.

Rachel pegou a mão de Lea, Lea pegou a mão de Osnat, Osnat a mão de Raia, Raia a mão de Mira, Mira a mão de Tamara, Tamara pegou a mão de Rachel e todos circundaram Rechnitz e começaram a dançar. Até que Rachel saiu da roda e se ajoelhou junto ao mar, enquanto seus olhos se erguiam em direção da lua. Osnat movia os dedos no ar, como se tocasse piano.

— Sabe, Tamara, se eu tivesse um cavalo, eu galoparia do começo ao fim do mundo — disse Mira a Tamara.

— Por favor, minha gente, será que um de vocês tem em seu bolso um cavalo para Mira? Ai Mira, Mira, no meu bolso também não há nenhum cavalo. E então, o que farei por você, Mira? Quem sabe você dispensa o cavalo e vai a pé — disse Raia.

— Por você, Raia, irei a pé — respondeu Mira rindo e abraçando Tamara.

Tamara inclinou a cabeça sobre o peito de Mira e disse:

– Você é uma boa amiga, Mira.
– Levanta, pequena, levanta! Meus sapatos se encheram de areia – disse Raia para Tamara.
Ela se apoiou em Tamara, descalçou os sapatos e os sacudiu para tirar a areia.
– Olhem só! O que há lá no mar? Por Deus! Uma luz brilha sobre o mar. Olhem para o mar e para a luz que vem da embarcação que zarpou. Os que estão na embarcação sabem se estão vindo para Israel ou se estão partindo daqui! – exclamou Lea de repente.
Iacov Rechnitz e as moças que caminham com ele não discutem para onde aquela embarcação viaja. Permanecem silenciosos e olham para a luz que flutua na superfície do mar e uma grande quantidade de água envolve a luz e a embarcação. A luz submerge e sobe, volta a submergir e volta a flutuar. Num navio desse tipo, em breve, Iacov navegará para distâncias sem fim, e é possível que elas estejam assim como agora, na praia, vendo a luz de longe, mas Iacov não as verá, não as perceberá, do mesmo modo que os passageiros do navio não sentem a presença deles. Elas permanecem caladas, olhando e abraçando uma a cintura da outra. Por fim afastam seus pensamentos do navio e sentem pena de si mesmas, como se lhes tivessem tirado alguma coisa.
Aquilo que faz pensar faz falar. O que elas pensavam, Lea transformou em palavras:
– Eu já lhe perguntei, senhor Rechnitz, quando parte para a América?
– É possível que o doutor vá para tão longe, assim? – quis saber Rachel.
– O que significa assim?
– Assim significa só – respondeu Rachel.
– O que significa só?
– Só significa sem esposa – concluiu Rachel.
Lea pegou a mão de Iacov e a beijou para o apaziguar e acalmar.
– Que pena que nós não combinamos entre nós que a primeira que pegasse na mão de Rechnitz venceria e o acompanharia à América – comentou Rachel.
Lea largou-lhe a mão e disse:

— Você é uma menina má, Rachel!
— Ela é uma menina má por ter pego a mão dele? — indagou Osnat.
Tamara se aproximou e pegou a mão dele.
— Não vai te adiantar nada, Tamara. Foi dito quem chegasse primeiro, e não você, que chegou depois — disse Rachel.
Tamara envolveu a mão de Rechnitz e cheirou o cravo que trazia sobre o peito.
— Eu não sei o que é isso; parece que quero correr, correr do começo ao fim do mundo — disse Mira.
— Correr? Que idéia é essa?
— Se eu correr, nem um cavalo com seu cavaleiro me alcançarão.
E ao acabar de falar, ergueu as pernas ligeiras e começou a correr.
— Mira, Mira! não se afaste! — gritou Lea.
Mira nada ouviu, pois já se afastara e corria.
— E você, minha Tamara, fica aí como um passarinho preso? Você não quer exercitar suas pernas? — perguntou Raia a Tamara.
Tamara alçou os olhos na direção de Iacov e o olhou para ver se lhe agradava que ela corresse. E enquanto o olhava, suas pernas se levantaram e ela começou a correr.
Osnat pegou as pontas de seu cinto, balançou-as para cá e para lá e disse:
— Se o doutor Rechnitz não escolher uma parceira dentre estas fortes corredoras, eu não sei quem ele escolherá.
Enquanto ela falava, as pontas do cinto caíram de suas mãos e suas pernas começaram a mover-se. Rachel riu e perguntou:
— Você quer correr?
— Se você correr comigo, eu correrei — disse Osnat.
— Não, corra você — respondeu Rachel. — O que é isto em minha mão? Uma coroa de espinhos? Doutor, eu esqueci suas ervas em minha mão e as trouxe comigo. Ouçam, meninas, ouçam! Aquela que chegar antes de todas ganhará esta coroa.
E enquanto falava, levantou as algas que ela havia trançado em forma de coroa e voltou a dizer:

— Quem chegar primeiro colocará a coroa na cabeça. O que você quer, Lea?
— Não era assim que os gregos costumavam fazer. O costume deles era assim: os rapazes costumavam correr e aquele que chegasse na frente de seus companheiros vencia e era coroado pelas mãos da mais bela moça que estivesse com ele. Não era assim, doutor Rechnitz? — disse Lea.
Enquanto ela falava, seus joelhos começaram a tremer.
— Rachel, corra comigo! — gritou Lea para Rachel.
— Corra, Lea, corra! Quem sabe você ganha esta coroa — respondeu-lhe Rachel.
Enquanto isso as moças voltavam de sua corrida.
— Ó meninas, se vocês estivessem aqui, teriam ouvido coisas bonitas — disse-lhes Lea.
— O que foi que nós não ouvimos? — perguntou Osnat.
— Vocês estão vendo esta coroa? Nós impusemos uma condição: aquela que ganhar a corrida receberá esta coroa de ervas que o próprio doutor Rechnitz colheu no mar. Concorda, senhor Rechnitz? — disse Lea.
Rechnitz acenou e disse:
— Concordo.
Enquanto dizia isso, seu rosto empalideceu e seu coração se agitou.
— No entanto, o costume dos gregos era que os rapazes corressem e não as moças — voltou Lea.
— Como aqueles rapazes já morreram e nós estamos vivas, faremos o que os rapazes costumavam fazer. De acordo, senhor Rechnitz? Sim ou não? — insistiu Osnat. — Você se cala, doutor...
— Eu concordo — respondeu Rechnitz, e seu coração continuava agitado.
— Então, moças, fiquem em fila. De onde começaremos e até onde correremos? — quis saber Osnat. Olhou para os lados do Hotel Semíramis e acrescentou:
— Começaremos no Hotel Semíramis.
— E onde terminaremos?
— Terminaremos no cemitério antigo dos muçulmanos. Senhor Rechnitz, fique conosco na fila e diga "um, dois, três!" Quando você disser três, nós começaremos a correr. Raia, não

seja diferente de todas! Tamara, enquanto Rechnitz não gritar, não se mova. Você escutou ou não?
— Escutei — disse Tamara.
— Então fique no seu lugar e não se estique como o pescoço de um camelo.

As moças estavam todas juntas em frente ao Hotel Semíramis, cujas sacadas estão voltadas para o mar. Viraram-se em direção ao cemitério antigo, ponto combinado para a chegada. Abriram espaço para Rechnitz e cada uma olhava para as próprias pernas. Rechnitz ficou no meio e sua cabeça girava para cá e para lá; olhou para as moças que se preparavam para correr e para a coroa que estava no braço de Rachel; tornou a olhar para as moças, pensando sobre qual delas seria coroada. Suas mãos tremiam e seu coração se agitou tanto que lhe era difícil pronunciar qualquer palavra.

A areia estava úmida e parecia compacta. A lua brilhava na areia escura e a areia escura era como a sombra de um espelho. As seis moças estavam como arcos tensionados que ainda não receberam a flecha, e cada uma esperava pela palavra que as faria correr. Mas aquela palavra não vinha; talvez Rechnitz já tivesse esquecido tudo o que havia sido combinado há pouco, talvez não; por isso se demorava. Disse uma delas:
— Por que ele demora tanto?
— Doutor, comece a contar! — exigiu uma outra.

Iacov gritou com voz insegura:
— Um!

Estremeceram as moças que estavam à sua direita e à sua esquerda, até a areia sob os seus pés estremeceu. Também Rechnitz tremeu, e talvez mais do que elas. Exclamou Rachel de repente:
— Espere, Iacov, espere! — Ela saiu de seu lugar, ajoelhou-se diante dele, tirou a coroa do braço, entregou-a a ele, voltou a seu lugar, entre as amigas e prosseguiu: — Agora, doutor, diga "um, dois e três".

Rechnitz ouviu e não deu atenção; deu atenção e não ouviu. De repente as palavras saíram por si de sua boca e se ouviu uma voz dizendo:
— Um, dois, três!

As moças se ergueram e começaram a correr.

32

Iacov segurava nas mãos a coroa que Rachel Halperin trançara com as algas secas que encontrara sobre a mesa. Ele olhou para os lados sem saber onde fixar o olhar. As seis moças corriam juntas, até que uma saiu da fila e se desenrolou como um novelo de linha que cai das mãos da tricoteira. Voltou a juntar-se às amigas que a alcançaram, e a fila voltou a separar-se, uma moça para cá, outra para lá, até que uma se adiantou, mas as outras a ultrapassaram e de novo se misturaram e de novo se separaram. Os olhos dele ardiam a ponto de começarem a doer. Mesmo assim não desviava os olhos da corrida das moças e apurava os ouvidos para acompanhar o ruído de seus passos, apesar da dificuldade, porque àquela hora a maré estava subindo e o barulho das águas se elevava.

Ao som das ondas e à visão do mar que se estendia sem fim, Rechnitz fecha os olhos. Vê sua mãe ajoelhada à sua frente: ele é pequeno, e ela lhe põe uma gravata nova no pescoço, pois é dia do aniversário de Schoschana e ele fora convidado para ir à casa do cônsul. "Não há dúvidas", disse Rechnitz para si mesmo, "esta não é minha mãe, e não é preciso dizer que também não é a mãe de Schoschana, pois uma está longe e a outra morta. Se eu abrir os olhos verei que isto não passa de ilusão de ótica. Ela tanto se parecia com minha mãe quanto com a mãe de Schoschana. Já que um corpo não foi feito para ser dois, forçosamente não se trata nem da minha nem da sua mãe. Mas quem é ela? Será Schoschana? Schoschana não, com certeza, pois está deitada e doente".

Abriu os olhos e compreendeu que tudo o que vira antes não passava de imaginação, uma visão que a pessoa pensa ter tido. E na verdade não era nem sua mãe, nem a de Schoschana, nem Schoschana, e sim Lea e Rachel e Osnat e Raia e Mira e Tamara. Iacov passou a coroa de uma mão para a outra e viu as moças que corriam ora lado a lado, ora uma atrás da outra, querendo cada uma ultrapassar sua amiga. Rachel é leve como uma corça, e é quase certo que chegará à frente de suas amigas. Mas Lea, a retraída cujos passos são medidos, passou à frente de Rachel. Mira a ultrapassou, e certamente passará suas amigas, pois está acostumada ao exercício físico e às corridas a pé.

Acabou ficando atrás de Osnat, mas ambas foram ultrapassadas por Rachel e Raia.

A pequena Tamara, engolida pelo ar, arremessada no espaço, subia, era novamente engolida e desaparecia e não mais era vista. Mas parece que passou à frente das amigas. No início ele não se importara com quem ultrapassaria quem e agora estava aborrecido com o fato de Tamara estar vencendo a todas. De todo modo, resta a Iacov um pouco de esperança, pois o cemitério fica distante e enquanto ela não chegar lá, poderá ser superada por uma de suas amigas. De fato já se vê uma espécie de vulto que corre e ultrapassa Tamara. Mas está muito longe e ele não reconhece quem seja. Iacov forçou a vista, fechou as pálpebras e deixou por conta do tempo. O tempo, entretanto, parou e não colaborou com Iacov.

Mais de uma hora se passara. Rechnitz estava parado sem se mover. "O que é isto?" perguntou ele, "Já está na hora de voltar e elas não voltam". Abriu os olhos e olhou à sua volta. Céu e terra, terra e mar mesclados, as ondas do mar que se levantam, seu troar contínuo, e o ruído dos passos das meninas não é ouvido. "O que é isto?" pergunta Rechnitz, "Por que elas não voltam?" O mar se alarga sem parar, suas ondas invadem o continente e não se ouve o som dos passos das meninas nem elas são vistas. Para onde foram e onde desapareceram?

Rechnitz pendurou a coroa no braço, correu até alcançá-las e encontrou a todas. Com elas, uma que não estava no início, e ela estava de camisola, como uma jovem que tivesse sido repentinamente acordada de seu sono. Silenciosas e trêmulas estavam as moças e com elas Schoschana Ehrlich, que a todas ultrapassara na corrida e ficara com elas. Nem Lea nem Rachel nem Osnat nem Raia nem Mira e nem Tamara a viram correr, mas cada uma delas, enquanto corria, sentira que alguém corria junto e a ultrapassava, mas nenhuma percebera que era Schoschana Ehrlich, a amiga de Iacov, que há dias e semanas dormia e não levantava da cama. O medo as fez esquecer da coroa e do que haviam combinado com Iacov. Iacov também se esquecera de tudo e parou diante de Schoschana.

De repente ouviu-se um som saído de entre os cílios dos olhos de Schoschana que o chamava pelo nome. Iacov apertou os olhos, fechou as pálpebras e respondeu num sussurro:

— Schoschana, você está aqui?

Schoschana movimentou os cílios, estendeu a mão, pegou a coroa dos braços de Iacov e coroou-se com ela.

Aqui encerramos, por enquanto, um pouco das histórias de Iacov Rechnitz e Schoschana Ehrlich. Schoschana e Iacov são aqueles que fizeram um juramento mútuo de fidelidade; por causa disso demos a toda esta narrativa o nome de *Juramento de Fidelidade*, apesar de ter-nos passado pela cabeça, no início, chamá-la de *As Sete Donzelas*.

A COLINA DE AREIA

Veja que milagre: Hemdat atendeu ao pedido de Iael Haiot para lerem juntos boa literatura! Embora ele visse nisso mais um enigma, dos muitos enigmas inevitáveis da alma, disse para si mesmo que não devia julgar uma criatura tão maravilhosa. Além do mais, uma promessa tinha que ser cumprida.

No dia luminoso em que a moça viera até sua casa, ele descobrira os problemas dela. No começo, estava convencido de que ela era vazia, de que todos os seus dias eram como festas e que o seu mundo era apenas feito de sucessivos namoros. Agora descobria que ela era digna de piedade, pobre e em perigo iminente. Trazia atrás de si uma longa série de desgostos. Embora tivesse vivido uma infância feliz na casa do pai, desde que emigrara não tivera mais um só instante sem mazelas. Agora, que esperava? O pagamento para as meias que tecia. Estava aprendendo o ofício, porém era duvidoso que conseguisse assim o seu sustento, pois estava mal de uma das mãos e isso a impossibilitava de trabalhar. A sorte de um emigrante comove todos os corações, sobretudo quando se trata de uma jovem de boa família que precisa trabalhar em troca de um pedaço de pão. Uma princesa, cujo destino é fiar na roca. Oh, como ele desconfiara dessa jovem! Graças a Deus, agora podia remediar o mal. E quando ela abriu a porta do seu quarto, ele abriu a Torá. Ia ensinar-lhe a Torá, ia ensinar-lhe hebraico. Era melhor que ela aprendesse e se tornasse professora de crianças, para não ter que ganhar a vida fiando. Fora para que ele a salvasse que Deus a enviara ao seu encontro.

Ela estava com fome, com fome de pão. Não disse isso claramente, mas, quando pediu um copo d'água, ele pôde perceber que ela ainda não havia almoçado naquele dia. Hemdat serviu-lhe pão e vinho. – "Deus me livre, comer, não! Eu só estava pedindo água..." Finalmente ela pegou um pedaço de pão, mastigou-o e só com relutância provou um pouco de comida. Comia como um passarinho. Somente os passarinhos têm um modo de comer agradável. Assim o dissera Pizmoni, o poeta. Muito bem dito, Senhor Pizmoni!

Como eram bons aqueles dias em que Hemdat ensinava Iael Haiot... O verão ardente já havia passado, as primeiras chuvas caíam, os dias já não se prolongavam como desertos abrasados, e o sol não mais batia sobre as cabeças. Hemdat ficava todos os dias deitado na cama, até quando o céu escurecia. "Como são boas as tuas noites, ó Terra de Israel!..."

Na quarta-feira Iael atrasou-se. Quando chegou, não se sentou na cadeira, em frente à mesa, mas no sofá. Pelo jeito como se sentou, era evidente que não tinha vontade de estudar. De súbito, olhou para ele e disse:

– Porque o senhor está sempre calado? No começo pensei que fosse uma pessoa alegre, mas agora que o conheço melhor, vejo que é triste. Fale-me sobre a sua vida.

Hemdat abaixou a cabeça, calado. Antigamente, quando desejava impressionar garotas, não havia coisa de que gostasse mais do que contar-lhes as aventuras engraçadas de sua meninice, que acabavam por conquistá-las. Agora, porém, que não pensava nelas, era melhor ficar calado. Pegou a Torá e eles se prepararam para estudar.

Ela era bem mais alta do que ele, o que ficava visível quando se levantava e se aprumava. Ainda no dia anterior ele se dera conta disso. Por isso, agora, colocava um livro sobre o outro para que ela não precisasse inclinar-se.

A boa vontade, porém, teve outra conseqüência: desse modo ela precisava esticar o pescoço, como um cisne, para ver as letras do livro. Que foi que fez, então, o Senhor Hemdat? Pegou uma almofada e a colocou sobre a cadeira. Iael sacudiu a cabeça e disse:

– Que bom!

Costumavam ficar estudando durante duas horas inteiras e, daquela forma, não lhe seria difícil permanecer sentada. Ela ergueu os olhos verdes para ele, muito reconhecida. Mal terminaram os estudos, ele disse:
— Permita-me servir-lhe o jantar. Por favor, minha senhora, jante comigo.
Iael sacudiu a cabeça e disse:
— Não quero.
Hemdat retirou a toalha da mesa e respondeu:
— Então voltemos a estudar.
Se ela não quisesse comer, ele também não comeria. Finalmente, após muita insistência, Iael concordou em jantar com ele. Se você nunca viu Hemdat, deveria conhecer o quarto dele. Ficava nas areias de Nevé-Tzedek e tinha muitas janelas. Uma se abria para o mar e outra para os desertos, lá onde foi construída, mais tarde, a grande cidade de Tel-Aviv. Outra janela se abria para o vale Refaim, por onde passava o trem; e duas outras para a rua. E quando Hemdat fechava as cortinas verdes, ficava separado do mundo inteiro, até mesmo da multidão de Iafo. No quarto havia uma mesa de quatro pés, coberta de papel verde. Era uma mesa de escritor, e nela é que ele escrevia os seus poemas. Ao lado da mesa, havia um pequeno baú cheio das maiores delícias do mundo: azeitonas, pão, laranjas, vinho... Era só estender a mão para aquele baú, e todas aquelas coisas seriam apenas acompanhamento para o café que ele fervia na espiriteira colocada sobre o baú.

O café estava fervendo. A espiriteira envolvia a chaleira num halo de luz. Iael levantou os olhos do livro e ficou fitando as chamas. Hemdat olhou para ela, e lhe perguntou:
— Não sou mesmo um bom anfitrião?
Não se deve esconder a verdade. Hemdat era seu próprio anfitrião e comia na sua própria mesa. Ele não era como aqueles que estão acostumados aos restaurantes e desperdiçam seus dias em conversas, e que, quando chegam a levantar-se do almoço, já é hora do jantar. Hemdat não era assim. Ele era bem nascido, filho de boa família. "O dia é abençoado e não te pertence, mas a Deus, santificado seja o Seu nome, e não pode ser desperdiçado, Deus nos livre."

Hemdat inclinou a cabeça ondulada em frente à espiriteira acesa, a luz rosada iluminou seu rosto e isso lhe ficava muito bem. Sem querer, Iael fitou o quadro em frente à mesa. É que, além dos móveis da casa, havia um quadro no quarto de Hemdat, uma gravura de um casal de noivos, de Rembrandt. Iael olhava para o quadro e via nele o reflexo de sua própria imagem. Sorrindo disse:

— Veja só, minha imagem aparece dentro do quadro. Não é de Rembrandt?

Hemdat fez que sim com a cabeça:

— É verdade, é de Rembrandt e chama-se *Noivo e Noiva*. No quarto de Hemdat não havia espelho. Era o vidro do quadro que lhe servia de espelho. No passado, quando a noiva de um amigo seu queria estreitar amizade com ele, Hemdat costumava olhar o quadro e ver o reflexo de sua imagem entre o casal, imaginando ser o terceiro entre eles. Agora estava longe de querer brincar. Um homem deve alegrar-se com o que tem e não pôr os olhos no que é dos outros. Hemdat lembrou-se da zombaria de um de seus amigos, que lhe dizia: — "O teu amor por Rembrandt está ligado ao mesmo assunto; ele gostava das mulheres e você também gosta".

Bateram à porta? Eram Schoschana e Muschlam. Hemdat abriu, saudando:

— Sejam bem-vindos.

Iael pulou como mordida por uma cobra, explicando:

— O senhor Hemdat é muito estranho, obrigou-me a jantar com ele. Não foi por minha vontade, não.

Ela ficara vermelha até o pescoço e afastara os olhos da mesa.

Schoschana e Muschlam estavam voltando de Petakh-Tikvá. Lá na colônia haviam armado o pálio nupcial para eles, uma *hupá*, numa cerimônia rápida. Aconteceu que um parente dela arrumara a *hupá* para seu filho temporão e, a fim de acrescentar alegria à alegria, fez questão de levar também os dois para o pálio. Eles não estavam preparados para isso. Nem mesmo um véu de noiva ela possuía, a Senhora Schoschana. Deus devia estar brincando com eles...

Hemdat e Iael disseram ao mesmo tempo:

– *Mazal Tov, Mazal Tov!* Felicidades, felicidades! – E tornavam a gritar: – *Mazal Tov, Mazal Tov!*

Hemdat não cabia em si de contente com a alegria do casal, e jurava que o acontecimento merecia ser gravado com letras de ouro, em pergaminho. Schoschana e Muschlam tinham vindo convidar Hemdat para o jantar de núpcias. Ele agradeceu de coração e disse-lhes que iria às bodas de ouro, mas agora lhe era impossível aceitar o convite. Schoschana e Muschlam ficaram penalizados com o fato e se despediram afetuosamente.

Iael ficou sentada, perplexa. O casamento da Senhora Schoschana a impressionara, sem dúvida. Uma pessoa está aqui e outra pessoa está acolá e, de repente, o acaso as leva a um lugar, onde se casam uma com a outra. E, por fim, constituem um casal, como na canção de Heine sobre a viga e a palmeira. Certamente Iael não era forte em citações. O que tinha a ver a viga e a palmeira com aquilo que aconteceu a Schoschana e Muschlam?... Aquelas árvores continuaram cada uma em seu lugar, cheias de saudade, mas Schoschana e Muschlam eram realmente um casal. Hemdat apoiou-se nos cantos da mesa e disse:

– Há pessoas que entram de pronto sob o pálio nupcial e há outras que esperam a vida toda e não conseguem.

Oh, por que dissera isso? Eram simplesmente bobagens que haviam saído de sua boca.

2

Os amigos suspeitam de Hemdat sem razão. Os amigos comentam: – "Você está cuidando de Iael porque ela é uma moça bonita". Mas Hemdat explica para si mesmo: – "Não há nada, nunca houve, é apenas piedade, pena que eu sinto dela, e é só por isso que eu lhe dou aulas".

Ele estava tão distante dela como o Ocidente está do Oriente. Ainda não a tocara nem com o dedo mindinho. Não que ela não fosse bela ou que não lhe agradasse. Pelo contrário, sua postura altaneira e sua pele luminosa, seu corpo cheio e sua tranqüilidade, inspiravam-lhe sempre um certo sentimento de respeito. E, veja bem, enquanto não se acostumara a ela,

costumava dizer que não era bela. E não só isso: longe de sua presença, apelidara-a de "pedaço de carne".
Ela chegou ao anoitecer. Entrou em seu quarto mancando, toda molhada de chuva. O pé direito do sapato estava cheio de água, como uma tina. Parou na porta e disse:
– Lá fora está chovendo.
Hemdat pôs uma cadeira à sua frente e ela descalçou o sapato.
Como era delicada a sua perna. Iael fitou-o e perguntou:
– O que é que o senhor está olhando?
Hemdat, como se acordasse de um sonho, disse:
– Por favor, minha senhora, as meias que estão nos seus pés são feitas por suas mãos?
Iael sorriu, respondendo:
– Não, estas meias eu as trouxe da casa de minha mãe. Mas eu sei fazer meias iguais a estas.
Hemdat ajudou-a a tirar o casaco e foi estendê-lo no sofá. Como ele desejaria, naquele momento, que houvesse um aquecedor aceso aquecendo a casa e uma chaleira fervendo sobre a mesa! Iael beberia um copo de chá quente e ele poderia secar o casaco dela em frente ao aquecedor.
Hemdat inclinou-se, pegou a manga do casaco e torceu-a. Iael calçou um de seus chinelos. Ele sorriu e comentou:
– O provérbio diz que, na hora do casamento, debaixo do pálio nupcial, se o noivo empurrar a noiva com o pé, antes dela, será ele que mandará; se ela empurrar primeiro, será ela que mandará nele.
Iael riu e exclamou:
– Oh! Eu sujei sua roupa! Desculpe, Senhor Hemdat.
E, enquanto falava, tirou o pó da roupa dele e foi lavar as mãos.
Hemdat sacudiu a cabeça dizendo:
– Não vale a pena esforçar-se tanto.
No dia seguinte ele não usou o sabonete, lavou-se só com água. Havia os sinais dos dedos de Iael naquele sabonete, e ele não achou outro... Sabia que isso era bobagem, bobagem que não levaria a nada.
Iael não progredia nos estudos. Além de escrever um pouco e saber dois ou três capítulos da Torá, não sabia mais nada.

Ela não prestava muita atenção e não tinha tempo. De manhã, estava ocupada em seu trabalho e, depois do almoço, ia ao hospital e sentava-se ao lado da cama de sua mãe. Assim, quando vinha à casa dele, ela não tinha preparado suas lições. Hemdat admoestava-a com afeição e ensinava-lhe com convicção e um empenho de corpo e alma. Ela apenas desperdiçava o tempo dele, mas ele a ensinaria a noite toda... Oh, quanto poderia fazer nessas horas! Deveria mandá-la embora? E não era ele mesmo que não queria que ela se fosse? Muitas vezes, Iael se atrasava. Aí, Hemdat lhe perguntava por que havia demorado. E Iael respondia que lhe era difícil fazê-lo perder tempo, mas o fato era que viera, pois, ao passar, vira-o deitado no sofá, nadando num mar de tristezas.

Hemdat perguntava-se intimamente: – "O que pensará de mim esta moça?" E chegava ele mesmo à conclusão: – "Ela me quer bem. Minhas palavras lhe são caras. Ela disse que minhas palavras fortalecem até os fracos".

Iael nunca vira um homem como ele, que tinha a capacidade de fazer uma pessoa sentir-se bem, graças à sua fala. O seu discurso era pausado, como se um suspiro o articulasse desde o início. Sua voz era monótona e quente, e soava bem. O que pensava dele Iael? Ela acreditava intimamente que aquele era o modo agradável de falar dos poetas. Pois Hemdat era um grande poeta. Pizmoni era maior do que ele, mas Bialik era ainda maior que ambos. Quando Bialik esteve em Rehovot, ela não tirara os olhos dele: vestia um paletó de veludo e apoiava-se a uma bengala de madeira de amendoeira e estava em pé em frente à fogueira que acenderam em sua honra. Toda a colônia se reunira para prestigiá-lo, até as criancinhas tinham vindo para vê-lo. O que havia pensado Bialik naquele momento? Como era simpático!... Por alguma razão, em seus retratos o lábio inferior entrava-lhe na boca como se estivesse zangado. Pois todo poeta tem a sua mania. Hemdat, quando falava, inclinava a cabeça e, com a mão direita, fazia sombra no olho direito. Schiller só escrevia seus poemas sentindo o aroma de maçãs maduras. Em toda a sua vida ela não lera os livros de Schiller, mas o pai dela, de abençoada memória, tinha-os sempre à mão. – "Por que será que não são lidos atualmente? Cada geração tem seus escritores: Tolstoi, Sanin, Scholem Aleikhem..." "Sanin" era ape-

nas o nome de um conto e isso é que era engraçado: ela trocara o nome do conto pelo escritor, o que mostra que Iael não era estudiosa e nós não temos que nos ater a tudo o que ela diz. Iael Haiot tem outras qualidades, ela é uma moça bonita.
Ao entardecer, Hemdat estava sentado à janela de sua casa, com a porta aberta de par em par. Os galhos dos eucaliptos jogavam sombras e o mundo todo entrava na penumbra. Ele sorria, porque o dia terminava, e a noite baixava com doçura. Iael chegou. Hemdat não a ouvira chegar. A cabeça dele estava inclinada e sua sombra o rodeava. A cabeça parecia mais larga e, naquela hora, ele dava a impressão de um animal abandonado, sozinho no campo. O que o perturbava tanto? Iael ficou de pé, calada, em frente dele. Em sua fantasia teve, de repente, a visão das noites de sua cidade natal, uma cidade que era toda ela uma floresta. Todos os dias de verão eram dias de festa e de dança. Cada árvore, uma vara de pálio nupcial. Quando passava o verão, passava a alegria. A floresta, revolta, jazia toda afundada na neve. Às vezes, um jovem e uma jovem arriscavam-se a ir até lá. Entravam em segredo e reapareciam aos gritos, e os rastros de seus sapatos ficavam invisíveis na neve.
Uma onda de calor inundou repentinamente o coração de Iael, e ela desejava ardentemente tomar a cabeça de Hemdat em suas mãos quentes e apertá-la bem forte ao coração. Como era lindo o seu cabelo! E ela se lembrou de seus próprios cabelos abundantes e belos e de suas tranças castanhas que, não por sua própria vontade, tinham virado pó. Podia-se ficar sabendo como eram os cabelos dela pelas amigas, que lhes invejavam a beleza, e, principalmente, pelos rapazes. Os olhos de Hemdat se umedeceram. Silenciosamente, ele tocou com a mão as pontas dos seus cabelos cortados. Era como se Hemdat, embora não tivesse visto seus cabelos, ouvisse o seu chamado. Como uma castanheira, entre sol e sombra, assim era o brilho dos cabelos dela. Naquele dia em que, por causa do tifo, lhe cortaram cabelos, todas as jovens choraram. E até sua rival gritou em sonhos:
— "Oh, estão cortando os cabelos da Iael!"
Hemdat olhou-a como quem tivesse acabado de acordar e disse:
— Está aqui senhora Haiot? Desculpe. Eu não percebi a sua chegada.

Mas isto era apenas retórica, pois não tocara, havia alguns instantes, as pontas de seus cabelos? E não percebia que estava mentindo ao perguntar: – "Faz tempo que a senhora chegou?" Levantou-se e colocou sua cadeira em frente a ela e, com a mão, a convidou a sentar-se no sofá. Estava embaraçado, sem saber que lugar indicar-lhe. Iael recuou, mas não foi embora. Ela sabia bem que ele preferia estar sozinho; apesar disso sentou-se ao seu lado, no sofá em que ele costumava ficar.

Hemdat não acendeu a luz. Mudou seus hábitos e permaneceu sentado com ela na penumbra. Oh, que medo tinha sentido dele a princípio! Agora ele não a amendrontava mais. Ela estava tocando nele, tocando e não tocando. E não só isso; agora ela segurava a cabeça dele nas mãos e dizia que, se quisesse, poderia cortar uma mecha de seus cabelos com os dentes.

– Para que o senhor tem essa mecha linda?

Hemdat riu com todas as forças e disse:

– Isso seria uma coisa extraordinária. Eis os meus cabelos, você disse que os cortaria com os dentes, se quisesse.

Iael inclinou-se em direção à cabeça dele e enfiou os dentes em seus cabelos, cortando-lhes alguns fios. Como riu Hemdat naquele momento! Em toda a sua vida, nunca havia rido como naquela hora. Era um demônio e não uma mulher. Era essa a jovem tranquila, de corpo cheio e de rosto calmo? Ninguém iria acreditar. E teria sido possível saber de antemão até onde as travessuras desta moça poderiam chegar? Se não tivesse visto com seus próprios olhos e sentido em sua cabeça, não acreditaria.

Apesar de já a ter visto muitas vezes, descobria, de súbito, que ainda não a tinha observado suficientemente. Com seus olhos esverdeados, sua blusa verde e seu chapéu verde, ela parecia uma esmeralda viva. Era uma alegria para Hemdat vê-la assim, tempestuosa e inundada de vida e juventude. Naquele momento ele tomou sua mão na dele e apertou-a, como uma pessoa que aperta a mão de um bom amigo no auge da afeição.

Iael o fitou:

– Eu sei por que o senhor apertou a minha mão.

Hemdat sorriu:

– E por quê?...

Iael respondeu:

— Porque o senhor tem certeza de que eu não li o livro de Forel. Há uma espécie de satisfação sexual num aperto de mão assim.

Hemdat olhou o rosto agradável e inocente dela e regozijou-se. Aqueles levianos, as calúnias que corriam a respeito dela, dizendo que havia tido casos com fulano e sicrano... Se os caluniadores estivessem ali, ele os cortaria, como se corta um peixe.

É uma pena que o tempo não pare. E era certo que já se passara uma parte da noite. Iael levantou-se; já chegara a hora de ir dormir. Hemdat tomou o chapéu na mão e foi acompanhá-la.

A areia se estendia por algumas milhas e a lua a iluminava generosamente. O vale Refaim estava envolto em silêncio; dos eucaliptos emanavam bons perfumes e, de suas folhas, vibravam murmúrios que envolviam o coração. O mar se levantava em ondas que se ouviam de longe, e uma caravana de camelos se aproximava: as campânulas em seus pescoços ritmavam uma canção. Hemdat escutava e ouvia todo e qualquer movimento do mundo, e via tudo, coisa por coisa, que havia sobre a Terra. Hemdat era um bom observador e nada lhe escapava. Quantas vezes você passou por aquela árvore, cuja raiz fechou o muro da cerca, e não viu que ela é pintada com cal branca? Mas Hemdat a viu. Hemdat disse: — "O dono do jardim desejou gracejar, por isso passou cal na árvore. E você pensa que ela é assim desde a sua criação. Mas eu uso os meus olhos; quando vejo alguma coisa, reconheço imediatamente sua natureza".

Hemdat acompanhou Iael e voltou para casa.

3

Iael morava num quarto com sua amiga Pnina. Hemdat até então nunca estivera lá. Numa noite de sábado, foi levado por Pizmoni. O quarto não estava arrumado. Utensílios amontoados, confusão e desordem, tudo depunha contra as moradoras. Havia alguns rapazes no quarto. Era sábado e eles estavam de folga.

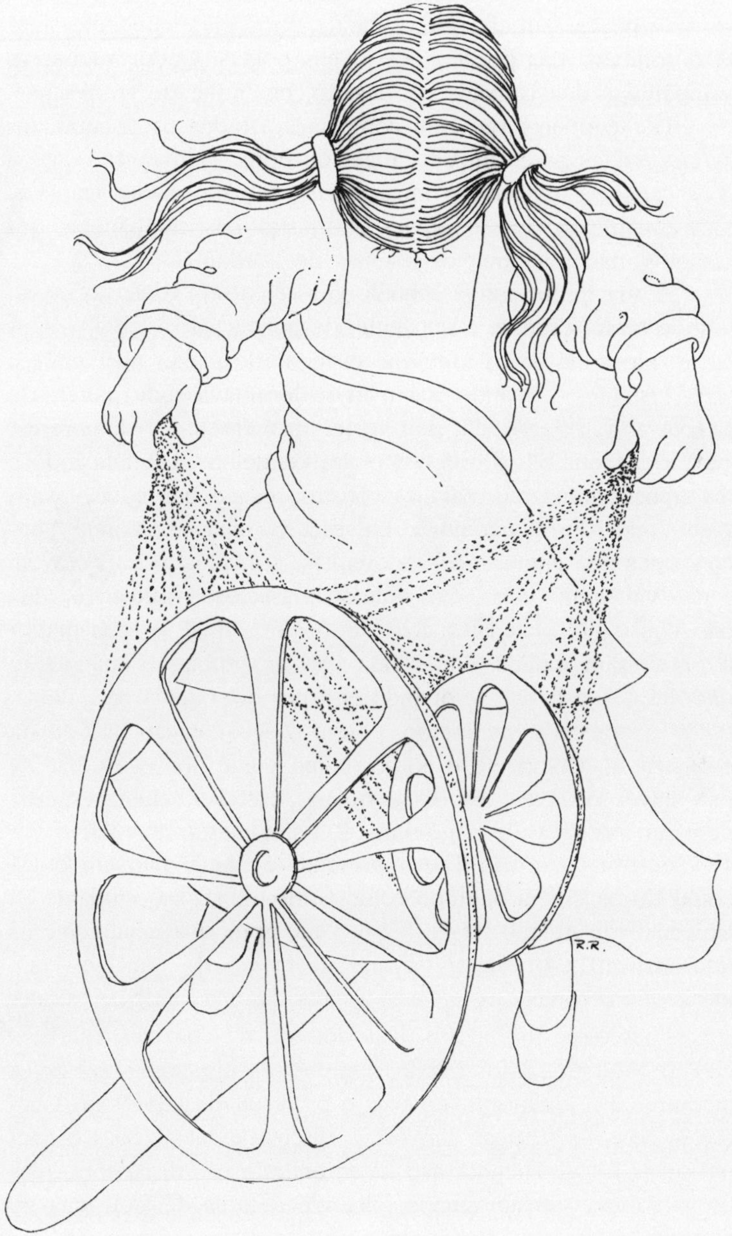
R.R.

O poeta Darban, que visitara todo o país, também estava lá e zombava das poesias dos jovens poetas. Quem ouvisse as campânulas dos camelos no deserto, em noite de tempestade, deveria reconhecer que, em comparação, todos os poemas dos jovens poetas pareciam um ranger de porta: Darban escrevia as suas canções conforme a música das campânulas dos camelos. Mas quem não tivesse ouvido a música das campânulas dos camelos, não iria ouvir os poemas de Darban.

À sua frente estava sentado Gurischkin, o gordo, com um bigode preto, espesso e reluzente, de pontas caídas para os dois lados. Ele tinha dificuldade em abster-se de mexer no bigode a todo instante, e quando sua mão se levantava sem querer, ele a levava à testa, e em seu rosto aparecia um vislumbre de pensador. Seus olhos estavam muito vermelhos. Durante todo o dia transportara areia para as construções do bairro de Ahusat Bait e não dormira à noite. Ele escrevia suas memórias. Suas memórias não eram ainda importantes, pois ele ainda era jovem e não vira muita coisa, mas quando publicasse o seu livro... Ele não conseguia planejar o livro todo até o final, e seus pensamentos eram mudos. Gurischkin não era poeta, a imaginação não era o seu forte. De quando em quando, olhava para Pnina. Pnina o apreciava no íntimo, porém o seu coração não acompanhava: – "Como ele é gordo, como ele é obeso! Apesar de não haver nada tão espiritual quanto escrever, ele não perde nem um pouco de sua gordura. É assim mesmo".

Schamai também estava presente. Schamai não era poeta como Darban, nem operário como Gurischkin, mas estudante da Universidade Americana de Beirute. Ele apreciava igualmente os que amavam a poesia e os que gostavam do trabalho. Eram ideais que absorvera na infância, a partir das antologias hebraicas.

Fora esses três, havia mais dois ou três rapazes, que discutiam os eventos dos últimos tempos, os princípios da arte, a literatura e o jornalismo no país e os resultados do Nono Congresso Sionista. Longas conversas, discussões acaloradas faziam passar as horas. Hemdat não havia entrado nas discussões, mas ficava sentado, ensimesmado, olhando a cama de Iael, feita de caixotes. Cama que oferecia mais perigo do que descanso.

Já haviam parado de discutir e agora iniciavam uma conversa leve. Pizmoni gracejava com Pnina, e Schamai com Iael. No meio da conversa, Schamai cuspiu num balde e disse:
– Parece que me enganei.
E novamente começaram as discussões, até que secaram as gargantas. Darban, o poeta, dirigiu-se às donas da casa e perguntou:
– Será que há aqui um copo de chá?
É que, quando não vagueava no deserto, apreciava as coisas da cidade... Iael e Pnina responderam a uma só voz:
– Com muito prazer!
Pnina acendeu uma espiriteira tosca e Iael pôs água na chaleira. Hemdat observou-a. Parecia haver apanhado a água na qual Schamai cuspira:
– Oh, que fumaceira!...
Hemdat estava sentado num caixote baixo ao lado da janela, como um arbusto no deserto. Durante todo o tempo sentia dor de cabeça e procurava refrescá-la um pouco à janela. Iael veio dizer-lhe:
– Por favor, Senhor Hemdat, afaste-se um pouco daqui para não machucar a cabeça na janela.
A água na chaleira começou a ferver. Pnina pulou, pegou uma mancheia de folhas de chá e jogou-as na água quente:
– Pois aqui está o chá.
Iael empertigou-se e acrescentou:
– Chá com açúcar.
Hemdat sorveu o chá. Teve a impressão, o tempo todo, de que lhe cuspiam no copo em que bebia. Finalmente, o depôs, já vazio, na mesa claudicante. Pnina voltou com a chaleira e perguntou:
– Quer mais?
Hemdat abanou a cabeça, dizendo não, e continuou calado. Se alguém lhe perguntava algo, respondia como se tivesse sido congelado por um demônio. Era-lhe difícil tirar qualquer palavra da boca. Ele próprio sabia que nada tinha que pudesse interessar aos outros. Não era mordaz e divertido como todos. Tampouco queria ser mordaz ou divertido. Eles faziam jorrar observações inteligentes e no fim se afundavam nelas; a expressão de seus rostos enfraquecia e seus corpos sucumbiam sob o peso do

cansaço. E ele ansiava por rostos livres, de pessoas que não esmiuçam o pó da vida; que sonham com a lua da manhã e têm devaneios com o sol da tarde, que comem seu pão sem preocupações e contam suas histórias sem sutilezas. Imperceptivelmente, olhou as duas moças, sentadas e abraçadas no canto da cama. Ali estava Pnina, a bondosa: sua fronte pura, as tranças de seu lindo cabelo enfastiavam. Também Iael não era interessante, mas trazia o frescor da juventude na face. Hemdat levantou-se e saiu.

Iafo estava silenciosa, vigiando suas pequenas casas, todas elas afundadas até a metade na areia, e caladas. Por uma curta hora, Iafo cochilou sem Hemdat. Hemdat foi caminhando. Sua cabeça estava vazia e sem pensamentos e, apesar disso, mais pesada que um rochedo. Ele não a amava. Mais de cem vezes repetiu a frase. Eram laços de piedade que o ligavam a ela. Iael era uma infeliz, e ele se preocupava com ela. Preocupações advindas da piedade, como se fossem de um pai. Ele não tocava nela, permanecia quieto em sua companhia. Se quisesse beijá-la, quem sabe o que ela faria? Ele gostava de olhá-la, olhar e nada mais. Sem problemas dos sentidos.

No caminho encontrou a Senhora Ilonit, que ficou contente por ter encontrado Hemdat. Já fazia uma hora que saíra para passear e agora estava com medo de andar sozinha. Realmente não entendia como havia saído para passear sozinha. O árabe é um povo temível.

A Senhora Ilonit saudou-o. Seu polegar segurou-lhe o pulso. Como estava contente de tê-lo encontrado, há quanto tempo não se viam!... (Realmente, desde o dia em que ela estivera em sua casa, não a vira mais. Na ocasião haviam feito limpeza em seu quarto e, quando voltava para casa, de noite, a Senhora Ilonit juntara-se a ele e fora andando a seu lado. Hemdat encontrou em seu quarto uma grande confusão. A mesa não estava no lugar e a bacia estava sobre a mesa cheia de livros. Oh, que balbúrdia! Só a cama estava livre. Livre e não livre, pois um par de calças estava esparramado nela, com as pernas para lá e para cá. Foi difícil achar a lamparina ou uma vela. Com os diabos! A pequena iemenita que limpara o quarto embaralhara todos os objetos. Estas iemenitas sabem sacudir, e esfregar e limpar e enxugar, mas não sabem recolocar as coisas em seus

lugares. Hemdat acendeu um fósforo e o apagou, depois mais outro, que também apagou. – "Como é espaçoso seu quarto, realmente é um salão de dança". A Senhora Ilonit pôs os braços em volta de Hemdat e perguntou: – "O Senhor sabe dançar?" E começou a dançar com ele. De repente parou, apanhou as calças da cama em suas mãos e disse: – "Quando eu representar no palco o papel de homem, virei pedir suas calças emprestadas". Felizes são os moços, o mundo todo está em suas mãos. Será que ela teria coragem de fazer o que ele estava querendo fazer com ela?)... A Senhora Ilonit tomou-o pelo braço. Oh, como a noite estava escura, realmente não dava para ver nada. Até ele, ela não enxergava mais. Onde estava?
– Venha, continuemos, como é que você caiu de repente em meus braços?
Hemdat recuou e esquivou-se.

Iael, a mais bela das moças, apareceu depois na casa de Hemdat. Não sozinha. Schamai se arrastara atrás dela. Schamai disse:
– Não vou atrapalhar?
E Iael assegurou que ele não ia atrapalhar. De qualquer jeito, não iriam estudar. Era sábado, o dia santificado do Senhor. Schamai abriu os olhos ao ver uma garrafa de vinho:
– Vinho, vinho! – gritou.
Pegou a garrafa e Hemdat deu-lhe um copo. Iael sorriu e disse a Hemdat:
– Não o deixe beber, ele ainda é uma criança; está proibido de beber, nem que seja uma só gota. Por que o senhor bebe vinho? Não bebe aguardente? Há um caso, na nossa cidade, de uma matrona que bebeu toda a sua vida. Realmente o copo não lhe saía da boca, e ela dizia temer por seus dentes e bebia e voltava a beber. Ha, ha, ha, ela nunca ficou bêbada! Sabia o segredo de beber. E agora vamos passear.
Hemdat vestiu o casaco, pôs o chapéu e saiu para acompanhá-los no passeio. Foram para o vale Refaim, por onde passava o trem. Mais adiante estavam os muros do vale, como duas plataformas de grama, e todo tipo de ervas boas germinavam, cresciam e exalavam perfume. Duas linhas de ferro estavam

fixadas nos dormentes, e as linhas brilhavam e reluziam. Schamai era apenas uma criança, realmente uma criança. De repente quis andar nos trilhos da estrada-de-ferro. Seria possível tamanha loucura? Iael teve de segurá-lo pela mão para que não caísse. Hemdat ia atrás deles, olhando-os com afeto e vendo-os caminhar como duas crianças. De repente, Iael ergueu a mão de Schamai e disse:

– Como tuas mãos são rudes, Schamai. As mãos de Hemdat são belas e delicadas como as de uma moça. Parece-me que esta noite de sábado o Senhor Hemdat fará uma conferência na biblioteca. Falará de quê? Quer dizer, sobre o que o senhor falará?

Hemdat respondeu baixinho:

– Sobre os contos do Rabi Nakhman, de Bratzlav.

Iael continuou:

– Oh, como vou aplaudí-lo! Schamai, tuas mãos são tão duras! Você pode bater palmas e dizer *bravo, bravo*, sem parar.

– Iael bateu palmas e disse: – Isto é apenas o começo, mas de noite, ai, ai, ai, Schamai, não se esqueça!

– Já é tarde, disse Hemdat – e voltou.

Quase esquecera que o casal Muschlam voltara de sua viagem e ele tinha que ir visitá-los. Não sabia o que o atraía à casa dos Muschlam. Enquanto não eram casados, não costumava visitar nenhum dos dois. Mas em casa de gente de bom gosto é bom passar uma ou duas horas, mesmo no primeiro ano após o casamento... A Senhora Muschlam era compreensiva e não andava dizendo, como os outros, que ele estava apaixonado por Iael Haiot. As maçãs que ela lhe oferecia em sua casa eram bem descascadas, nunca havia nelas nem casca nem ferrugem de faca. Ela dedicava uma especial afeição às primeiras peças de Ibsen: – "Quantas montanhas você acha que há lá na Noruega, quantas geleiras? E aqui? Um pedaço de mar, telhados baixos e mulheres envolvidas em trabalho doméstico, e é só. Veja, eis o sol que se põe; em toda a minha vida nunca vi tanta beleza. Mesmo que me dessem toda a riqueza do mundo, eu não sairia daqui. Quando entro no meu quintal e vejo a figueira e as palmeiras, sinto-me feliz. Eu fico admirada pela Senhora Ilonit queixar-se tanto. Pois aqui é um paraíso terrestre. Amigo Hemdat, o senhor vê as pequenas estrelas cadentes no céu? Lá, lá, lá, o céu está com resfriado. Quando foi que o

senhor viu a Iaelzinha? Quero dizer, a Iael Haiot? Como vai ela? Mande-lhe lembranças minhas. Como ela é simpática! O senhor não vai estabelecer-se em Israel? Quando viajar e voltar, poderá hospedar-se em nossa casa. E por que não? As molduras não são feitas para os quadros?"
Hemdat respondia-lhe abanando a cabeça a tudo o que ela dizia: – "Pois é, pois é". E não só isso. Sempre achava alguma coisa para elogiar: os móveis combinavam com a casa e a casa com os móveis; os vasos com as flores e as flores com os vasos; durante todo o ano, havia um perfume de flores na casa dela.
A Senhora Muschlam ficava contente ao ouvir elogios à sua casa. Mas seu coração estava inquieto e ela não podia ficar sentada, apenas ouvindo os outros falarem. Então dizia: – "Realmente". E esmiuçava o que fora dito em todos os detalhes. Aquelas flores, ela só conseguira graças a um milagre. Tinha ido ao mercado e encontrara um pequeno árabe com um ramalhete nas mãos, e o pequeno gritara: – "Senhora, senhora, compre as minhas flores!". E o que ela havia feito? Parara e comprara.
– Beba um pouco de água e suco. A Iael Haiot já elogiou este suco. Estas flores não estão cheias de vida? Oh, minhas filhinhas, meus nenês queridos! – A Senhora Muschlam desviava a cabeça das flores e dizia ao marido: – Por que você não contou ao Senhor Hemdat que leu o conto *Alma Quebrada*? Por favor, Senhor Hemdat, diga-me se é a vida do próprio autor que está no conto. Qual é o chapéu que o pai do autor usa? É verdade que ele usa um *schtraimel*, como está escrito? Esta flor é um presente ao senhor e esta o senhor dará a Iael Haiot. Em nome de Deus, não vá falhar no meu pedido.
Iael Haiot nunca lhe trouxera flores, porque ela era pobre, não tinha uma única moeda no bolso. Uma vez caíra uma rosa do seu chapéu e ela a apanhara a fim de enfeitar o quadro dele. Era a época das rosas, mas a rosa dela era artificial. Assim mesmo, Hemdat alegrara-se com o presente. Oferenda de pobre.

4

Hemdat estava deitado no sofá. Iael costumava vir entre as cinco e seis horas, e novamente estava atrasada. Oxalá não viesse! Seria um favor que ela lhe faria. Ele queria trabalhar, e ela não o deixava; suas melhores horas eram gastas com ela. Seria até possível que ele parasse de ensiná-la. Soprou um vento que invadiu sua mesa. O mata-borrão verde agitou-se, e os papéis espalharam-se para lá e para cá. Hemdat não se levantou. E de repente foi tomado de um sentimento de desolação. O céu escurecera. Por que ela não vinha? Exatamente quando ele queria vê-la, não podia. Se parasse de estudar com ela, passaria uma noite solitária. Havia dias que só tomava banho em homenagem a ela. Já eram seis horas e Iael não chegara.

Os ventos sopravam sem parar. Desenhava-se uma grande tempestade sobre o mundo. Os lampiões permaneciam acesos com dificuldade e não iluminavam a escuridão da noite. O pó subia em redemoinhos com as rajadas. Colunas de poeira em rajadas, colunas, rajadas e areia. O chapéu quase lhe voou da cabeça. Também, para que é que saíra numa noite de tempestade?... Ele corria rápido pelas ruelas tortuosas e escuras. A areia debaixo de seus pés segurava-o e a areia do vento batia-lhe no rosto: oxalá chegasse são e salvo até o quarto de Iael.

Ela não estava em casa. Uma pequena lamparina fumegante difundia uma luz escura. Pnina entrou e procurou aumentar a luz. O pavio parecia enfermiço: a chama diminuía e se extinguia.

Hemdat curvou-se para que Pnina não visse seu rosto e perguntou:

— Onde está Iael?

Pnina virou-se para que Hemdat não lesse em seu rosto que ela sabia o que se passava no coração dele. E respondeu:

— Iael foi cuidar da mão no hospital e não voltou. Ela sentiu dor na mão e o médico mandou que ficasse lá por dois ou três dias. Aí, quem sabe, Deus nos livre, talvez tenham que lhe amputar a mão para que não lhe envenene o sangue. Aquele lindo corpo sem uma das mãos! O fato é que ela disse sinceramente que, se lhe amputarem a mão, se suicidará.

O coração de Hemdat sentiu o aperto de uma grande angústia. Queria chorar e não conseguia. Então voltou para sua casa e acendeu a lamparina. Como a noite era longa! O que queria fazer não fizera, e o que fizera é como se não tivesse feito.

Pizmoni assobiou, subindo a escada. Vinha do hospital e tinha visto Iael. O medo fora vão: a dor não tinha nada de grave. Amanhã ou depois ela voltaria para casa. Ele estivera no hospital e agora passava por ali, passeando. Como estava bela a noite! Há uma hora estava um tempo terrível e amedrontador, e agora, que beleza de céu! Terra de Israel! Pizmoni estava ali e há menos de uma hora estivera com Iael. Ele estava bem disposto. Há poucos dias publicara um poema, a *Canção dos Fortes*. Durante muitos anos um ouvido hebreu não ouvira cântico tão vigoroso como aquele. Agora decidira em seu íntimo viajar para fora do país. E tinha razão: um poeta sem cultura era como um pavio sem óleo. No próximo verão, estaria pronto para ir a uma universidade.

Foi boa aquela hora de passeio de Hemdat e Pizmoni. A noite estava meio escura e a semi-escuridão iluminava. Um vento suave soprava perfumes que subiam das areias úmidas, o mar rugia no silêncio e a conversa era bela. Pizmoni dizia coisas que ninguém poderia saber:

– Eu não sei se Iael lhe contou por que decidiu vir para a terra de Israel. – Pizmoni sabia tudo sobre o assunto: – Pois foi assim. Uma vez prenderam um de seus amigos e, quando fizeram uma busca na casa dele, acharam uma carta de Iael. Na verdade, na tal carta não havia menção alguma ao governo; assim mesmo prenderam-na e levaram-na à prisão, com os prisioneiros do rei. Isso custou ao pai dela uma fortuna. Finalmente libertaram-na, mas os investigadores não a deixaram em paz, por isso, a família mandou-a para Israel. Durante esse tempo, o pai dela foi perdendo a fortuna até que morreu na pobreza. Então a mãe de Iael, envergonhada, saiu de sua cidade e veio para Israel. Nem teve tempo de repousar da viagem e logo adoeceu, tendo sido levada ao hospital.

Oh, como era linda a noite! Podia-se andar o tempo todo sem mesmo sentir as pernas. O mar rugia e da areia emanava um perfume delicioso. De repente, sentia-se o gosto do sal nos lábios, mais agradável, mais gostoso do que todas as delícias do mundo. Se Pizmoni não tivesse querido ir dormir, Hemdat teria passeado com ele a noite toda.

No dia seguinte, Hemdat demorou para ir ao hospital. O dia fora passando e ele dormira um pouco. Não fez nada e não consertou nada. Desde a hora em que se despedira de Pizmoni até o raiar do sol, permanecera à janela. Seu quarto inundara-se de luz e seus olhos ficaram vermelhos como lanternas cujas velas se refletissem no vidro.

Hemdat atrasou-se para ir ao hospital. E agora, em frente ao portão, imaginava que talvez não o deixassem mais entrar. Mas o porteiro estava de bom-humor e permitiu que ele entrasse fora do horário de visitas.

À porta da sala, encontrou Gurischkin, que também viera ver Iael, e que já encontrara um assunto sério sobre o qual discorrer. De noite, depois que estivesse livre do trabalho, iria sentar-se sob a luz mortiça da lamparina e acrescentar uma ou duas páginas às suas memórias:

— Este hospital, utilizado por todos, deveria ter uma boa manutenção, mas ninguém mexe um dedo e, por falta de dinheiro, permanece fechado durante quase todo o verão, precisamente quando as doenças aumentam. Quem precisa, tem de ir ao Hospital dos Missionários, pagar dez francos e ouvir seus sermões.

Iael estava deitada numa cama de lençóis brancos, com o pesado corpo recostado num travesseiro e coberto por um edredom do hospital, que a fazia parecer um tanto esquisita. A expressão do seu rosto oscilava entre a tristeza e a alegria, mas sentia-se bem. Estava numa casa limpa e numa cama de verdade; davam-lhe comida e não precisava trabalhar. Hemdat sentou-se na cama ao seu lado; Pnina estava sentada aos pés e ele no meio. Hemdat olhava para a cama, mas Iael não saía de seus olhos. Seria assim, no futuro, quando ela estivesse deitada para dar à luz. Que é isso Hemdat? Nunca, em toda sua vida, você teve idéias tão estranhas...

Ele sabia, que futuramente, Iael haveria de casar-se com um rapaz rico. Ela gostava de riqueza, não era feita para viver pobre a vida toda. Um dia, Hemdat voltaria de longe, fraco e acostumado a sofrer, e visitaria Iael. No pátio encontraria um grupo de crianças, abraçando a mãe. E elas diriam: — "Mãe, chegou um desconhecido". — E Iael o reconheceria: — "Mas este é Hemdat!" — E correria ao seu encontro alegremente. E de noite o esposo voltaria do trabalho e se sentaria com eles. O marido não sentiria ciúme dele, pois ele pareceria tão fraco...

Iael saiu do hospital num dia em que Hemdat havia ido para lá. Disseram-lhe que ela já saíra e voltara para casa e que, no dia seguinte, viajaria para Jerusalém. Parece que precisava ser operada, uma operação sem qualquer perigo. A Senhora Muschlam viajaria com ela, porque precisava ir a Jerusalém, a fim de comprar móveis de Damasco.

Mas Iael teria dinheiro para as despesas de viagem? Hemdat apalpou seu bolso. Estava vazio, sem uma única moeda. Mas ele tinha a receber de Pikhin, o médico, que se ocupava dos assuntos públicos e de quem era secretário. Hemdat procurou Pikhin e lhe disse:

— Senhor Doutor, tenho que receber uma pequena quantia do senhor. Por favor, dê essa quantia a Iael Haiot.

O médico soltou a fumaça do cachimbo, calado. Hemdat foi atrás dele e continuou:

— Senhor Doutor, o senhor pode dizer que ela está viajando por conta do hospital. Ela não precisa saber quem deu esse dinheiro. O senhor sabe se Efrati voltou a Israel? Dizem que ele fez muito pela comunidade quando esteve aqui.

O médico tirou o cachimbo da boca e disse:

— Todos os que voltam para cá se vangloriam, falando das grandes coisas que fizeram aqui em Israel.

Hemdat se inflamou:

— Mas este realmente fez, até fora do país ouvi seu nome.

O médico voltou a pôr o cachimbo na boca:

— Que diferença faz?

De repente, esfriou o entusiasmo de Hemdat e ele explicou:

— Tudo isso foi só para mudar de assunto...

Quando Hemdat voltou a encontrar Iael, agradeceu a Deus que ela tivesse saído sã e salva. Iael estendeu-lhe a mão fria e o cumprimentou. Seu rosto não havia emagrecido, mas ela parecia visivelmente distraída. De repente parou e perguntou:

— Será que o senhor pode comprar um arenque?

Hemdat ficou contente por tê-la encontrado e por ela querer comer na casa dele, próxima dali. Iael andava de cabeça erguida e subiu com ele ao quarto. Hemdat acendeu a lamparina e preparou a mesa à frente dela. Havia também manteiga, mel e geléia. Ora, quem queria comer geléia?... Ela estava só com vontade de comer arenque; geléia de frutas ela não comeria, pedira somente arenque.

Era doce a luz da lamparina filtrada pelo abajur verde. Nas paredes esverdeadas brilhavam os objetos do quarto com o tamanho aumentado várias vezes. Sombras sobre sombras e objetos sobre objetos. Hemdat estava sentado com Iael. Suas silhuetas dançavam nas paredes, tocando-se e não se tocando. Ela serviu-se de um copo de chá e perguntou:

– Por que o senhor não bebe? Será que não há outro copo?

Hemdat respondeu:

– Sim, há mais um copo.

Iael disse:

– Eu sei por que não bebe, o senhor receia beber um copo de chá para não estragar a sua elegância, não é assim, Senhor Hemdat?

Sorrindo, Hemdat calou-se. E Iael pensou: – "Os escritores não pensam em sua beleza. O peito fica afundado de tanto debruçarem-se sobre a mesa e seus cabelos caem ao peso dos pensamentos. Quando Hemdat fala, há tristeza em sua face. A tristeza em seu olhar conquista corações. Parece que ele está aqui presente, enquanto seus pensamentos se acham em um outro mundo. O que pensa ele neste momento?"

Hemdat respondeu como se tivesse escutado:

– O que há com meus pensamentos? Tudo o que penso no momento é se um só lenço vai ser suficente para um resfriado.

Sim, os escritores são rudes no que dizem. Iael sentiu cansaço e deitou-se no sofá. Hemdat deu-lhe um travesseiro para recostar a cabeça. E assim, deitada, pediu-lhe que se sentasse ao seu lado e, logo que ele obedeceu, ela fechou os olhos apalpando a parede com as mãos. Antes de lhe cortarem os cabelos, havia um prego na parede por cima da cama dela. Ela dormia de lado, e as tranças de seu cabelo ficavam presas pela metade ao prego. Na hora de se levantar, vinha a mãe, tirava-lhe os cabelos do prego e os ajeitava ao seu lado sobre o cobertor. Logo ela empurrava o cobertor, virava a cabeça e despertava do sono. Agora diziam que seus cabelos voltariam a crescer como antes.

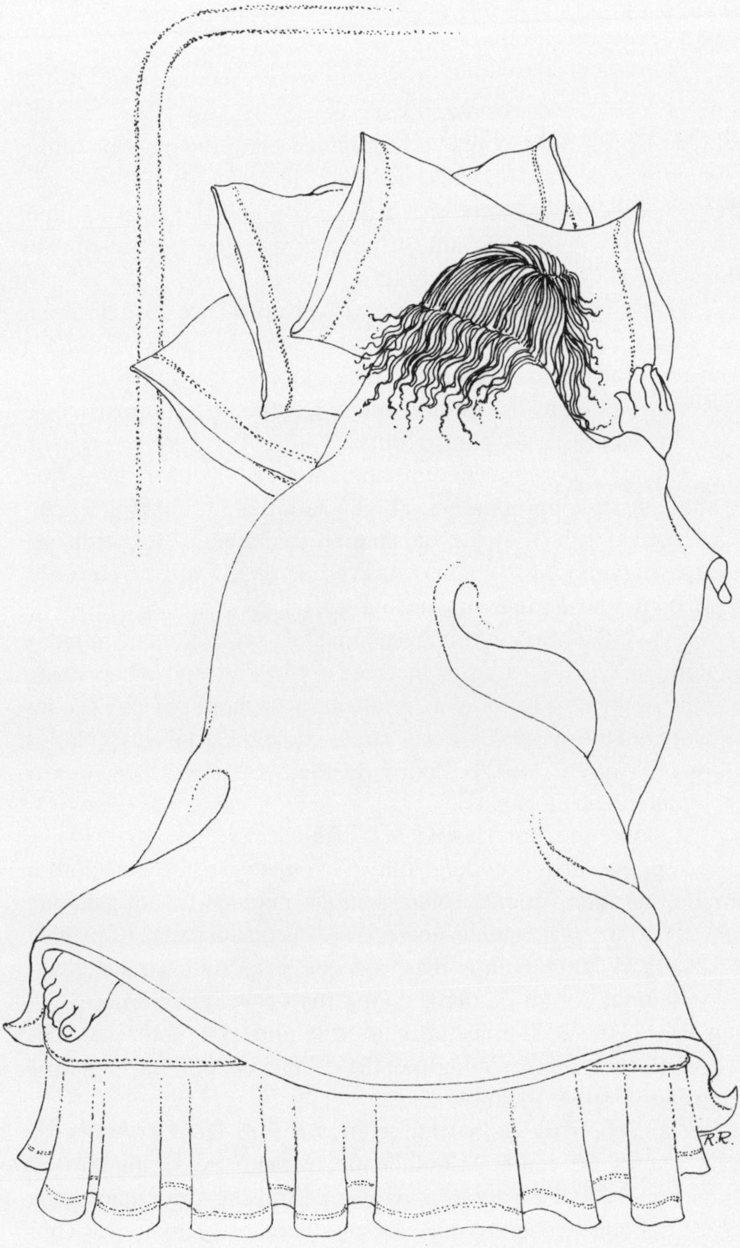

Deitada no sofá, ela contava uma porção de coisas a Hemdat:

– Os poetas ficam sem os cabelos do meio e os filósofos sem os cabelos da frente. Existe gente sem um único fio de cabelo. Dostoiévski conta a história de um homem que tinha cabelos nos dentes. Mas não acredito. Será mesmo possível que cresçam cabelos em dentes? – E logo a seguir, levantava outras dúvidas, pois Pnina, sua amiga, possuía um sinal de nascimento em forma de lua sobre o coração.

Havia uma tranqüilidade agradável no quarto, àquela hora. Iael estava deitada no sofá e Hemdat, sentado ao seu lado. Ela abriu os olhos e fixou-os nele. Seus olhos se encontraram, e os dois enrubesceram ao mesmo tempo, como se o rubor tivesse passado de um rosto para o outro.

Hemdat, porém, era um homem forte. Deus o livre que se soubesse que enrubescera. Ergueu-se rápido, escondeu o rosto e foi abrir a janela. A luz da lamparina tremeu. Ele correu até a mesa e diminuiu a chama. Através da janela aberta entrou a noite com sua doçura. Era em noites como esta, nos meses de verão, que Iael ficava numa cabana, na guarda dos vinhedos de Rehovot. As noites desciam sobre a terra, as raposas uivavam, o vento soprava e as videiras tremiam. E Pizmoni contava lendas de antigamente naquelas belas noites, quando estavam sentados sobre uma esteira nos vinhedos de Rehovot.

Iael pediu a Hemdat:

– Conte-me uma história ou alguma coisa de sua vida. – E de repente, esquecendo o que pedira, pôs-se a falar sobre a dor de sua vida, quando viera sozinha para Iafo e alugara um quarto e caíra gravemente enferma. Ali ficara deitada, esquecida e sozinha durante muitos dias, até que a levaram ao hospital.

Hemdat cobriu os olhos com a mão para que ela não visse suas lágrimas, mas estas abriram caminho por entre os seus dedos. Como Hemdat compreendia o que ela sofrera e quanto apreciava a sua conversa!

Os olhos dela brilhavam serenos e suas faces esverdeadas eram cheias de muda tranqüilidade. Mesmo ao desnudar seu braço e mostrar-lhe a cicatriz, não se perturbou. Uma mão digna de ser coberta de beijos, cujo inchaço agora a preocupava. Gra-

ças a Deus, viajaria para Jerusalém, para o grande hospital, e lá seria curada, e no futuro voltaria a ter boa saúde.
Iael levantou os olhos e disse:
— Quem sabe quando iremos nos rever um ao outro? Conte-me algo, senhor.
Hemdat sorriu:
— E o que vou contar para você, minha filha?
Iael passou a mão pela cabeça e perguntou:
— O que é que você é?
Hemdat ficou calado. Iael se fez de ofendida:
— Eu não estou perguntando se você é sionista ou revolucionário. Eu tive um amigo, na minha infância, e ele escreveu em meu álbum de lembranças que a nossa vida é como um tronco seco, sem gosto. Isso não é um bom ditado? Ele costumava dizer: "Eu não pergunto a que partido você pertence, mas o que pergunto é o que é você". Quer dizer, você próprio o que é?
Hemdat jogou a cabeça para trás e respondeu:
— Eu? Eu sou um príncipe adormecido, cujo amor o acordou para um novo sono. Eu sou um mendigo do amor, de mochila rasgada, e que coloca o amor dentro dela.

5

Iael ainda não voltara. E Hemdat, na multidão de Iafo, continuava a debater-se. Por que estava ali e o que viera fazer? Sentia-se invadido pela angústia, e o sofrimento crescia dia a dia. Nas noites, o tempo desaparecia, como um suspiro do coração solitário e como uma centelha já apagada. Mas, com o ímpeto do sol, os caminhos eram tortuosos, as linhas desenhavam-se nítidas e a relva tranqüila não levantava a cabeça. Hemdat atravessava as ruas lá fora, com a sombra andando à sua frente: como parecia pequeno o seu corpo e curtas as suas pernas!... A planta de um só pé cobria-lhe os joelhos até as coxas.

E sua vida passada voltava como uma torrente de enfado e melancolia, como um espelho maciço através do qual entrevia os dias futuros. Dias sem esperança, sem alterações nem modificações. Vazio, à sua volta não havia imagens, como se o espelho transparecesse em outro espelho. Um vazio que lhe pesava compulsivamente. Seus olhos ansiavam por chorar, para abrandar o sofrimento, para aliviar o coração. Será que o sol não conseguiria secar a lágrima de seus olhos? Distraído com uma nesga de esperança, Hemdat dizia para si mesmo: – "Esta angústia vai passar. De uma noite até a outra, dormirei sem parar. Depois tomarei um banho quente. E me levantarei com novo vigor".

Hemdat esperava o inverno: o soprar dos ventos frios, o trovejar do mar em sua plenitude, e ele estendido em sua cama, agasalhado por um cobertor quente. Após um longo sono, erguer-se-ia saudável, alegre e reanimado. E viriam os dias nos quais se assentaria para escrever a sua grande história. A água ferveria na chaleira e o café borbulharia em seu copo. No jardim floresceria a cidreira e a lua amante caminharia pelo céu. Perfumes subiriam até ela e um exército de estrelas suavizaria agradavelmente o silêncio. Então Hemdat derramaria o orvalho de sua alma sobre as noites azuis como o mar...

Mas eis que chegava uma caravana de camelos. Um carregador arrastava-se de quatro, com uma carga nas costas, duas vezes maior do que ele. Atrás dele, um colega trabalhava, cantando: – "Deus dá força!" Gente apressada, correndo. E ali estava a Senhora Ilonit. Um dentista passava numa charrete, e o dono da charrete fazia sua propaganda: – "Por doze moedas, o Senhor Doutor arranca qualquer dente escuro! Barato, barato, barato!" – Muita gente rodeava a charrete, e o Doutor arrancava-lhes os dentes escuros.

Havia muito barulho no mercado. Os árabes estavam de pé sobre caixas cheias de garrafas e copos e vendiam todo tipo de bebida gelada. Chapéus panamá cintilavam na sua brancura entre os muitos barretes turcos vermelhos. No umbral de suas lojas sentavam-se merceeiros, vendendo pacotes de lã e roupas coloridas num grande vozerio. E gregos estavam sentados no chão, grelhando carne sobre um fogo de carvão. Na porta de um açougue balançava, pendurada, uma posta de carne, enfeitada com um papel cor de ouro. Todos os tipos de moscas e vespas a envolviam, mas o brilho dourado chamava a atenção dos olhos. Um velho árabe, sentado sobre um cesto cheio de figos, descascava frutas calmamente e as pessoas, paradas perto dele, comiam as frutas. Vários marinheiros passeavam imponentes, de peito estufado, como que para estreitar com força junto ao coração as filhas da terra, e seus olhos famintos seguiam toda e qualquer mulher. Mulheres gordas, sentadas em meia-lua, vendiam flores de jardins e flores silvestres. Todos no mundo estavam ocupados, só Hemdat sentia-se infeliz e afastado da vida. Ele se dizia intimamente: – "Não é possível ficar ocioso. Vou imediatamente visitar o Dr. Pikhin. Às vezes, trabalho para ele. É possível que Pikhin saiba como está Iael". – De todo o seu dinheiro, ainda haviam sobrado duas moedas a Hemdat. Com uma, ele comprou um buquê de rosas e com a outra chamou um engraxate para que lhe lustrasse os sapatos. Dois engraxates ao mesmo tempo agarraram seus sapatos, cada um dizendo: – "Eu engraxarei". – Ainda nem haviam começado, quando um pegou o banquinho do companheiro e o jogou na cabeça do outro, fazendo o sangue jorrar-lhe no rosto e nos olhos. Nisso, um terceiro pulou, agarrando as pernas de Hemdat, que lhe jogou a moeda. O engraxate saltou com um assobio e fugiu.

"Todos estão ocupados e trabalham" – pensou Hemdat, para estimular-se. Também ele faria algo. Não iria cruzar os braços. Uma vontade de ação, de fazer alguma coisa, de trabalhar, tomou conta dele. Iael ia voltar e em seu bolso não haveria falta de dinheiro. Ele tinha sido tolo, abandonara o ganha-pão. Tivera tido um bom emprego e o desprezara.

Entrou na casa do médico. Ali estava um operário que mutilara a mão, deitado no sofá que havia no vestíbulo, como a roda de uma carroça que quebrara e que fora levada ao conserto. Hemdat sentou-se e não se moveu: sentia vergonha de usar os membros sadios diante do doente, que não podia mexer-se do lugar. Sentado, cruzou as pernas e ficou fitando o mar. Um navio vinha do norte com a proa em direção ao porto. Dentro de umas poucas horas estaria ancorando e haveria novos imigrantes em Israel. Novas pessoas, novas esperanças e velhos infortúnios.

O médico chegou e cuidou do doente. Depois sentou-se com Hemdat e ditou-lhe algumas cartas. Hemdat voltou para casa exausto. Sua cabeça estava pesada e seus membros lassos. Caiu na cama sem forças e adormeceu. A cabeça era um fardo e os nervos pulavam em sua carne como vermes. O cérebro estava obnubilado e precisava de conserto. O dentista já partira. Mas o médico lhe arrancaria o cérebro e ele se sentiria aliviado. Deitado sobre a cama, o temor da loucura acometeu-o. Quem sabe qual seria o seu fim?... Amanhã acordaria louco. A família de seu pai era uma família nobre e a força dele tinha chegado ao fim. Chegara a hora de desaparecer, pois ele, que era moço, ainda não havia provado o gosto da vida. Rabi Nackhmann, de Bratzslav, de abençoada memória, não havia dito que um homem de dezoito anos, às vezes, viu mais da vida do que um homem de setenta?... Na mesma hora apareceu-lhe a visão de uma linda parenta sua. Também ela lutara contra a tradição dos pais. Possuía uma voz agradável e queria ter aulas de canto. Mas os pais se opunham terminantemente. Ela então fora para Viena onde se vira sem um tostão: estudava muito e comia pouco, esperando o dia de subir ao palco e receber a recompensa de todo o seu trabalho. Mas suas esperanças eram maiores do que suas forças, e essas foram diminuindo e escoando. Finalmente, um dia ela conseguiu subir ao palco e muitos vieram ouvir sua voz. Mas quando iniciou seu canto, a boca começou a sangrar-lhe. Então vieram seus pais, levaram-na para casa e cuidaram dela, trazendo-lhe médicos e medicamentos. Daí por diante, ela passara a ficar deitada em seu quarto, não saindo mais de casa. A luz de seus pensamentos se apagara e não se ouvia mais a sua voz. Ela se vestia com uma roupa branca e todo o seu quarto era branco, as paredes e até os tapetes que cobriam o chão. Às vezes vinha o médico para visitá-la e lhe trazia rosas vermelhas. Então ela se levantava e jogava sobre as flores plumas brancas, e no grande espelho continuava a refletir-se a brancura do quarto. Seu olhar não ficava mais brando no escuro. Uma vez, ao escurecer, Hemdat foi visitá-la. Os olhos dela seguiram-lhe os passos; ela, porém, não o reconheceu. De súbito levantou-se e, estendendo os longos e frios dedos, começou a apalpar-lhe a testa, as têmporas e os olhos. Por fim, exclamou: – "Hemdat!"

Hemdat deu um pulo na cama. Parecia-lhe que Iael Haiot o tinha chamado. Mas era um grande engano dos sentidos. Tomado de tristeza, voltou a deitar-se. Seu corpo estava deitado na cama, mas seu coração, não.

"Não há trabalho com Pikhnin, então sente-se em casa e trabalhe em sua mesa, com o seu material. Você queria traduzir *Nils Liné Likobsen*; sente-se e traduza-o". Levantou-se, pegou papel e uma pena. A que estava presa à caneta já estava coberta de ferrugem. E acabou não fazendo nada. De qualquer forma, aquilo já era um começo.

De manhã, Hemdat debruçava-se sobre o parapeito e ficava olhando e observando o vale Refaim, o lugar por onde passava o trem. Os polidos trilhos de ferro brilhavam e o trem passava duas vezes por dia. "Iael Haiot vai passar. Aparecerá através da janela: – 'Bom dia, bom dia, bom dia!' – ela vai exclamar".

E no âmago do ser, ele sonhava com um beijo inocente. Iael Haiot viria e iria achá-lo entre os seus escritos, e no lindo rosto da moça o seu modesto beijo encontraria apoio. Não perseguia beijos fortuitos, mas a visão de um rosto calmo despertava-lhe o coração, e seus lábios ansiavam por um beijo que lhe gratificasse a alma. Hemdat sabia que as faces de Iael já haviam provado o gosto de beijos; mas o beijo era sagrado para ela, e o seu ainda não lhe profanara as faces.

Hemdat não fazia nada. O sol ardia e os seus raios picavam como mosquitos de verão, acabando com toda a força de vontade. O coração ardente e o dia em brasa eram pouco propícios para agir e trabalhar. Hemdat lembrava-se dos primeiros dias, quando o orvalho de sua alma descia sobre as folhas de papel, e os brotos de sua poesia cresciam bem sucedidos, enquanto ele tomava café e a espiriteira estava acesa. Desejaria renovar aqueles dias, por isso começou fazendo café. Durante todo o dia bebeu-o como se fosse água: não era sangue que fluía em suas veias, mas café preto.

Horas e horas passou deitado no sofá, de olhos abertos e mente vazia, sem sentir tédio. Estava cansado, um cansaço pesado e prolongado. – "Ai" – dizia ele – "ai, quem me dará descanso?" E sua voz fraca o irritava. Permanecia deitado no sofá, sem mexer mão ou pé.

Ouviu-se o ruído do trem, que apitava, aproximando-se, e o assobio apavorante rasgou o silêncio do vale. O trem passou e desapareceu, e a fumaça azulada e escura subiu em rolos sinuosos. Hemdat pulou e gritou: – "Iael! Iael!" – Rapidamente varreu a habitação e arrumou os utensílios, cobrindo a mesa com um papel novo. Depois lavou-se e vestiu-se com roupa limpa, sentando-se à mesa. Seu corpo acordou, seus dedos se abriram e sua caneta começou a andar e andar. Letras e mais letras foram jogadas sobre a folha de papel, unindo-se para formar palavras e frases e linhas. Realmente, ele estava conseguindo fazer a sua tradução.

Horas e horas passaram, e Iael não veio. Hemdat já desconfiava intimamente de que talvez se tivesse enganado: talvez não fosse Iael quem passara no trem. Ele não a vira de frente, vislumbrara apenas um casaco verde. Será que ela ainda não tirara as roupas de inverno? Sim, ele se enganara. Não fora Iael que passara, pois o seu rosto estava virado para o outro lado. Seria possível que Iael passasse por seu quarto sem olhar em sua direção?...

Iael havia chegado, no entanto. Disseram que ela estava com bom aspecto, como se voltasse da casa de seu pai. Hemdat se perguntou: – "Será que seu cabelo cresceu?" – E ele mesmo respondeu: – "Espere-a; quando ela vier, amanhã ou depois de amanhã, conforme o recado que ela mandou por Pnina, você a verá". Entrementes, Iael viajara para Rehovot a fim de visitar a mãe, que estava voltando para a sua cidade, na Rússia. A velha não conseguira adaptar-se à terra, e o país não a absorvera. É possível que, no passado, no tempo em que as gerações eram heróicas, a permanência em Israel fosse bela para os velhos. Mas nessa geração não havia nada mais difícil. Os ares estavam cheios de suor e a terra cheia de pó, e as forças do homem acabavam e não havia o que cozinhar. Comia-se alguma coisa e logo o estômago ficava enfastiado. Mas Hemdat não avaliava o que era a Terra ou se habitar nela era belo ou não para os velhos. Contava apenas vinte e dois anos e não se preocupava muito com o estômago. Quando tinha uma moeda no bolso, comprava pão; quando tinha duas, comprava pão e azeitonas ou figos e uvas. "Terra em que comerás o pão sem escassez", diz a Torá. E na Terra do Israel não faltava nada. Era só ver quantas boas coisas Hemdat preparara em homenagem a Iael.

De manhã ele se levantava e embelezava o quarto a cada minuto. As roupas que usara um dia, já não as vestia no dia seguinte, e se olhava muito no vidro do quadro. O tal quadro era aquele do noivo e da noiva, de Rembrandt. Com as próprias mãos Hemdat lavou o chão. Seu quarto estava agradável, os móveis limpos, um papel novo cobria a mesa e um odor bom subia do chão e da mesa. É que ele lavara o chão com água de eucalipto. E agora estava sentado à mesa e sua mão guiava a caneta por cima do papel. Como eram bonitas as pequenas letras sobre o papel branco! Ele pôs duas ou três folhas no canto da mesa e uma em frente ao rosto. Às vezes se levantava e abria a janela, outras vezes se levantava e a fechava. Hemdat gostava da brisa do dia que soprava de fora e apreciava a calma do quarto fechado. Ora achava a brisa do dia agradável, ora parecia-lhe que a calma do quarto fechado é que era agradável.

De súbito, ouviu-se a voz de Iael. Hemdat correu até a janela: ela estava lá embaixo, mas não podia subir, porque não tinha tempo, Hemdat lhe disse:

— Suba, minha senhora, suba.

Iael respondeu:

— Desça, por favor, Senhor Hemdat.

Hemdat repetiu:

— Suba, minha senhora, suba.

Iael insistiu:

— É impossível subir, não tenho tempo.

Hemdat desceu para junto de Iael, mas, antes de descer, olhou o quarto bonito que preparara em sua homenagem. E algo como uma viuvez o cobriu.

6

Ela voltou à noite, e ele foi ao seu encontro no pátio. Estendeu-lhe as mãos, disse:

— Vamos subir ao quarto, minha senhora.

E Iael respondeu:

— Subir para quê? É melhor passearmos.

Enquanto andavam, Hemdat perguntou-lhe por que não lhe escrevera todo o tempo em que estivera em Jerusalém. Iael explicou:

— Eu tinha certeza que o senhor não me responderia.

Ele olhou para ela e calou-se.

Iael continuou a falar, contando que Pizmoni viajara. Onde estava? Na Universidade. Que faculdade? Zoologia. E ela achava Botânica mais bonito do que Zoologia. Se tivesse o endereço de Pizmoni, escrever-lhe-ia uma longa carta. Será que ele iria responder-lhe?...

Hemdat quebrou o silêncio e desandou a falar. Desde o dia em que se afastara das moças, nunca mais falara tanto como agora. Mas não foi muito inteligente confessar-lhe que havia tempo que não sentia tanta vontade de falar como naquele momento. Revelava-lhe os segredos do seu coração. E ela lhe perguntava coisas sem nenhum nexo lógico. Disse-lhe que, no começo, mal podia suportá-lo, e que o achara até um pouco ridículo. Uma vez passara por ele uma sefaradita e ele enrubescera. Oh, se ela soubesse hebraico, ficaria feliz. Não queria mais nada, agora, além de aprender hebraico. Hemdat sabia que não havia consistência no que Iael dizia; apesar disso, escutava-a atentamente. Era difícil despedir-se dela. Assim chegaram até a colina de areia que era chamada de "colina do amor". Alta e ereta, ela o precedeu, e Hemdat seguiu-a. Ele havia arrancado de si todos os pensamentos e agora suas mãos estavam fracas e a boca vazia.

Sentar à noite na colina de areia seca e perfumada era lindo. Hemdat, agachando-se, amontoou areia com os punhos, e os dois fizeram um assento sobre um montículo. Ele voltou a falar, e as fontes de seu coração recomeçaram a jorrar até aqui, de súbito, pararam. A mão direita brincava na areia, os finos grãos deslizavam e sumiam por entre os dedos, que começavam a ficar frios. Uma leve brisa erguia-se do mar. Hemdat fechou a mão por cima da boca, como uma concha da qual se tivesse extraído o conteúdo. Iael olhou para ele e disse:

— Por que o senhor deixou crescer a barba? Fica melhor barbeado. O que é que está me apertando? Ah, é a chave.

Iael pegou a chave de seu quarto e deu-a a Hemdat, que a guardou no bolso.

De repente, ela se levantou, ordenando:
— Para casa!

Hemdat acompanhou-a até sua casa e devolveu-lhe a chave. Iael entrou, fechou a porta e o bolso de Hemdat esvaziou-se.

Ele parou ainda um momento na soleira do pátio, esperando que ela voltasse o rosto.
Os passos abafados dela ainda soaram durante muito tempo em seus ouvidos. Ele sorriu sozinho, caçoou de sua esperança e voltou para sua casa.
Ela passou a ir à casa dele todas as noites, durante a semana e, aos sábados, também pela manhã. Mas, de repente, parou as visitas. Quando Hemdat a encontrou no mercado, perguntou-lhe:
– Por que não vem?
E Iael respondeu-lhe:
– Para não distraí-lo de seu ofício. O senhor precisa trabalhar e os Muschlam já me perguntaram do que é que o senhor vive.
Iael achou um emprego fácil e limpo: supervisionar as operárias na oficina de tecidos rústicos. Hemdat entrara em entendimento com a Diretora da Instituição e esta concordara em dar o cargo a Iael. Vinte e cinco francos por mês de salário, possivelmente trinta. A Diretora dissera que, na verdade, o trabalho não valia nem mesmo quinze francos, mas quem podia argumentar com um poeta quando ele começava a falar?...
Iael Haiot dava largas à imaginação: agora ia alugar um quarto e comprar uma espiriteira só para ela. E todos os dias comeria comida quente, nunca mais estragaria o seu estômago. E estava grata a Hemdat que se empenhara por ela.
Hemdat saiu para ir ao barbeiro. Havia uma placa meio apagada na barbearia, com o desenho de uma pessoa sentada, envolta em uma toalha, em frente ao barbeiro. Uma menina que passava por lá cuspiu no freguês e fugiu. Hemdat entrou para fazer a barba e cortar os cabelos. Estava contente por seu empenho em favor de Iael ter tido êxito. E uma alegria sutil se espalhava sobre o rosto todo. O barbeiro percebeu a mudança e começou a falar longamente, numa linguagem literária, sobre livros e autores, e sobre os jovens escritores que cuidavam para que o cabelo estivesse penteado e não cuidavam da linguagem. E seus olhos espertos, afogados em um mar de fios, observavam, sedentos, os efeitos causados por suas palavras. A tesoura tiniu, os cabelos caíram e se espalharam para cá e para lá. Hemdat

olhou os belos cachos jogados no chão. O barbeiro viu que ele observava os cabelos e lhe disse:
— Pois é, meu caro, o que enfeitava sua cabeça, agora está sendo pisado por todos os pés.
O corte de cabelo terminara. Em vez de seus fortes e lindos cabelos, Hemdat viu, de repente, surgir ao espelho a imagem de um crânio liso e nu. Abanou a cabeça e disse:
— Sempre o mesmo estilo traz consigo a monotonia.
De noite foi visitar Iael Haiot. Ela quase ficou louca:
— Como é que um homem fica bobo e arruina a sua beleza? Oh, como seu couro cabeludo é assustador! Seus cabelos foram jogados fora como algo que perdeu a utilidade!
Hemdat pegou a mão dela. Antigamente, na casa do pai, costumava pegar a delicada mão de sua irmã e puxá-la até roçar seu cabelo cortado. — "Oh!" — gritava a menina.
O que se poderia dizer sobre Hemdat? O mundo dele estava em ordem, mas o mundo de Iael Haiot não estava. De repente, sobreveio-lhe um novo infortúnio. Mal conseguira refazer-se de sua doença e já adoecera de novo. O pavor de seu passado conhecido assustava-a mais do que os temores do desconhecido. Uma de suas mãos estava escura e ela temia que, se não a amputassem, lhe envenenaria o sangue. Pela dor que sentia, estava certa de que era chegada a hora de amputar a mão.
Hemdat se preocupava com a saúde dela como se fora a saúde de um rei. Ele mesmo lhe trazia leite e remédios e não saía de perto da cama dela, o dia todo. As crianças do bairro o chamavam de "o irmão de Iael", e Hemdat estava contente com o nome que lhe haviam dado. "Como ele é caridoso", comentavam as vizinhas, e Hemdat abaixava a cabeça, enrubescendo. Iael tinha estragado a espiriteira dele, não só os pés como também o receptáculo do combústivel. Mas os dias da doença não se prolongaram, e ela se restabeleceu de sua enfermidade.
Hemdat arrumou o seu quarto, lavou a louça e foi visitá-la. No caminho encontrou um grande amigo, que fez o favor de oferecer-se para acompanhá-lo na visita a Iael. É que desde o dia em que Hemdat se aproximara dela, ele se afastara de Hemdat, porque este desperdiçava os seus dias na ociosidade e não

fazia nada com sua própria vida. Como devia alegrar-se a jovem, quando o famoso escritor fosse visitá-la! Poderia gabar-se disso à frente de todas as suas companheiras. Que pena, porém, que naquela hora ela não estivesse em casa. Hemdat disse para si mesmo que, no dia seguinte, ela viria à sua casa. Mas Iael não foi.

Hemdat perguntou-lhe, ao encontrá-la na rua:
— Por que você não veio?
— Eu queria ir, no meu quarto era impossível ficar, por causa do calor; não havia a menor brisa, o edredom está rasgado e apesar disso não se mexia uma pluma de lá.
— Então, por que você não veio?
— Fiquei com vergonha de atravessar a viela, porque não tenho um vestido de sábado.

Hemdat cruzou com a Senhora Muschlem, que lhe surgiu à frente, ligeira e alegre. Ao lado dela andava Darban, muito inclinado, segurando um pacote com ambas as mãos. Os poemas ele orientava conforme os passos dos camelos, mas os pacotes ele carregava como todo mundo. Schoschana comprara o Brockhaus completo para o aniversário do marido, e o Senhor Darban se oferecera para ajudá-la. Ela na verdade não comprara a última edição, mas não se percebia a diferença. Não existe entre léxico e léxico diferença nenhuma. É possível que haja na nova edição algo que não há na velha. De qualquer jeito, nós somos o povo de Israel e não muito mimados. Você procura crisântemo, está lá, você procura Vasco da Gama, está lá. A gente lê o léxico e conhece o mundo todo. E ela já tivera tempo de verificar que a história de Caspar Hauser, de Jacob Wassermann, era uma alusão a um acontecimento real.

— Porém — disse a Senhora Muschlam — Por que é que estou conversando com um homem que ainda não viu os móveis que eu trouxe de Jerusalém?. Iael não lhe contou nada dos móveis damascenos que eu trouxe de lá? — Em meio a tudo isso, ela lhe estendeu um buquê de rosas e disse: — Senhor, sinta o perfume destas belas rosas.

Hemdat se desculpou:
— Eu quis visitá-la muitas vezes, sobretudo porque desejo conversar sobre um certo assunto.

A Senhora Muschlam tirou uma rosa de dentro do buquê e fez um semblante de quem sabe de que se trata.

Hemdat enfiou o rosto no meio das rosas e disse:

– Quando a mãe de Iael viajou de Israel, ela deixou comigo uma soma para que eu comprasse para a filha um tecido para um vestido novo. Iael sabe costurar.

Hemdat sentia-se sem jeito, pois, quando dizia uma mentira, imediatamente ficava vermelho. Mas a Senhora Muschlam era uma mulher boa e fazia vista grossa sobre coisas daquele tipo. Hemdat continuou:

– Não é preciso que Iael saiba quem deu o dinheiro. A senhora pode dizer-lhe o que quiser. E, de uma hora para outra, ela virá à minha casa vestindo uma roupa nova. Isso será uma surpresa, como se diz na Terra de Israel.

Hemdat deu um pulo e bateu na testa. Uma abelha o picara. Não, fora um espinho. A Senhora Muschlam riu, comentando:

– A vingança das flores...

Hemdat não sabia que tecido Iael iria comprar para o vestido, mas em imaginação ele a via de roupa nova... Se fosse possível desenhar perfumes, ele desenharia o odor daquele vestido. E o dia todo esperou que ela viesse. Mas Iael não veio. E por que não viera, agora que tinha um vestido novo?

Ao anoitecer, Hemdat saiu finalmente do seu quarto. O dia inteiro ficara trancado em casa, à espera de Iael. E por que não fora até a casa dela? Porque arrumara o quarto em sua honra e queria recebê-la em suas próprias quatro paredes. Mas já que o dia se passara e se haviam perdido as suas esperanças, levantou-se e saiu.

Iafo estava silenciosa. Toda a cidade saíra a fim de passear à beira-mar. Hemdat foi andando pela areia. De duas ou três casas se ouviam canções agradáveis e um pequeno grupo de velhos estava sentado, tomando a terceira refeição sabática e cantando preces. De repente, ele sentiu uma dor no coração, ao ouvir, através da janela da casa do Rabino da cidade, a sua doce voz que recitava versículos da Torá.

Foi com muito custo que se afastou de lá e caminhou até a beira-mar. Quando escutou a voz de Iael, que ria junto com

uma turma de moças e rapazes, fugiu para o outro lado e sentou-se solitário de frente para o mar.
Ondas apressadas, ondas velozes... Possivelmente vinham de Iael e chegavam até ele, trazendo-lhe a imagem dela. Pnina viu-o de longe e chamou-o. Iael juntou sua voz à de Pnina e convidou-o a aproximar-se. Hemdat levantou-se e foi até o grupo. Pnina e seus amigos foram embora, e Iael, voltando toda sua atenção para Hemdat, sentou-se com ele. A noite já descera sobre o mundo, mas ainda sobrara uma tênue luz do dia. De repente, Iael levantou-se assustada, dizendo:
– O meu vestido amassou!
Hemdat olhou para ela:
– Use-o bem. Bonito tecido, bonito tecido! – disse ele.
– Foi minha mãe que comprou o tecido e fui eu que costurei o vestido para mim – repetiu Iael várias vezes, alisando a roupa com a mão, como se estivesse limpando algo. Com orgulho de criança, ela olhou para ele. Que diferença entre a sua roupa e a dele!... As barras das calças estavam puídas e delas saíam franjas. Por que as calças dele haviam ficado assim tão gastas? Certamente, por causa de seus pesados passos tristes, quando as pernas roçavam uma na outra.

Hemdat estava escrevendo letras e mais letras na areia. E, sem perceber, escreveu o nome de Iael Haiot. Aquilo era uma coisa à toa, mas ele queria mostrar a ela. De repente, uma pequena onda cobriu as letras. Hemdat ergueu os olhos e viu as ondas que chegavam cada vez mais perto, por sobre a areia, e que silenciosamente voltavam, caindo de novo no mar. Iael levantou-se para ir embora. Ela estava com fome e queria ir para casa. Hemdat sabia que a casa estava vazia e convidou-a a comer com ele, não no seu quarto, mas numa pensão. Iael recusou e aceitou, recusou e finalmente aceitou. Ele ficou contente por não ter de comer outra vez sozinho.

Hemdat entrou com Iael na pensão de Jacob Malcov. Ele já perdera o bom costume de comer em sua própria casa e sobre sua própria mesa. A dona da pensão enxugou da mesa o vinho com o qual fora dita a reza do fim do sábado, e o dono estendeu uma toalha. Iael pediu carne e Hemdat pediu uma refeição à base de leite e um pedaço de peixe. Ele era e não era vegetariano: não comia carne; porém, podia comer peixe. Na verdade, queria também parar de comer peixe, mas temia que o pusessem no rol dos vegetarianos. A proprietária voltou e tirou a toalha grande, colocando duas toalhas pequenas: uma para Iael, que comia carne, e uma outra para Hemdat, que bebia leite. Hemdat olhou o lugar vazio entre as duas toalhas, e viu que um pouco de areia penetrara na refeição.

Quando Hemdat estava comendo peixe, o proprietário perguntou:

— Se você é vegetariano e não come carne, por que então come peixe?

Hemdat respondeu:

— Porque os peixes não participaram do pecado do dilúvio.

O proprietário olhou para Hemdat algumas vezes, admirado. Os rapazes sempre tinham uma resposta pronta para qualquer pergunta do mundo. Qual seria, porém, a resposta deles no dia do Juízo Final?... Levantou-se e começou a cantar as preces do fim do sábado e, no caminho, pegou uma tigela cheia de amêndoas, servindo-as aos dois. Os olhos de Hemdat brilharam e ele disse:

— Obrigado.

Reb Jacob colocou a tigela em frente de Iael. Há um gosto amargo agradável nas amêndoas. Hemdat molhou uma amêndoa no vinho doce, observando Iael: suas bochechas se enchiam e ela trincava amêndoa após amêndoa com os dentes afiados, aqueles mesmos dentes com os quais cortara alguns cabelos de sua cabeça. Iael levantou-se e foi buscar um copo d'água na pia. Hemdat pegou a garrafa e serviu-lhe vinho. Iael abanou a cabeça, dizendo:

— Eu prefiro água.

Seus ombros retos alçaram-se mais ainda. A filha pequena do hoteleiro veio dobrar as toalhas e sussurou para Hemdat:

— Como é bonita essa senhora!

Hemdat acariciou-lhe carinhosamente o rosto.

7

O dia em que Schamai veio visitá-lo, foram bons momentos para Hemdat. Como era agradável ouvir Schamai, quando falava

de Iael... Na ocasião em que ela estivera doente no hospital, ele vinha da colônia todos os dias a fim de saber seu estado de saúde. Qual cão fiel, guardara os portões do hospital, mas Iael não o suportava e não gostava de sua companhia. Logo mais à noite, Hemdat lhe contaria tudo o que o bom Schamai fizera por ela:
– Ih, Iael, você é uma ingrata!
A grande admiração de Schamai alegrava Hemdat, que o achava um jovem inocente. Por que ela o repelia tanto?..
Depois de dias, nos quais Iael como que desaparecera de vista, apareceu Schamai, com uma bengala na mão e um chapéu de turista na cabeça, de botas e equipado para viajar. Para onde?... Alugara uma carroça para ir a Rehovot e viera convidar Hemdat para ir com ele. Dissera-lhe:
– Venha conosco, por favor, Senhor Hemdat! Venha conosco para Rehovot por dois ou três dias. Iael também vai.
Enquanto falava, Schamai ergueu os olhos, fitando por acaso o quadro de Rembrandt e levando a sua imagem a refletir-se no meio do casal. Hemdat tirou o quadro da parede. Pensou que era indiferente a Iael se ele viajasse com eles ou não, embora Schamai não pensasse da mesma maneira. Até a Senhora Ilonit estava pedindo um lugar na carroça.
Quem era, afinal, esse Schamai que não largava de Iael Haiot? Era o filho de uma família abastada que possuía uma propriedade em Israel. O pai morava na América, sustentando não só a mulher e os filhos que haviam ficado na Rússia, como Schamai, que morava em Beirute e estudava Medicina na Universidade Americana. Toda vez que Schamai podia, vinha a Israel e demorava-se alguns meses, a fim de conhecer o seu futuro campo de trabalho. Era preciso ver nele não suas mãos grossas, suas bochechas caídas, mas seu coração cheio de ideais. E por que será que ele enrubescia quando convidava Hemdat a ir à casa de Iael? Será por que dissera "nosso quarto", no plural?...
Era curioso ouvir aquele jovem dizendo a Hemdat:
– Eu gosto do que escreve, Senhor Hemdat; tudo o que sai de sua pena é bonito e louvável. Realmente Pizmoni não é poeta; eu não li nada que ele tenha escrito.
Hemdat perguntou a si mesmo por que não deveria ir visitar Iael. Afinal, Schamai não lhe pedira em nome dela? Uma

vez, de noite, ele fora vê-la e, ao entrar, ficara encabulado. Ela vestia o casaco de Schamai, e Schamai estava estirado no sofá. Suas bochechas lisas, como uma continuação de seu gordo e volumoso pescoço, engrossaram num riso confuso e vitorioso. Os dois pularam para recebê-lo:
— Ah, ah, Senhor Hemdat! Sirva-se, por favor, de um pouco de água, soda e geléia de limão. Será que o senhor quer um cálice de licor? Na verdade, não há nada de melhor do que um copo de licor antes da refeição. Jantará conosco.

Hemdat perguntava-se como é que eles podiam ficar num quarto onde não havia ar para se respirar e os objetos estavam misturados sem nenhuma ordem. As gravatas de Schamai estavam penduradas no encosto do sofá e, embaixo de cada cama, havia um par de chinelos. Um pensamento passou pelo coração de Hemdat: Schamai, com certeza, a beijara; era bem possível que a tivesse tido nos braços. Muitas vezes eles ficavam juntos até tarde da noite.

Hemdat não a julgava como ela merecia ser julgada. Na verdade, ela ansiava por pão, e Schamai lhe dava não só pão, mas também chocolate. Afinal de contas, ela não passava de uma moça simples. Depois de algum tempo, iria casar e dar à luz a filhos e filhas, e engordar como a mulher de um comerciante. Não, realmente Hemdat não tinha nada contra ela. Mas ela já não gastava com ele uma palavra sequer.

O verão chegava ao fim e Iafo estava abafada. A cidade inteira estava aquecida por um forte e constante sol e, quando se saía, não havia ar para respirar lá fora. Feliz de quem podia ficar em casa, sem banhar-se de suor. Hemdat ficava em casa e não punha os pés fora. Fazia café o dia todo e bebia copo após copo. Se a bebida não o despertava, pelo menos abrandava seu tédio. Ele poderia ter tido outras distrações. Por exemplo, poderia ter saído para ver como estava sendo construída Tel Aviv. Mas no dia em que deram um banquete na inauguração de Tel Aviv, Iafo inteira festejou com vinho e bolos, e só Hemdat ficou em casa, bebendo café preto.

Os amigos de Hemdat voltaram a aparecer todos juntos. O cheiro do café que vinha da casa dele os atraiu para o seu quarto. Gurschikin estava contente, pois era um dos construtores da cidade e iria escrever todas as suas histórias de Tel Aviv, a partir da fundação. Darban estava embriagado. Apesar disso, continuava coerente e fiel a si mesmo, pois, habituado ao deserto, as cidades habitadas não o atraíam; por isso não cantaria Tel Aviv em seus poemas, nem mesmo os bairros novos. Gurschikin, no íntimo, censurava-o. Afinal, ainda não aparecera o nome de Darban impresso. Então, acima de que ele queria se impor? Acima de Pizmoni, que publicara um novo canto sobre as margens do Dnieper?... Falta de lógica um homem assentar-se em Israel e cantar canções sobre os rios da Rússia.

Hemdat encheu os copos. O vinho embriagava e o café acordava. A conversa patriótica foi definhando e parou, e as palavras chegaram ao amor e à mulher. Hemdat, que estava calado, despertou para dizer:

– Quando você for visitar uma moça, se tiver bom senso, vá com a cara e a coragem. A força conquista o coração da moça e você não será perturbado pelas tramas do amor.

Pnina, a modesta, abaixou a cabeça. Ela não pensara que pudesse ouvir coisas tão rudes da boca de Hemdat.

Ele saiu do quarto. Fora, no caminho, encontrou Iael e Schamai, que lhe perguntaram:

– Quanto você gastou no restaurante?

Iael queria devolver-lhe a soma que ele havia gasto com ela, no fim do sábado à noite. Hemdat sorriu confuso.

Iael insistiu:

– Não está certo que você fique calado.

Hemdat respondeu:

– Não tenho nada a dizer.

Schamai interferiu:

– Se você não diz quanto gastou, ofende Iael.

Iael perguntou-lhe:

– Por que não foi me visitar?

E Hemdat respondeu, por sua vez:

– E por que você não me visitou?

Iael disse:

– Pois eu o visitei e não o encontrei. Prova de que estive em sua casa é que eu vi que o seu casaco verde estava na cadeira em frente à mesa.

Hemdat disse:

– Se é assim, então venha agora.

Iael respondeu:
— Não, pois eu quero que venha você primeiro à minha casa.
E imediatamente passaram para outro assunto.
Hemdat já havia dito a Iael tudo o que pensava desse rapaz que não a largava. Ele não lhe agradava nem um pouco: o pai trabalhava pesado para sustentá-lo nos estudos e ele se empanturrava, à custa do suor do pai, vivendo uma vida de libertinagem. Certamente, não iria melhorar a vida de uma mulher. Ao contrário, deixaria uma mancha em qualquer moça que se unisse a ele. Acontece que também ele, Hemdat, era um perigo para ela, agora que as angústias de seu coração haviam voltado a acordar:
— Você quer ficar em paz? Então se afaste de mim, porque em meu estado de espírito há algo de contagioso.
Novamente Hemdat achou nos poemas o caminho para o repouso. As noites azuis continuavam e passavam. Era uma pena que ele não encontrasse a Senhora Ilonit. O verão passava. As moças ainda saíam vestidas com blusas leves. Mais uma semana ou duas e, quando se tocasse numa mulher, já não se sentiria a sua carne. Hemdat começou a pensar em mulheres e, quando encontrava uma, sentia-se deprimido. Às vezes, lembrava-se de que beijava as mãos das mães em público e os rostos das filhas em segredo. E, às vezes, não conseguia fazer subir ao coração nenhum sentimento desse tipo.
Quando a solidão o envolvia, saía do quarto. Mas para qualquer lugar aonde fosse, a solidão acompanhava-o e o cheiro dos seres vivos impunha-lhe pavor. Ele queria recolher-se à sua própria pele, longe de qualquer pessoa; não queria sentir os outros, não queria sentir nem a si mesmo. Seus membros se aquietavam e seus ossos se calavam na sua carne. Mas quando alguém lhe pousava a mão na nuca, ele tremia de alegria contida.
Perambulava pelas ruas de Iafo. Todos os dias eram vazios, e as noites, sem repouso. Os seus amigos diziam-lhe:
— Hemdat, não se preocupe. Esses são os dias antes da criação.
Alguma coisa de grande estava acontecendo no mundo, e ele já ouvia as pulsações do que estava por acontecer. Seus ouvidos sonhadores iriam ouvir muitas coisas e ele as veria com

os sentidos e escutaria vozes e sentiria perfumes. Coisas importantes vinham vindo, e o mundo dos sentidos iria parar e ceder-lhes o lugar.

Dias ardentes e monótonos vinham e iam, e as noites chegavam. O quarto de Hemdat se encontrava no andar de cima e tinha cinco janelas, abertas o dia todo, com cortinas esverdeadas como as ondas do Nilo, movendo-se em frente a elas. Conforme as cortinas se moviam, franjas de sombra enquadravam-se no chão. Hemdat andava ao longo e ao largo do quarto. As janelas estavam abertas a qualquer vento; a porta, porém, permanecia trancada. Dias abençoados e bons chegavam ao mundo e Hemdat sabia apreciá-los. Ninguém o encontraria nas ruas de Iafo ou à beira-mar. Abrigado em sua casa, ele ficava sentado diante da sua boa mesa. Como festejava Hemdat a festa dos dias? Com o sacrifício de seu poema. O verão se foi e sumiu e ventos sopraram e partiram. Os eucaliptos no jardim se agitaram e perderam as folhas murchas. No interior do quarto de Hemdat, caiu uma folha seca, trazida pelo vento.

O sol se pôs e sumiu. Nuvens pretas voavam como pássaros no final do verão. Será que ele ia acender a lamparina? Por que estava sentado no escuro? Iael iria entrar. Ele iria recebê-la com amabilidade, sem lembrá-la dos antigos pecados. Os dois sentar-se-iam como um só ser no sofá verde. Pois ela era a sua amada.

Hemdat perguntou-se a si mesmo:
– Desde quando eu conheço Iael?
E respondeu para si mesmo:
– Ah, há muito tempo. É possível que faça um ano ou mais de um ano.

Naqueles dias ligeiros, quando ardiam as noites de Iar, ele havia ido até a colina de areia. Muitas jovens estavam passeando por lá, e uma moça alta segurava seu chapéu, rindo muito...

Ergueu-se para sair e, sem querer, dirigiu-se àquela mesma colina. Era ele que se aproximava dela e não a colina dele. E de repente, viu-se no topo.

Uma lua esverdeada e gelada espargia luz. Ali, naquele lugar, vira-a pela primeira vez. Ali, naquele lugar, havia passeado com ela. "Colina do Amor" chamavam a esta colina... Seu coração apertou-se no peito. Como eram próximos aqueles dias!...

As palavras ainda pairavam sobre a areia: – "Havia uma mulher na nossa cidade que não tirava o copo da boca. Ha, ha, ha, e nunca ficava bêbada!" – Sim, ela conhecia o segredo de como beber...

Hemdat permaneceu de pé sobre a colina. De repente viu uma sombra à sua frente. Ficou assombrado, como um homem que entra em casa e vislumbra algo de desconhecido diante dele. Mas conhecia a colina toda e sabia todas as coisas que nela havia. Começou a raciocinar sobre o que poderia ser aquela sombra. Será que o Senhor, bendito seja, fizera crescer um arbusto ou uma árvore durante a noite?... Ou era uma pessoa que estava passeando por lá?...

Hemdat parou e disse:

– Se é a sombra de uma árvore, é sinal de que o nosso amor é destinado a persistir. E se for a sombra de um passante, é sinal de que o nosso amor passou como passa uma sombra.

E, enquanto falava, ficou firme em seu lugar, sem um único movimento. Queria estar incerto entre a esperança e o desespero. E, de repente, veio a calma ao seu coração, aquela calma entre a queda da criancinha e o seu choro. Naquele mesmo momento, a sombra mexeu-se e começou a aproximar-se de Hemdat. Ele suspirou:

– Oh, um ser vivo! Homem ou mulher?... Mulher.

Depois aspirou o ar e disse:

– Graças a Deus, não é Iael Haiot, porque, se fosse, eu veria nisso um mau agouro.

Iael Haiot passou. Ela desviou o olhar. E Hemdat desceu da colina.

AS NOITES

Uma noite azul como o mar envolve a cidade silenciosa. Minha casa está escondida no mistério de sua sombra. Ondas de serenidade correm como jatos da noite. Meu coração está sereno em meu peito e também os meus vasos sanguíneos não palpitam. Iafo descansa tranqüila, até o mar esqueceu a sua fúria. Ouço apenas os gemidos escuros do grilo na parede de minha casa. Sentado na soleira, meu coração medita... e fecho os olhos para ver o que não se vê de olhos abertos. Mas há lágrimas ardendo em meus olhos como cardos no deserto. Que é que há com meus olhos, por que querem chorar a toda hora? Como rosas eternamente úmidas de orvalho, minhas lágrimas umedecem sempre os meus olhos. E eu me levantei e peguei as flores que pusera na soleira da porta na noite que Silsibila veio me ver. Aproximei as flores dos meus olhos e digo às flores: Eu vos ponho sobre meus olhos para que floresçais do perfume das minhas lágrimas.

Uma leve aragem fria sopra de repente no jardim e todas as árvores que há nele roçam seus galhos uns nos outros. Será que ouço o eco de palavras esquecidas, ou são meus pensamentos que se elevam outra vez? Aquiete-se, minha alma, e ouvirei.

O narciso que a pomba de minha pequena vizinha me trouxe se move de repente no copo que lhe serve de vaso. É que minha vizinha Ruhama possui uma pomba e, ao vir comer nas minhas mãos, a pomba me traz um botão ou uma flor. E agora o narciso se move no vaso porque eu não lhe dei água. E digo: Não está na hora de molhar suas flores, Ruhama, está na hora de eu deitar-me em minha cama e dormir e sonhar com Silsibila.

Eu ainda estava falando ao meu coração e Silsibila veio. Meu coração bateu até a minha garganta e minhas palavras se ocultaram em minha boca. E eu não disse nada a Silsibila. Eu estava aturdido com as batidas do meu coração, como é que poderia falar? Ela olhou para mim e eu olhei para Silsibila. E apesar de ser um homem corajoso, não ousei olhar o seu rosto, olhei apenas as suas pernas. Como são lindas suas pernas, Silsibila, seus sapatos são como botões de flores. Ajoelhei-me aos seus pés e minha testa tocou a bainha de seu vestido frio. Um longo tempo fiquei deitado aos pés de Silsibila e ela me olhava. E quando me levantei, não vi mais Silsibila. Mas o céu estava cheio de estrelas e meu coração batia docemente em meu peito.

2

Passo meus dias solitário e abandonado, e não ouço os passos de Silsibila. Não importa que eu grite, Silsibila não vem. Não ouço o eco de minha voz e nem o som de seus passos. E fico sentado como um homem que não sabe o quê fazer. E seguro com ambas as mãos a minha cabeça e digo: Silsibila não vem, e agora, minha cabeça, concentre seus pensamentos, por favor, que venha uma idéia para fazer Silsibila voltar para mim. E eu apoio a minha cabeça com os meus dedos para que ela pense grandes e bons pensamentos. E eis que os meus cabelos embranqueceram entre os meus dedos. E eu me lembrei dos cachos de cabelos de Danassa, a falecida, que colocou um de seus cachos de cabelos em meu coração e eis que os cachos estão pretos como no dia em que Danassa os deu para mim. E eu sou delicado e jovem e meu cabelo já se torna branco. Se Silsibila vier amanhã, ela não me reconhecerá.

No canto de minha mesa há um crânio de donzela e no crânio uma vela acesa. Sombras nauseantes recuam doentias e a vela ilumina as flores que esperam pela vinda de Silsibila. Na água límpida nada o narciso azul e se sente um bom perfume pela casa. E eu estou quieto, olhando as flores e falo com elas. E eu apanho todas as flores que estão em casa e abro a janela e grito: Silsibila, Silsibila! Eu quero que Silsibila segure minhas mãos e eu chorarei sobre elas. Derretam-se, lágrimas, fechadas em suas mãos, as mãos que me darão a bênção e que se fecharão. Uma voz, sem ser voz, é o que estou escutando em volta de minha casa. A sombra da minha casa se apoia nela. Deixe-me ir até lá e verei.

3

Uma noite azul como o mar e ondas azuis estão me carregando. Minha alma, não tens nenhuma esperança, para que corres? As ruas estão quietas e a areia está muito branca. Num momento a areia brinca com a minha sombra para logo abandoná-la, pegá-la novamente, e depois abandoná-la outra vez. Envolto em luz da lua estou de pé, fora da cidade, lá onde se encontram os sete sicômoros. As sombras das folhas escorrem sobre a areia, os montículos da areia se unem às sombras.

E sentado na areia eu grito: Silsibila, Silsibila! Um caracol olha em seu redor e a noite o encobre com o seu azul. Ele se amedronta e treme. Será que se assustou com o som de meu grito ou foi a noite que lhe trouxe saudades ao coração?

Muito tempo se passou, porém Silsibila não veio. Apesar disso, não desisti e não perdi as esperanças, esperei que ela viesse, sobre seus olhos eu a beijaria novamente. E enquanto eu continuava a gritar: Silsibila!, fui empolgado pelo amor ao seu nome e peguei meu canivete e gravei seu nome na árvore para que eu o pudesse ver. E enquanto eu estava lá, veio um vagalume e sentou-se sobre as letras que eu acabara de gravar na árvore e vi o nome de Silsibila luminoso em minha frente. E fiquei alegre. E não pensei que o vagalume apenas ficasse parado, luminoso, até o seu par o ver e vir para levá-lo, porque pensei só em mim e em Silsibila.

4

Na soleira da porta de minha casa encontrei Ruhama, minha pequena vizinha. Sua postura era ereta e seus cabelos estavam úmidos de gotículas da noite. Ela toda parecia uma rosa umedecida. Ela tem os cabelos ruivos e seu corpo se agitava em seu fino vestido.

Ruhama me comprimentou e eu lhe respondi: Bom dia. Ruhama ainda é pequena. Provavelmente a árvore da qual será feito o seu leito nupcial ainda não cresceu. Apesar disso eu peguei a sua mão e sua mão tremeu na minha.

Ruhama ficou quieta, sem dizer uma só palavra. De repente começou a falar e disse: Hemdat. Meu coração pulou em meu peito, porque desde que Iael se afastou de mim, nunca mais ouvi alguém me chamar pelo nome. Fiz um esforço e perguntei: Você ainda não dormiu, Ruhama? E ela disse: Não. E eu disse: Então você ainda não foi deitar-se? E ela respondeu: Já deitei. E eu perguntei: Ruhama, então por que você se levantou? Por que não volta a se deitar? Por que fica aqui fora? Está na hora de dormir, Ruhama. E Ruhama disse: Minha pomba me acordou, porque, desde que o companheiro se afastou dela, ela perdeu o sono. E eu perguntei: Será que sua mãe sabe aonde você foi? E Ruhama disse: Será que o firmamento sabe aonde vão as suas estrelas? E eu me assustei com as palavras dela e disse: Quieta, Ruhama, quieta, não mencione as estrelas cadentes para que não se apaguem, Deus nos livre, as nossas estrelas. Venha, vou levar você à casa de sua mãe. As estrelas da noite são frias e você está com calor e trêmula. Volte para não se resfriar.

Porém Ruhama não prestou atenção às minhas palavras e continuou a falar e disse: Diga-me Hemdat, para onde irá? E eu disse: Dormir. Ruhama se surpreendeu comigo. E disse: Posso ficar sentada um pouco, antes de me deitar? E ela continuou a me perguntar: O quê vou fazer antes de me deitar? E eis que eu escutei a pergunta dela e não tive nada a lhe responder, porque me lembrei de Silsibila, a quem eu havia destinado a noite e fiquei calado. Mais tarde eu lhe disse que precisava arrumar a minha casa em honra de um hóspede que deveria vir me ver. Ao falar, meu rosto esquentou muito. E Ruhama me perguntou: Iael? E eu me espantei muito ao ouvir isso. Ainda assim, não lhe confiei o meu segredo e disse: Veja que linda noite, mas venha para dentro de casa e veja o mar de minha janela.

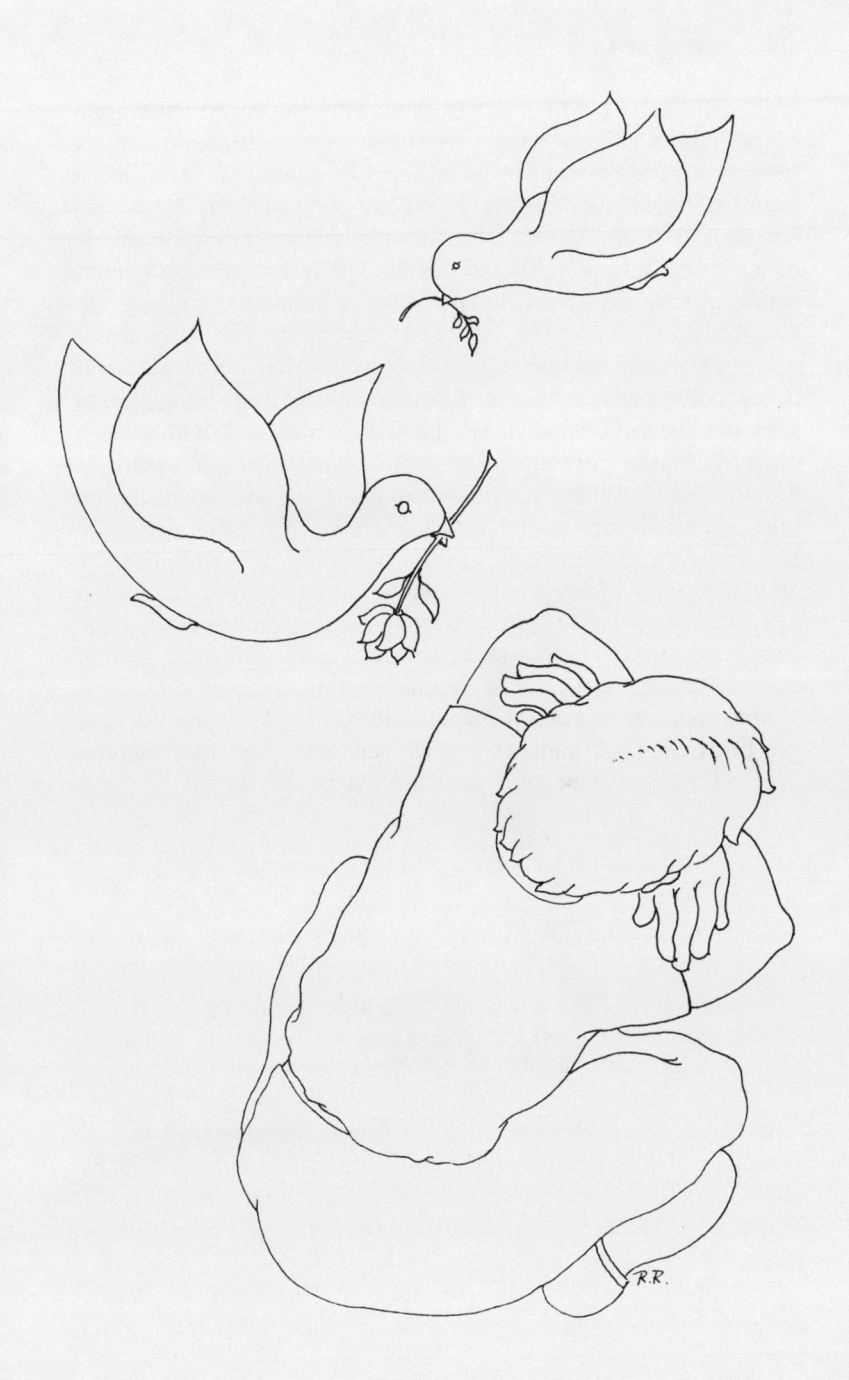

E Ruhama ouviu e sua boca se entortou de tristeza. E ela olhou minha mão e suas pernas começaram a tremer. E ela perguntou: Para quem são estas flores que estão em suas mãos? Eram as flores que eu levara comigo para Silsibila. E Ruhama levantou o rosto e seus lábios enrubesceram. E ela disse: Me dê uma flor. E eu não lhe dei das flores que estavam em minhas mãos, porque como eu poderia dar-lhe uma das flores de Silsibila? Mas acontece que a mulher da qual havia comprado as flores colocara uma rosa em minha lapela. E eu peguei essa rosa e a dei à Ruhama. E ela apanhou a rosa e a pôs sobre o coração. Mas a rosa não ficava quieta, porque o coração de Ruhama tremia muito, e eu sabia que a rosa almejava voltar ao lugar de onde fora tirada. Passei a minha mão nos cabelos de Ruhama. Os cabelos dela são ruivos e quentes. Enquanto passava a mão em seus cabelos, Ruhama se aproximou de mim cada vez mais, tremendo como uma rosa no dia em que é cortada. Uma mão perdida tomou uma rosa do vestido de uma mulher e a colocou sobre o coração de um homem. E sou eu o homem. Minhas mãos abraçavam a pequena Ruhama e levantaram-na até sua boca chegar à minha boca. De seus lábios quentes escorria o orvalho de seus beijos e minha alma tremeu de frio.

5

Desde então meu quarto está calmo e tudo em redor tranqüilo. Às vezes, acontece que um cego bate à porta da casa para pedir pão. Deus lhe dará, responde a empregada. E não dá nada ao cego. E o cego reconhece a voz dela e amaldiçoa os seus olhos cegos que o levaram novamente para esse lugar.

E isso acontece ao cego muitas vezes em suas andanças, pois ele é cego, não tem olhos. E eu elevei meus olhos aos céus para dar graças ao Deus misericordioso que me abriu os olhos para que eu veja. E não vou errar nunca mais, como errara até agora ao correr atrás de muitas moças e atrás de Iael Haiot.

Sentei-me no alpendre da casa para descansar um pouco do labor de meus pensamentos antes de ir ver Silsibila. O sol recolheu sua luz e minha casa se encobriu de sombras. E eu olho as sombras e lhes digo: Bem vindas, noite, sombras de minha casa, fonte e árvore de meu jardim, lagarto com suas escamas. Em vão, lagarto, estás revestido de tua couraça, também sobre o teu coração passou a brisa da noite.

E ao sentar-me à soleira de minha casa, procurei para onde fora o sol e para onde foram os pássaros. E eis que escuto a voz da ave celeste e o bando de pássaros revoa e vejo os raios do sol esconderem-se nas asas dos pássaros. E assim eu sabia que a noite não ia tardar a vir. E digo: Agora vou me levantar, agora vou até Silsibila. O entardecer trará em suas asas a noite e já se levantou a estrela. Uma ligeira tristeza fria passou por minha testa. Meu Deus, você é grande e os pensamentos que você pôs nos homens são muito pesados. Passou hora após hora e não fui, como era o meu costume noite após noite, até a cidade e para fora dela: esperava por Silsibila em minha casa.

As sombras da noite se umedeceram de repente. E eu peguei o meu manto e me cobri e continuei sentado, e vi que Silsibila não vinha. E levantei-me e fui até o quarto pegar as flores e as beijei e pus as flores na soleira da porta, depois de ter tirado o pó e acendido o candelabro para que, ao passar, Silsibila visse a luz acesa na minha casa.

E voltei a sentar no terraço como antes e forcei meus ouvidos para escutar, a fim de escutar o som dos passos de Silsibila, quando ela viesse à minha casa. E ouvi então os passos de uma mulher, e disse em meu coração: Como teus passos se atrasaram hoje, Silsibila. Mas não me zanguei nem um pouco em meu íntimo porque estava feliz porque Silsibila vinha.

E Ruhama, minha pequena vizinha, estende suas mãos trêmulas e diz: Em sua casa há luz e você está sentado no escuro. Levantei-me da cadeira e disse: Estou aqui e levarei o candelabro para fora, e se é pouco para você, acendo outro candelabro, até que possamos contar à sua luz os peixes do mar.

E quando fui pegar o candelabro, Ruhama veio comigo. Aproximei-me do candelabro para levantar-lhe o pavio e eis que a mão de Ruhama tocou a minha mão e eu me assustei. E o candelabro caiu e se quebrou. Sentados no escuro, escutei as batidas do coração de Ruhama. E Ruhama me disse: Hemdat, você fica em pé em frente à minha casa, todas as noites. E eu disse: É mentira Ruhama, é mentira. E ela: As vizinhas contaram à minha mãe que viram você passar e também minha mãe ouve passos de homem durante a noite. E sobre isso eu digo à Ruhama: Sua mãe quis brincar, quem é que ouviu algo assim, um homem ficar de noite em baixo da janela de uma menina. E o rosto de Ruhama empalidece e eu já não presto atenção a Ruhama. E continuo a falar: Como é que você pode dizer que fico em baixo de sua janela? Eu costumo passear fora da cidade! E não lhe revelei também desta vez nada sobre Silsibila. Ao me lembrar de Silsibila, meu coração bateu em meu peito.

E digo então à Ruhama: Para casa Ruhama, para casa! Mas ela não presta atenção às minhas palavras e não vai embora. Abro a janela que dá para a rua, para as estrelas verem que o meu coração não é dessa menina, porque meu coração é de Sibila.

E Ruhama fica silenciosa e sua alma se agita. E eu consolo Ruhama, como consolaria qualquer pessoa cuja alma estivesse atormentada. Também o grilo da parede eu consolei, quando ele gritou a noite toda e não dormiu. Por que não dormes, ó grilo? Pois eu vou lhe cantar uma canção de ninar. Até em honra da serpente eu compus uma canção. Eu sou Hemdat, o que beijou os olhos da serpente. Todas as águias do céu souberam e se zangaram, porque as águias não gostam das serpentes. Todo o inverno passou e terminou e eu não escrevi um só poema, as águias impediram que eu conseguisse uma pena de suas asas, mas o anjo da poesia me deu uma pena dourada, das asas dele.

Ruhama, trêmula, olhou para mim e eu peguei a mão dela na minha e lhe disse: Vai para casa dormir.

E eu peguei Ruhama e a levei para a sua casa, que fica na penúltima fileira de casas do bairro Nevé Tzedek. Mas não percebi que Ruhama me confundiu e me levou por outro caminho, para longe. E no caminho, Ruhama me contou que aprende a tocar violino, e quando está com o coração pesado, toca até lhe passar a tristeza e a agitação. Porque era grande sua agitação todos os dias, quando a mãe lhe vigiava os passos para que não fosse correr atrás de Hemdat. E ela diz: Hemdat, será que você pensa que eu tenho algo com o professor ou que nós sejamos noivos? Então escute e saiba que, quando o professor se ergueu para tocar no concerto, eu havia soltado as cravelhas do violino e ele não sabia, e quando ele começou a tocar, afrouxaram-se as cordas e todas as pessoas começaram a rir, porque o som parecia um sopro. E Ruhama também diz: Você já viu os dedos dele, como são amarelados? É que desde o raiar do sol até o sol se pôr, não pára de fumar os seus cigarros. E eu tenho medo que ele passe a mão em meus cabelos e lhes passe o cheiro.

E Ruhama tagarela e diz: Você pensou que há cheiro de tabaco em meus cabelos? Então, ponha suas mãos sobre minha cabeça, assim perceberá que não há nem uma partícula de cheiro de tabaco em meus cabelos. E eu respondo: Pois eu toquei seus cabelos ontem e anteontem. E Ruhama deixa pender a cabeça e eu vejo que ela está triste. E toco-lhe os cabelos e digo: Como são belos os teus cabelos, Ruhama, feliz o homem que acariciar a tua cabeça, teus cabelos são como as cordas do violino, e eis que eu toco o violino. Vou tocar uma nova canção, a canção dos peixes dourados que trouxeram a filha das ondas para os riachos do jardim do rei: o rei a avistou e a acariciou e acariciou os seus cabelos. E agora, vou te contar o que ela fez com os cabelos: cortou-os todos, para que não viesse um outro acariciar os cabelos que foram acariciados pelo rei, e ela os depôs a seus pés.

E Ruhama elevou sua boca para mim e seus lábios tremiam muito. E eu pus a minha mão sobre a sua boca. A inspiração tocou em mim de repente e eu disse: Agora que você ouviu a canção dos peixes dourados, sejamos mudos como peixes e não falemos nada até que eu leve você até a sua casa, Ruhama.

E andamos e chegamos até a fileira de casas onde ficava a casa de Ruhama. Abri a porta da casa porque finalmente tínhamos chegado até a casa dela, e disse: Deixe sua alma descansar, Ruhama, e acorde em paz amanhã. Ruhama inclinou-se, seus ombros tremeram e ela sumiu dentro da casa, encoberta pela escuridão. Então voltei para a minha casa, porque lá em casa esperaria por Silsibila. Abençoada é para mim toda hora de espera por Silsibila, minha noiva pura, todos os meus dias de luta lhe são consagrados.

Beijei muitas moças. Beijei Danassa, a falecida. Seu queixo alegre, eu beijei. Agora ela jaz no túmulo e seus cachos de cabelos se misturam ao torrão da terra. Sob a grinalda de festa seus olhos brilhavam e eu os beijei. Eu beijei Wilma. Como um caracol na areia sua boca estava em minha boca e seus beijos eram como um enxame de abelhas que, de tanto fazer mel, se esquecem de picar. Beijei Téa, cujos olhos eram dourados como os olhos da serpente ao sol. E eis que passei de jovem para jovem e de moça para outra moça, porque uma só eu amava. E essa uma é você, Sibila. Tive medo que os habitantes da cidade começassem a falar de você, por isso beijei muitas moças para que não soubessem que é apenas você que eu amo, Silsibila. E ao terminar de falar "Silsibila", peguei o canivete do bolso e mirei o brilho da sua lâmina e vi os meus lábios, e beijei o reflexo de meus lábios para que o nome de Silsibila estivesse neles o dia todo. E eu andei e não me afastava e o guarda-noturno do bairro Nevé Tzedek me perguntou: Por que não dorme, meu Senhor? E disse que não podia dormir e eu não lhe disse que esperava por Sibila, para que ele não pensasse nela. E o homem suspirou e disse: Há quem quer dormir e não pode e há quem pode e não dorme. E o guarda-noturno me deu então um conselho ajuizado, o de ir ao médico para que este me receitasse um sonífero. E eu ri no meu íntimo de seu conselho e disse em meu coração: Eu não quero dormir, eu tirei a grinalda de lágrimas dos olhos da princesa que adormeceu na gruta e sumiu até que chegasse seu amado e a levasse, mas ele não veio, e ela morreu. E quem pegar uma de suas lágrimas, dormirá.

6

Voltei ao meu quarto e deitei-me até o sol se estender por cima do mar. E aconteceu então que, ao sol se estender, vi que as paredes do meu quarto eram vermelhas e tinham a cor avermelhada do violino. E olhei bem e vi os últimos raios do sol que penetravam em meu quarto como as cordas do violino, e o meu quarto como um violino dentro de um violino e eu estou sentado e o violino vai tocar uma sábia canção, uma canção para Silsibila. Então sentei e prestei atenção e escutei. E escutei assim o som dos passos de Sibila vindos pelos degraus do quarto e pulei ao seu encontro. E eis que ao chegar fiquei admirado porque de repente ela se parecia com Ruhama. E então eu soube que me enganara: Era apenas Ruhama.

E Ruhama abaixou a cabeça e disse: Você acariciou meus cabelos, Hemdat. E eis que ao ouvir suas palavras quase ralhei com ela, porque mentia, Ruhama mentia ao dizer que eu acariciara os seus cabelos. Apesar disso, fiquei quieto. Pensei: Vamos ouvir o que mais ela tem a dizer, que mais ela sonha sobre Hemdat. E Ruhama continuou a falar: Por isso que eu não lhe trouxe os meus cabelos, porque como recordação eu os recolhi: a sua mão passou por cima deles e eu os guardei.

E eu olhei, e eis que há um lenço preto na cabeça dela e cabelos, não. E eu ri e disse: Ruhama, você se parece com um rapaz que raspa sua barba e sente com a mão o queixo picar. E Ruhama tirou o lenço da cabeça e inclinou-se. Passei a mão na cabeça lisa. E Ruhama disse: Deus, os meus cabelos picaram a sua mão. E eu lhe disse: Primeiro comparei você a um rapaz, e agora, com o que hei de compará-la? A uma laranja no pomar, porque sua cabeça é como uma laranja e seu rosto, como um botão de amendoeira.

E sentei-me com Ruhama em meu quarto. Ruhama olhava tudo o que havia nele, as cortinas verdes e o crânio da donzela falecida. E ela ficou quieta, olhando tudo o que havia. Então perguntou: Diga, você é médico? Por que você trouxe um crânio para sua casa? E eu respondi: Não sou médico, mas gosto muito de ficar contemplando o crânio com os vazios no lugar dos olhos, para ser lembrado que há um limite para os olhos, que eles não podem transpôr. E fiquei contente que Deus me tivesse dado sabedoria para poder responder assim a Ruhama. Agora saiba, agora entenda, por que eu não olho para Iael Haiot e seus olhos verdes, isso passou. E Ruhama olhou para o canto do quarto e viu minha cama. E ela disse: Que significa essa pena em cima do cobertor? E eu olhei e eis que há uma pena branca sobre o meu cobertor. E eu disse: Essa pena não será da pomba? Será que ela esteve aqui hoje?

E ficamos sentados no quarto e falamos de muitas coisas. E das muitas coisas que falamos, não consigo me lembrar de uma só. Assim sentamos e falamos até que me levantei a fim de levá-la para casa dela porque o meu coração não me permitiu que eu a deixasse andar sozinha de noite. E me levantei e fui abrir a porta: e eis que as estrelas se revezavam nos céus e eu apressei Ruhama para sair. E Ruhama se ergueu da cadeira, olhou novamente o quarto e disse: Eis a pena de minha pomba deitada em sua cama, Hemdat. E eu me surpreendi com essas palavras, porque ela mencionara a pena pela segunda vez.

Depois de ter levado Ruhama até a casa dela, não voltei para o meu quarto, mas saí da cidade. Passei pelas muitas dunas até chegar ao sicômoro que tem o nome de Silsibila gravado em seu tronco. E sentei-me debaixo dele para esperar por Silsibila. E fiquei contente que Silsibila ainda não tivesse chegado. É que Silsibila não deve esperar por Hemdat, porque é Hemdat que deve esperar por Sibila.

E eu olhei e eis um vagalume sobre as letras, as letras que formavam o nome de Silsibila. E fiquei contente por ter o nome de Silsibila ficado luminoso. E de coração agitado por tantos sentimentos de gratidão, caí de joelhos e escondi minha cabeça no sicômoro, no qual o nome de Silsibila estava gravado. E eis que um espinho me picou e doeu na testa e eu não o tirei de lá: peguei o vagalume e o coloquei sobre o espinho na minha testa e a minha testa ficou luminosa. E gritei: Olha Silsibila, como uma tocha, minha testa luminosa iluminará o teu caminho até a mim, Silsibila. E eu lhe direi: Você já ouviu a lenda do gigante que tem um só olho na testa? Eu, eu sou esse gigante! E direi mais a ela: Você ouviu a história das sete donzelas que o gigante beijou? Sete donzelas o gigante beijou, porque olhou com um olho de carne, como enxergam os homens. E quando lhe brotou o olho na testa e ele viu a princesa, não olhou mais para nenhuma outra mulher. E você é a princesa e eu sou o gigante.

E fechei os olhos com força, para que nada visse até que ela tivesse chegado. Então Silsibila acercou-se de mim e pôs suas mãos em meus olhos. E eu disse: Silsibila, você viu o crânio de donzela em minha mesa? E Silsibila disse: Vi. E eu disse: Então ponha seus dedos sobre meus olhos até que se afundem nas órbitas, como no crânio da donzela, e você possa ver até meu coração. E Silsibila riu do que eu dissera e o seu riso fortaleceu-se em minhas lágrimas. E disse: Estou triste porque acordei você de seu sono, Hemdat, pois você queria dormir.

E eu lhe disse: Silsibila, você ouviu falar do velho rei que não permitiu ao sono chegar aos seus olhos? E Silsibila respondeu: Não. Então, continuei, vou lhe contar a história daquele rei. E Silsibila respondeu: Conta. E contei a Silsibila a história do rei que convidou a rainha para vir sentar com ele no trono, e não dormiu mais nem um pouco para não perder a vinda da rainha, que podia vir de repente. E havia lá muitas moças, de dia e de noite, e eis que seguravam as pálpebras de seus olhos com tenazes de ouro, porque o rei envelhecera sem perder as esperanças e os olhos dele se cansaram de tanto ver.
 E Silsibila olhou para mim e disse: Como estão vermelhos teus olhos, Hemdat. E eu disse: Meus olhos ficaram vermelhos pela luz de meus sonhos. E Silsibila disse: Por que você não dorme, Hemdat? E eu respondi: Contei em vão a história do rei? E Silsibila não sabia mais o que me responder. E eu fiquei muito triste porque ela ficava silenciosa. E disse: Silsibila, eu quero pedir algo. E ela disse: Peça. Tomei coragem e perguntei: Se eu também pedisse para tocar seus cabelos, você me permitiria? E ela respondeu: Tudo o que seu coração pedir, faça. Apesar disso, não toquei em seu cabelo, porque temia que meu sangue jorrasse, e manchasse o seu cabelo, porque meu sangue pulsava em meus dedos. Mas não disse nada a Silsibila do que se passava comigo. Porém, Silsibila conhece o meu coração, porque o meu coração brilha em meu peito.
 Que é que há com teu coração, Hemdat, que ele brilha assim? perguntou Silsibila. E eu abaixei a cabeça sobre o coração e fiquei envergonhado por meu coração brilhar como a luz. E respondi a Silsibila: É apenas um vagalume sobre o meu coração. Ai, eis que minha luz tocou teus olhos. E não permiti que Silsibila se aproximasse mais de mim, para que ela não tocasse meu coração e se queimasse comigo. E percebi que havia muita luz em meu peito e o sol da manhã beijou as minhas lágrimas.

7

Depois disso, eu voltei para minha casa e fiquei o dia todo pensando coisas grandes e boas. E eis que procurei em meu coração e vi que não havia falado sabiamente com Silsibila sobre Danassa e sobre Wilma e sobre Téa. Mas em meu coração, tive a esperança de que ela compreendesse que aquelas três jovens eram apenas uma parábola.

E eu disse: Sibila, me diga então quem é a moça a que eu chamei Danassa? Ela é o símbolo de minha adolescência que chegara ao final e fora enterrada. E disse mais, o que pensara Sibila sobre Wilma, pois eu dissera que seus beijos me pareciam um enxame de abelhas que, de tanto borbulhar de prazer, se esqueciam de suas picadas? E quem é Téa, cujos olhos são como os olhos da serpente ao sol? Mesmo se eu não disser nada, você vai entender que é o símbolo do amor brilhando, é isso que as serpentes significam.

E eis que me cansei disso tudo, e me levantei para ir até o mar, ver as ondas e descansar de meus pensamentos. E eu fui até a praia e vi o sol deitar-se no mar. Os pescadores voltavam de seu trabalho e escutei o som de seus pés sobre as conchas. Pensei: Vou juntar algumas conchas e as colocarei no pátio e nos degraus de minha casa; assim, quando Silsibila vier, escutarei os seus passos. E talvez ficará do som de seus pés um pouco, ou muito, nas conchas. Então juntei muitas conchas diferentes e as coloquei em meus bolsos. E quando os meus bolsos ficaram repletos, virei o chapéu e o casaco para colocar conchas neles.

Estava ocupado com o meu trabalho, quando veio a pequena Ruhama com seu grande violino em suas mãos. E ao ver Ruhama fiquei surpreso. A esta hora, ela deveria estar com suas colegas, sentada na escola. E eu disse: Ih, que é isso, você por aqui? Aonde você vai, Ruhama? E Ruhama olhou para mim e viu que eu estava sem casaco. E ela disse: Você não se envergonha de andar despido como a lua de noite, Hemdat? E eu respondi para Ruhama: É que estou sonhando e os sonhos sonhamos dormindo. E acrescentei: Preste atenção ao teu violino, senão se afrouxam as suas cordas. E o violino balançou na mão de Ruhama e ela se calou.

Ruhama estava muito pálida porque, desde o dia em que raspou os cabelos, colocava um gorro preto na cabeça, o que acentuava a palidez de seu rosto. Olhei para ela e ela enrubesceu.

Então Ruhama pôs o violino à beira-mar e juntou conchas comigo. Mas eu colocava as conchas dela num canto, para que

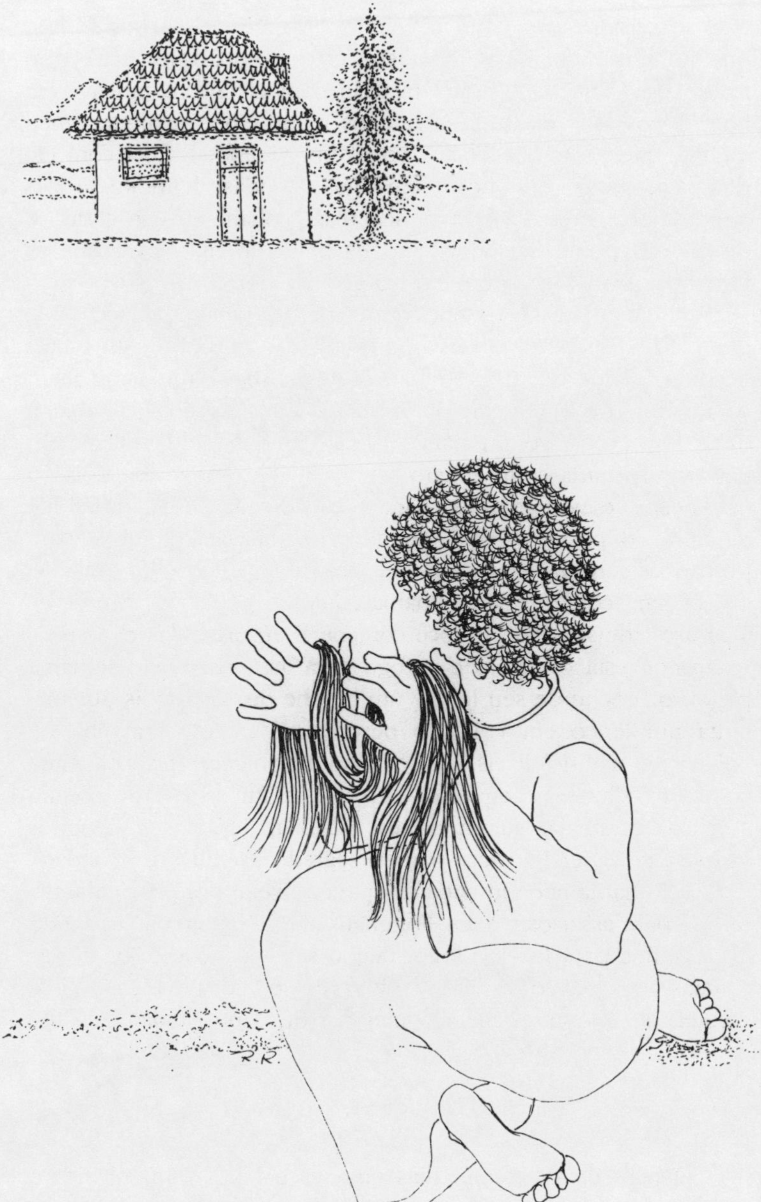
R.R.

não se misturassem com as minhas. E como eu achei melhor que Ruhama não me perguntasse: O quê você quer fazer com todas essas conchas?, fiquei falando com ela sobre muita coisa boa. E contei a ela tudo o que os meus olhos viram no meu quarto, que ao anoitecer soa como um violino. E falei com ela dos pescadores, que ficam em águas fundas de noite, e das tempestades, quando eles nunca mais voltam a suas casas. E disse: Não ponha o seu violino na beira do mar, para que as filhas das ondas não toquem no seu violino.

Ruhama prestava atenção nas minhas palavras. E eu sabia que ela não se envergonhava por minha causa, porque eu estava despido, sem casaco. E só para que eu não parasse de falar, ela tagarelou o que tagarelou. E enquanto estávamos lá, Ruhama disse: Você não voltou para sua casa a noite toda e também não comeu nada o dia inteiro. Venha, vou comprar-lhe dois ou três peixes e vou fritá-los, para você comer. E eu lembrei-me da filha do pescador que, quando seu pai saía de noite para pescar, se sentava sobre a esteira em frente à fogueira e assava peixes para comermos. E Ruhama comprou peixes vivos e disse: Vou assar dois peixes, e você comerá. E eu disse: Eis os peixes, mas onde está o espeto e o fogo para assá-los? Então Ruhama pegou o broche de seu lenço, um broche de ouro, pois Ruhama tinha um lenço em volta ao pescoço. E cravou a agulha no peixe para assá-lo. E eis que, enquanto Ruhama estava ocupada com seus afazeres, peguei os peixes que Ruhama não espetara com sua agulha e sussurrei-lhes: Silsibila, Silsibila; e joguei-os no mar. E disse: Revelem o meu segredo às filhas das ondas.

E Ruhama não viu nada do que eu fizera, porque preparava o fogo para assar os peixes. Foi então que Ruhama, não achando mais galhos para fazer o fogo, pegou seu violino e o jogou nas chamas. E eu vi o violino e eis que ele arde nas chamas; e escutei, e eis que surge uma melodia de dentro delas.

8

Depois disso, vieram dias grandes e bons. Um sol alegre brilhava de um canto do universo até o seu fim e o céu resplandecia e havia nele uma grande alegria, porque havia uma festa no céu de cima e eu estava entre os convidados. Não subi aos céus, porque estou com Silsibila na terra. E eu disse a Silsibila: Você sabe que hoje há uma grande festa? E ela disse: Eu também sei. E eu disse: Você viu o que fizeram esses anjos? Eles beberam do vinho guardado, e agora eis que dançam e eis que a voz do firmamento ressoa.

Eu ainda estava falando, quando Silsibila pôs a sua cabeça em meu coração e disse: Nós temos uma grande festa hoje. E eu respondi à Silsibila: Você disse com razão, Silsibila, que temos uma grande e boa festa hoje. Será que temos vinho, para poder festejar com um copo de vinho a nossa festa, Silsibila? E Silsibila disse: Temos, temos sim, meu irmão. E ao falar, ela aproximou sua boca e me deu para beber o vinho do prazer. E ela disse: Bebe de bom coração o teu vinho. E eu levantei Silsibila, como uma pessoa levanta o seu copo e assim eu gritei: À vida! E Silsibila respondeu: À vida! E ficamos sentados toda a tarde e toda a noite, porque era para nós uma noite de festa.

Eu poderia continuar e contar mais e mais sobre a bondosa Silsibila, ou posso ficar calado e guardar em minha alma a lembrança daqueles dias bons.

NA FLOR DA IDADE

Na flor da idade, aos 31 anos, morreu minha mãe. Foram poucos e ruins os dias de sua vida. Ela permanecia o dia todo em casa, sem sair nunca. Suas amigas e vizinhas não vinham visitá-la. Meu pai também nunca recebera ninguém. Silenciosa e triste permanecia nossa casa, sem que suas portas se abrissem para estranhos. Sobre a cama, minha mãe ficava deitada e calada. Nas poucas vezes em que falava, era como se as asas da recompensa se abrissem e me levassem ao templo das bênçãos. Como eu gostava de sua voz!... Muitas vezes, eu abria a porta só para que ela perguntasse quem era. Infantilidade minha... Às vezes, ela descia da cama e sentava-se à janela. Sua roupa era branca, sempre branca. Certa vez, o tio de meu pai foi chamado à nossa cidade. Ele viu minha mãe e pensou que fosse uma enfermeira, pois a sua roupa o confundiu e ele não percebeu que a doente era ela.

A doença do coração afligiu-a toda a vida. Durante o verão, os médicos mandavam-na a estações de águas que a salvariam. Mas nem bem ela ia, já voltava, pois dizia que não tinha paz por causa das saudades, e tornava a sentar-se à janela ou a deitar-se na cama.

Meu pai começou a diminuir seus negócios. Deixou de viajar até para a Alemanha, para onde costumava ir todo ano, a fim de conversar com seus clientes, pois ele era vendedor de leguminosas. Naqueles dias esqueceu as viagens pelo mundo. E ao voltar à noite para casa, sentava-se ao lado de minha mãe. Punha a mão esquerda debaixo da sua cabeça e a direita sobre a mão direita dela. Às vezes, ela levava a boca à mão dele, beijando-a.

No inverno do ano em que minha mãe veio a morrer, nossa casa silenciou ainda mais. Ela não se levantava senão quando Keila arrumava a cama. À entrada da casa, se havia colocado um tapete, para que abafasse o ruído de passos. Um cheiro de remédio pairava em todos os quartos e em todos os aposentos pairava um grave sentimento de pesar.

Os médicos não saíam de nossa casa, e apareciam mesmo sem serem chamados. Se alguém lhes perguntava por ela, diziam que a salvação estava nas mãos de Deus, isto é, que nenhum bálsamo de esperança havia para sua doença. Mas minha mãe não suspirava, não se queixava e nunca deixou cair uma só lágrima. Em silêncio, deitava-se sobre o leito e sua força fugia como uma sombra.

No entanto, os dias passaram e a esperança começou a brincar em nossos corações, pois ela continuava viva. O inverno se foi, e os dias de primavera voltaram à terra. Minha mãe parecia ter esquecido seu mal. Assistíamos a olhos vistos à cura de sua doença. E os médicos nos consolavam, dizendo que havia esperança: os dias de primavera se aproximavam, e a luz do sol reviveria seus ossos.

Pessakh estava próximo. Keila fez todos os preparativos para a festa, e minha mãe, como dona-de-casa, ficou atenta a tudo para que nada faltasse. Também fez uma roupa nova.

Alguns dias antes da festa, desceu da cama, mirando-se ao espelho, vestida com sua roupa nova. Sombras iluminavam-se de dentro do espelho, e a luz da vida iluminava suas faces. Meu coração rejubilou-se dentro de mim. Como ela estava linda naquele vestido! Não se distinguia, porém, o vestido novo do velho, pois ambos eram brancos, e o vestido que ela tirara também parecia novo, pois minha mãe ficara deitada todo o inverno e não vestira roupa nenhuma. Não sei onde vi um sinal de esperança. Talvez no perfume exalado pela flor que ela colocara sobre o coração. O odor de remédios também se foi e diluiu-se no ar doce. Um aroma embebeu toda nossa casa. Eu conhecia muitos cremes de beleza, mas um perfume como aquele não conhecia.

Senti-o novamente em sonho, numa visão noturna. De onde viria aquele aroma, se minha mãe não usava em seu corpo cremes de beleza?...
Ela saiu da cama e sentou-se perto da janela, ao lado da qual havia uma mesinha. E sobre esta, havia uma caixa. A caixa estava fechada com um cadeado, e a chave estava pendurada no pescoço de minha mãe. Em silêncio, ela abriu a caixa e tirou um maço de cartas, que ficou lendo o dia todo e até durante a noite. A porta do seu quarto abriu-se umas três vezes, e ela nem perguntou quem era. Mesmo quando eu lhe falei, não me respondeu. Quando a lembraram de tomar os seus medicamentos, engoliu a colher de remédio de uma só vez. Não fez careta e não disse nada, como se todo o amargor tivesse sido retirado dos remédios. E, depois de tomá-los, voltou às cartas.

Os manuscritos estavam redigidos numa letra pura sobre um papel fino, com frases compridas e curtas. Ao ver minha mãe lendo-os, disse para mim mesmo que jamais negligenciaria aqueles escritos. O fio da chave que estava no pescoço de minha mãe a prendia à caixa e aos manuscritos. Mas, quando o dia declinou, ela pegou o maço de cartas, enrolou o fio sobre ele, o fio que estava em seu pescoço com a chave. Depois beijou os papéis e os atirou no fogo junto com a chave. A chaminé estava entupida. Somente uma brasa ardia no fogão, brasa que lambeu o papel fino. Os manuscritos pegaram fogo, e a casa se encheu de fumaça. Keila se assustou e entrou para abrir a janela, porém minha mãe a impediu. Os manuscritos ardiam, e a casa estava cheia de fumaça. Minha mãe sentou-se ao lado da caixa e ficou aspirando a fumaça dos manuscritos até o anoitecer.

Naquela noite Mintche Gotlib veio visitá-la. Mintche era a amiga que, na juventude, havia estudado com ela e com Akavia Mazal. A Senhora Gotlib sentou-se sobre a cama de minha mãe, ali ficando duas ou três horas.

– Mintche – disse minha mãe – estou vendo-a agora pela última vez.

Mintche enxugou as lágrimas e falou:

– Léa, fortaleça-se, você ainda voltará ao vigor de antigamente, para ver a vida.

Minha mãe calou-se e um sorriso triste brincou em seus lábios febris. E, de repente, ela pegou com a mão direita a direita de Mintche e disse:
— Vá para casa, Mintche, e prepare tudo para o Schabat. E amanhã, depois do almoço, desça para me acompanhar ao cemitério.

E era a noite de quinta-feira, no amanhecer da sexta-feira, véspera do Schabat. A Senhora Gotlib envolveu a mão direita de minha mãe com a palma de sua mão, abriu os dedos dela e murmurou:
— Léa.

Um choro preso embargou suas palavras, e nós quase não podíamos respirar.

Meu pai chegou de seus afazeres na loja e sentou-se em frente à cama. Minha mãe o beijou, e no rosto dela pairavam sombras tristes. A Senhora Gotlib levantou-se, agasalhou-se e se foi. Minha mãe ergueu-se da cama, para que Keila a arrumasse. As pontas do vestido farfalhavam no espaço do quarto semi-escurecido.

Ela voltou para a cama, meu pai deu-lhe os remédios para beber. Ela pegou a mão dele, puxou para o seu coração e disse:
— Obrigada.

Assim como caíram as gotas de lágrimas, caíram também as gotas do remédio na mão dele. Minha mãe procurava respirar e disse para ele:
— Levante-se, vá para sala e jante.
— Não conseguirei comer — disse ele.

Ela insistiu muito, e ele foi. Comeu um pão de lágrimas e voltou.

Minha mãe reuniu forças e sentou-se na cama. Pegou novamente a mão dele e mandou a enfermeira embora, ordenando a meu pai que ela não voltasse. Diminuiu a luz do abajur e deitou-se. Meu pai disse:
— Se puder, eu dormirei. Agora me vou, mas se Deus me tirar o sono, eu voltarei para o seu lado, e se você precisar de mim, estarei com você.

Minha mãe não ouviu as palavras de meu pai. E ele foi para o seu quarto e deitou-se. Durante muitas noites ficara insone; por isso, assim que se deitou, adormeceu. Eu também me

deitei e dormi. De súbito acordei assustada. Pulei da cama para ver se estava tudo bem com minha mãe. E a vi deitada em paz em seu leito. Mas, ai de mim! A sua respiração não mais se ouvia. Chamei meu pai. E ele soltou um grito fundo e amargo:
– Léa!
Minha mãe jazia em paz sobre o leito, pois devolvera a alma e o espírito a Deus.
Na véspera de Schabat, ao entardecer, foi levada ao cemitério. Morrera na véspera de Schabat, morrera como uma mulher santa.
Durante os sete dias de luto, meu pai sentou-se em silêncio. O banquinho no qual minha mãe apoiava os pés estava colocado à sua frente, e sobre ele estava o livro de Jó e os preceitos de luto. Gente que eu nunca vira chegava para nos consolar. Até aqueles dias de meu luto, eu não sabia quanta gente havia na cidade. Aqueles que vinham nos consolar diziam que meu pai devia mandar fazer o túmulo, mas ele se calava e nada lhes respondia. No terceiro dia, veio o Sr. Gotlib e disse:
– Olhe, eu trouxe o esboço do túmulo.
As pessoas se admiraram, pois o nome de minha mãe estava escrito em acróstico no início dos versos do epitáfio e o ano de sua morte nas outras linhas. E Gotlib começou a falar com meu pai sobre a pedra, mas meu pai não prestava atenção ao que ele dizia.
E assim se passaram os dias do luto de minha mãe e o ano quase se foi. Uma negra tristeza pairava sobre nós e não nos deixou durante todos aqueles meses. Meu pai retornou ao trabalho e, cada vez que voltava dos afazeres da loja, comia em silêncio o seu pão. Eu murmurava com minha tristeza: "Meu pai me esqueceu, esqueceu-se de que estou viva".
Certo dia, ele parou de dizer o Kadisch, veio até mim e disse:
– Vamos fazer um túmulo para mamãe.
Coloquei o chapéu na cabeça e as luvas nas mãos e disse:
– Estou pronta, papai.
E meu pai se admirou, como se não tivesse visto senão naquela dia que a minha roupa era de luto. Ele abriu a porta e saímos de casa.
Andávamos e, num certo momento, ele parou e disse:

— A primavera chegou mais cedo. — E ao falar, passou a mão na testa, acrescentando: — Se não houvesse se atrasado há um ano, ela ainda estaria viva.
E suspirou. Continuamos a andar pelos arredores. Então meu pai colocou seu braço no meu, dizendo:
— Vamos lá.
Chegamos até o extremo da cidade. Uma mulher idosa cavava um jardim. Meu pai cumprimentou-a, perguntando-lhe:
— Diga-nos, boa mulher, o Sr. Mazal está?
A mulher deixou a enxada com a qual cavava e disse:
— Sim, meu senhor, o Sr. Mazal está em casa.
Meu pai segurou-me pela mão e disse:
— Venha, minha filha, vamos ao seu aposento.
Um homem de mais ou menos trinta e cinco anos nos abriu a porta do quarto. Este era pequeno e bonito, e havia papéis espalhados sobre a mesa. Um ar triste pairava sobre o homem. Meu pai falou:
— Eu vim procurá-lo a fim de que me faça a inscrição no túmulo.
O homem, como que repentinamente reconhecendo quem viera procurá-lo, cobriu os manuscritos e nos cumprimentou. Acariciando as minhas faces, disse:
— Você cresceu muito.
Vendo-o lembrei-me de minha mãe. O gesto de suas mãos parecia o gesto das mãos dela. Meu pai estava de pé diante do homem, e eles ficaram de frente um para o outro. Meu pai lhe disse:
— Quem diria que Léa fosse deixar-nos...
O rosto do homem iluminou-se, pois julgou que fora associado à dor de meu pai. Mas ele não sabia que o que fora dito se referia a mim. Tirou o pano que cobria a mesa, pegou um papel e deu-o a meu pai. Meu pai leu o manuscrito e suas lágrimas cobriram as manchas de lágrimas que já havia na folha. Olhei as letras e a folha e me admirei, pois me pareceu já haver visto antes uma folha e letras como aquelas. Mas é mania minha pensar, toda vez que eu vejo alguma coisa, que já a vi antes. No entanto, até as manchas de lágrimas não me eram estranhas.

Meu pai leu as palavras do poema até o final e nada falou, pois as palavras ficaram presas na sua boca. Pôs o chapéu na cabeça e saímos. Dirigimo-nos à cidade e chegamos em casa quando Keila já acendia a lamparina; eu preparei minhas lições e meu pai leu a inscrição do túmulo.

O gravador modelaria o túmulo da maneira como meu pai ordenasse, e nele inscreveria o conteúdo da lápide que Akavia Mazal havia escrito. Eu e meu pai ficamos indecisos na escolha das letras do epitáfio; para mim, não havia letras que parecessem adequadas. Em nossa casa havia um armário de livros. Um dia meu pai examinava muitas páginas, sem conseguir encontrar letras bonitas, quando, ao pegar um livro, seus olhos brilharam. Mas ele continuou olhando os livros. Naqueles dias, uma tristeza piedosa cobria nossa casa, e meu pai quase havia esquecido minha mãe, distraído na procura das letras para a lápide. Assim como uma ave voa e não se cansa ao juntar grama para o seu ninho, assim meu pai não se cansava.

Veio o gravador e viu os livros e as letras, e eles finalmente escolheram as da lápide. Eram os dias do início da primavera. O gravador fez o serviço fora de casa. Batia na pedra, e as letras se juntavam em versos. Quando as palavras ficaram gravadas, seus amigos reuniram-se, tecendo comentários em voz alta. Ele fizera a lápide em mármore e dara a cor preta às letras, revestindo de ouro o título da inscrição. Terminado o trabalho, no dia marcado, a lápide estava sobre o túmulo. Então meu pai e alguns amigos foram com ele ao cemitério rezar a oração do Kadisch. Meu pai descansou a cabeça sobre a pedra e sua mão segurou a mão de Mazal. Desde então, passamos a ir ao cemitério todo dia, eu e meu pai, para cuidar da lápide do túmulo, com exceção dos dias de Pessakh, pois não se vai ao cemitério em dias festivos.

Naqueles dias que se seguiram à Pessakh, disse-me meu pai:

– Vamos passear.

Vesti o meu vestido de festa e fui ter com ele, que me perguntou:

– É um vestido novo?

– É o meu vestido de festa – disse eu. E partimos.

A caminho, pensei no que fizera, pois havia costurado um vestido novo para mim. Deus falou com a minha consciência, e eu parei. Meu pai perguntou:

– Por que você parou?

– Estava pensando por que razão pus um vestido de festa.

– Não faz mal – disse meu pai. – Vamos.

Tirei minhas luvas e fiquei contente ao sentir o vento frio envolvendo-me as mãos. E saímos da cidade.

Meu pai dirigiu-se à casa de Mazal. Ao chegarmos, Mazal estremeceu ao vir ao nosso encontro. Meu pai tirou o chapéu e disse:

– Procurei em todos os pertences dela. – Ele balbuciava como que tomando fôlego. Depois abriu a boca e continuou:

– Eu me preocupei. Procurei mas não encontrei.

Meu pai viu que Mazal não estava entendendo nada e explicou:

– Eu pensei em publicar seus poemas em um livro. Procurei em todos os armários dela e nada.

Mazal tremeu. Seus ombros balançaram, e ele nada respondeu. Meu pai vacilou nos dois pés, estendeu a mão e perguntou:

– Por acaso você tem cópia deles?

Mazal disse:

– Não, não tenho.

Meu pai ouviu-o, perturbado. Mazal continuou:

– Eu escrevi aquelas poesias para ela, por isso não as copiei para mim.

Meu pai colocou a mão na cabeça e suspirou. Mazal agarrou o canto da mesa e disse:

– E ela morreu.

– Morreu – repetiu meu pai; e calou-se.

O dia declinava, e a empregada veio e acendeu a lamparina. Meu pai disse:

– Obrigado.

E saiu. Assim que saímos, Mazal apagou a lamparina.

2

Naqueles dias haviam começado as aulas da escola e eu passei a dedicar-me aos estudos o dia todo. À noite, meu pai voltava do trabalho e nós nos sentávamos para jantar em silêncio. Em uma daquelas noites de primavera em que estávamos à mesa, ele me perguntou:

– Tirtza, o que você vai fazer?
– Vou preparar minhas lições – respondi-lhe.
– E o hebraico, você esqueceu?
– Não, não esqueci.
– Eu encontrarei um professor para você estudar hebraico – concluiu ele.

De fato, ele encontrou um professor como desejava e trouxe-o para casa, mandando-o ensinar-me gramática, já que, como a maioria do povo, meu pai via na gramática o símbolo do hebraico. O professor me ensinou as regras da língua, o uso dos acentos e o significado das palavras, sem quase deixar-me respirar. Além da gramática, aprendia ainda as Leis de Moisés e as orações com um instrutor de crianças. Meu pai, portanto, me dera um professor de gramática, o que não era usual para meninas, mas também me dera um instrutor, para que me ensinasse tudo o que todas as meninas sabem.

Esse instrutor vinha todos os dias, e Keila trazia para ele um copo de chá com bolinhos. Se ela suspeitava de um mau-olhado, procurava o seu auxílio, e ele sussurrava ao seu ouvido, falando-lhe com um sorriso que iluminava sua barba.

As regras de gramática me cansavam e eu não entendia as palavras. Como uma grua, eu repetia nomes cujo significado desconhecia. Certa vez o professor leu à toa, e eu fiquei exausta de tanta confusão. Outra vez, ele quis que eu falasse, e eu repeti palavra por palavra o que ele dissera, desistindo da inteligência e chamando a memória em meu socorro.

Um dia o professor veio ensinar-me e o instrutor estava em casa. O professor esperou até cansar que o instrutor fosse embora, mas ele não ia. Eles ficaram os dois sentados e Keila veio da cozinha, dizendo para o instrutor:

– Eu tive um sonho e estou perturbada.

Ele lhe perguntou:

– O que foi que você viu, Keila?
Ela respondeu:
– Eu vi um alemãozinho, com um chapéu vermelho na cabeça.
Ele disse:
– E o que fez aquele alemão?
Ela continuou:
– Ele arrotou e bocejou e, desde então, eu comecei a espirrar.
Ordenou-lhe o instrutor:
– Fique de pé. Eu vou dizer algumas palavras e levarei o espírito do alemão para o outro mundo e você não mais espirrará.
Ele se levantou, fechou os olhos e cuspiu três vezes na frente do professor e proferiu palavras inaudíveis. Ainda não havia terminado quando o professor se levantou furioso e gritou:
– Iniqüidade e fraude! Você está arrancando os olhos de mulheres ingênuas!
E o instrutor gritou para ele:
– Herético! Você ridicularizou os costumes judaicos!
O professor, irritado, deu meia-volta e foi embora. Daquele dia em diante, foi como se o instrutor vigiasse os passos do professor. Assim que este chegava a nossa casa, aquele aparecia. Então o professor deixou de vir. E o instrutor começou a me ensinar um capítulo por semana.
Antes não estudávamos um capítulo inteiro, mas, desde que o professor deixara de vir, passamos a fazê-lo. Eu me lembro da sua doce melodia, pois ela derramava em mim um estado de espírito cheio de graça e de piedade.
Agora eram dias de verão. Um gafanhoto dourado voava e seu rumor crescia em derredor. Ele abria as suas finas asas e sua barriga avermelhada como ouro brilhava à luz do dia. Às vezes ouvia-se no quarto um som que batia devagar, quando o gafanhoto bicava a casa e a árvore. Confrangia-se meu coração com temor, pois aquele era um ruído que anunciava a morte.
Naqueles dias eu comecei a ler os livros da Bíblia, Josué e Juízes. Encontrei também um dos livros de minha mãe – que descanse em paz. E li dois capítulos do seu livro dizendo-me: "Meditarei nas palavras que a minha mãe – descanse ela em

paz – leu". Admirei-me, pois entendi tudo o que li. E, assim, comecei a ler os livros. À medida que lia suas histórias, eu me dava conta de que já as conhecia. Assim, como um menino que ouve sua mãe gritar e assoviar e de repente reconhece o próprio nome, assim foi comigo quando li aqueles livros.

3

As férias chegaram e a escola fechou. Fiquei em casa reformando os vestidos que eu usava antes do ano de luto, pois não mais me serviam. Nessa ocasião meu pai também ficou em casa e recebeu a visita de um médico. Acolheu-o alegremente, pois tivera contacto com médicos durante todos os dias da vida de minha mãe – que descanse em paz. O médico disse a meu pai:
 – Vocês se fecham em casa no verão!
E enquanto falava, pegou minha mão direita e examinou-lhe o pulso. Eu senti o cheiro de sua roupa. E o cheiro de sua roupa era como o cheiro de minha mãe quando estava doente. O médico disse:
 – Como você cresceu! Mais alguns meses e não mais a chamarei de você. Quantos anos você tem?
Eu lhe disse que tinha catorze anos. Ele olhou as roupas e falou:
 – Você também sabe costurar?
 – Um elogio deve vir do outro e não da própria boca – respondi-lhe.
E o médico, alisando o bigode com os dois dedos, riu e disse:
 – Bravo, garota! Você quer que a elogiem... – E assim dizendo, virou-se para meu pai: – Ela tem o rosto da mãe dela – que descanse em paz.
Meu pai voltou-se para me olhar. Keila veio da cozinha, trazendo água e geléia.
 – Como está quente! – Disse o médico, e abriu a janela.
As ruas estavam silenciosas, ninguém ia ou vinha. Conversou-se o que se conversa em voz baixa. O médico bebeu um copo de água, cobriu a geléia e disse:

— Chega de ficar na cidade, saiam para uma casa de verão.

Meu pai balançou a cabeça afirmativamente, sinal de que faria o que o médico aconselhara. Mas notava-se que ele estava distante.

Naqueles dias, a Senhora Gotlib me convidou a passar o resto das férias em sua casa. Meu pai disse:

— Eu também irei até lá para te ver.

Keila estava frente ao espelho, limpando-o. Quando ouviu as palavras de meu pai, piscou os olhos. Ao ver a sua boca e a sua careta no espelho, ri intimamente. Meu pai, vendo minha expressão alegre, disse:

— Eu sabia que você me obedeceria.

E se foi. Assim que ele saiu, disse a Keila:

— Você estava engraçada, fazendo caretas no espelho.

Ela se irritou comigo, e eu lhe perguntei:

— Afinal, o que há com você?

Keila fez um ar de surpresa:

— Por acaso você está cega?

Eu gritei:

— Deus do céu, Keila, fale e não fique muda, não me responda com enigmas e insinuações!

Ela limpou a boca com raiva, dizendo-me:

— Se você não sabe, minha pombinha, olhe para seu pai e veja como está a aparência dele. Ele anda pelo mundo como uma sombra, não sobrou nada a não ser pele sobre os ossos. Quando eu estava limpando seus sapatos perguntei-me onde ele teria juntado toda aquela lama, até que reconheci que era terra do cemitério. Toda manhã, às sete horas, ele tem ido visitar o túmulo dela. Eu reconheci suas pegadas lá.

Fiquei sabendo o que Keila pensava e entendi os sinais que me fizera através do espelho: ela queria dizer que, se eu fosse para a casa de Gotlib, meu pai também lá iria de vez em quando, interrompendo suas idas ao cemitério.

Peguei, então, mudas de roupas e alguns vestidos e coloquei-os numa valise. Depois, enchi de carvão o ferro, a fim de passar duas ou três blusas que eu queria levar à casa dos Gotlib. No dia seguinte, meu pai mandou minha valise pelos empregados. Nós comemos juntos e partimos.

A casa dos Gotlib ficava na extremidade da cidade, no caminho que subia para a estação de trem, e uma grande extensão de terra separava-a do resto das moradias da cidade. A casa era uma fábrica de cosméticos, e nela havia bons quartos, grandes e desocupados. Quando Gotlib construíra a fábrica, havia dito:
— O meu nome será conhecido na Terra pelos meus cosméticos, e a casa vai poder abrigar todos os operários que trabalharem comigo.
Depois de atravessar a cidade, chegamos. Mintche veio do pomar, onde estava colhendo cerejas. Quando nos viu, correu ao nosso encontro, e nos levou ao jardim dizendo:
— Sejam bem-vindos.
Pratche, atendendo a seu chamado, trouxe duas travessas, e Mintche nos serviu as cerejas que acabara de colher.
Ao anoitecer, chegou Gotlib, de volta dos trabalhos na fábrica, e Pratche arrumou a mesa no jardim. A noite azul envolveu-nos com seu calor agradável. A lua estava no céu e o firmamento encheu-se de estrelas. Como flautas delicadas, soltavam os pássaros o melhor de seus trinados, e da estação ouviam-se os apitos do trem de ferro. Quando tínhamos acabado de comer, Gotlib perguntou a meu pai:
— Você quer fumar?
Exclamei com espanto:
— No escuro!?...
— E por que ele não fumaria no escuro? — perguntou-me Gotlib.
— Eu li num livro — expliquei — que todo fumante deve certificar-se de ver o fogo e a fumaça. Portanto, os cegos não podem fumar, pois não conseguem vê-los.
— Antes de mais nada, saiba que a sabedoria de seus livros de nada servem — disse Gotlib rindo.
E eu me lembrei de que fora justamente no escuro que eu aprendera a fumar. Em casa, na minha cama, à noite, quando meu pai caía no sono, eu acendia um cigarro. Como tinha medo de fumar de dia, por causa dele, fumava à noite.
— Pratche, traga os cigarros e os charutos, também os fósforos, e não esqueça os cinzeiros — ordenou a Senhora Gotlib, exclamando: — Se meu marido está fumando hoje, é bom sinal.

O Senhor Gotlib, fazendo de conta que nada ouvira, disse:
– Vou contar o que eu li. Antigamente, o homem que fumasse era castigado, pois diziam que havia morte no tabaco, e o governo proibiu aos homens negociarem com este produto no país. Agora, meu amigo, puseram um dos meus operários na prisão só porque ele trazia tabaco de outra terra, e o tabaco é monopólio do governo...

Gotlib revoltava-se sempre com a atuação do governo, pois não concordava com os seus dirigentes.

Naquela noite, meu pai não se demorou:
– Tirtza aprenderá a ficar com vocês sem mim.

A Senhora Gotlib me levou a um aposento pequeno, beijou-me a testa e saiu. No quarto havia uma cama de ferro, uma mesa, um armário e um espelho. Deitei-me ao lado da janela aberta. Quando o vento soprava entre as árvores, era como se eu estivesse deitada numa rede do jardim.

A manhã trouxe a luz, e uma nova claridade iluminou minha janela. Passarinhos cantavam nas alturas do mundo, com a bênção do sol nas asas. Pulei da cama, fui até o poço e lavei meu rosto com água fresca. Pratche chamou-me para comer.

A casa dos Gotlib não conhecia a alegria. Gotlib criticava toda comida que sua mulher fizesse. Dizia:
– O que é que estou comendo, palha?

Ela não cozinhava comidas picantes, mas perfumadas, pois cuidava mais do olfato do que do paladar.

Pratche era filha da irmã falecida de Gotlib. E também ela não era uma bênção para a casa. Tudo o que ela fazia não agradava a senhora Gotlib, já que a jovem viera para tirar-lhe a paz: uma vez houvera uma briga entre Mintche e a mãe de Pratche e, agora, a filha estava pagando pelas desavenças delas. Gotlib também tinha raiva da moça, pois alguém poderia comentar que sua sobrinha era uma pobretona.

Poucas pessoas iam à casa dos Gotlib. O marido recebia os fregueses no escritório da fábrica e Mintche não se dava com as mulheres da cidade. Nisto ela se parecia com minha mãe – que descanse em paz. Elas eram como aqueles dois austríacos que, encontrando-se fora da cidade, disseram um para o outro:
– Para onde você vai?
– Eu vou para o mato, pois quero isolar-me.

– Eu também quero. Vamos juntos.
Assim, eu fiquei com a senhora Gotlib sem que houvesse outras pessoas conosco.
Ela era uma mulher ativa. Trabalhava na casa e no pomar, e não aparentava estar sempre ocupada. Mesmo quando o serviço estava pela metade, parecia que o trabalho se fazia por si mesmo e que ela vinha apenas supervisioná-lo. Levantava-se às sete horas da manhã, e eu não sentia que a atrapalhava nos seus afazeres. Naqueles dias recordamo-nos de minha mãe – que descanse em paz – e Mintche me contou que Mazal a havia amado e que também minha mãe – que descanse em paz – gostava dele. O pai dela não a dera a Mazal, pois havia prometido a filha a meu pai.
Em minha cama, eu me perguntava: "Se minha mãe se tivesse casado com Mazal, o que seria agora? E quem seria eu?..." Eu sabia que eram pensamentos vãos, ainda assim não os abandonava. E, ao levantar-me, vinha-me um arrepio junto com a idéia: "Fizeram injustiça com Mazal". Ele passou a ser, aos meus olhos, um homem viúvo de uma esposa que não havia sido sua.
Eram dias de verão. Debaixo do benjoeiro e do carvalho, eu ficava deitada o dia todo, mirando o azul do céu. Como os pássaros silvestres, que reanimam o espírito e a alma não fazendo nenhum movimento nos dias ruins, eu permanecia sem nada fazer, procurando esquecer minha tristeza. Às vezes, ia à fábrica, tentando passear com as mulheres que apanhavam ervas. Mas acabava não acompanhando-as aos bosques, e continuava a minha contemplação inerte.
– Olhe, nossa querida amiga ainda vai fazer um buraco no céu! – brincava o Senhor Gotlib, rindo, ao me ver olhando para cima o dia todo. Eu também ria com ele, mas com dor no coração.
Era abominável. Eu sentia vergonha, e não sabia do que. Às vezes tinha pena de meu pai, às vezes tinha raiva dele no meu íntimo. E também sentia raiva de Mazal. Lembrei-me dos gafanhotos batendo na nossa casa no princípio da primavera, e a morte não mais me assustava. Muitas vezes, eu me dizia: "Por que a Senhora Mintche Gotlib me irrita com as recordações de antigamente? Eles foram pai e mãe, homem e mulher, uma só

carne. E para que devo eu meditar sobre os segredos de antes do meu nascimento?" Assim mesmo, minha alma queria saber mais. Eu não ficava em paz, não ficava sossegada, não descansava. Portanto, confessei a mim mesma: "Mintche sabe tudo sobre eles e poderá contar-me. Mas como vou abrir a boca e perguntar-lhe se, somente ao pensar nisso, fico vermelha? Quanto mais se eu falar!" Pensei, sem esperança, que não chegaria a saber de nada. Um dia, porém, Gotlib viajou e Mintche me chamou para dormir em seu quarto. E ali ela começou a falar novamente de minha mãe e de Mazal. E tudo aquilo que eu não mais esperava me foi contado.

Mazal era ainda jovem quando viera para cá. Ele havia saído de Viena para conhecer as cidades de Israel e acabara vindo para cá. Viera apenas para conhecer a cidade, há dezessete anos, e nunca mais partira.

Mintche falava baixo, e um ar frio parecia alçar-se de suas palavras. Era a friagem da lápide de minha mãe – que descanse em paz – tocando a minha testa. Mintche pôs a mão esquerda na fronte e disse:

– O que mais hei de te contar, que eu ainda não tenha contado?

Ela fechou os olhos como se estivesse tendo a visão noturna de um sonho. E, de súbito, como que acordando, pegou um livro de recordações do tipo daqueles das moças intelectuais da geração passada, e disse-me:

– Leia o que eu copiei dos escritos de Mazal, tudo o que ele escreveu naquela época.

Apanhei o livro que a Senhora Gotlib havia copiado e guardei-o na minha caixa. Eu não lia no quarto de Mintche de noite, porque ela não conseguia dormir com a luz de vela. Pela manhã, porém, devorei tudo o que estava escrito naquele livro:

Eu gosto das cidades desse país no verão. As ruas da cidade são parecidas com seus habitantes. Há vasos de flores olhando para fora de suas janelas, mas ninguém os vê. Eles se escondem dentro de casa, por causa do sol. E eu perambulo pela terra da paz, sozinho. Sou um universitário e Deus me guiou a uma das cidades. E então, ao parar em uma de suas ruas, vi uma mulher à janela, depositando uma tigela cheia de painço à luz do sol. Eu me curvei diante dela e disse:

– Os passarinhos irão ao teu painço.

Antes de eu terminar de falar, uma moça olhou para mim e riu do que eu disse, deixando-me confuso. Para que ela não soubesse o quanto eu estava perturbado, pedi-lhe:

– Dê-me um pouco de água.

Ela me deu pela janela um copo cheio. Uma voz de mulher falou com a moça:

– Por que você não convida o homem para entrar e descansar, pois ele é habitante de uma cidade estrangeira.

E a moça disse:

– Venha, meu senhor, entre em casa.

Então eu fui e entrei na casa dela.

A casa era de gente bem de vida. Um homem estava sentado e estudava o Talmude. Ele havia adormecido enquanto estudava, mas despertou e me cumprimentou, perguntando:

– Quem é você e o que veio fazer em nossa cidade?

Eu cumprimentei-o de volta e disse:

– Sou estudante e vim conhecer o país durante as férias.

Quando eles ouviram o que eu falei, ficaram admirados:

– Você viu? – disse o homem para a moça – Intelectuais vêm de longe ver nossa cidade, e você pede para nos deixar e deixar a cidade.

A jovem ouviu e calou-se, e seu pai perguntou-me:

– Você estuda Medicina? Quer ser doutor?

– Não, meu senhor, – disse eu – estudo Filosofia.

E o homem ficou surpreso com o que eu disse, e falou:

– Eu pensei que Filosofia não se estudasse na escola, e que o homem que meditasse sobre os livros de estudo e os entendesse, esse era um filósofo.

O dia entardeceu e o homem pediu à moça:

– Dê-me o cinto, que eu vou rezar a oração da tarde. Não se envergonhe, pois eu vou rezar.

Eu lhe disse:

– Eu também rezarei.

Ele pediu:

– Traga-me o Livro de Orações.

A moça apressou-se e trouxe o Sidur. Ele pegou-o e o abriu para mostrar o que ia rezar.

– Não é preciso – eu disse – a oração flui de minha boca.

O homem admirou-se comigo, por eu saber a oração de cor. Fez sinal com a mão mostrando-me o lado do Oriente.

Na parede daquele lado havia um bordado, e eu li o que estava inscrito nele: "Feliz o homem que não te esquecer e o ser humano que se esforçar por ti. Aqueles que te querem nunca fracassarão, e jamais desaparecerão todos os que tiveram confiança em ti".

Quando terminei a oração, elogiei o bordado, pois era maravilhoso. Com o brilho do sol poente, iluminava-se à luz difusa da tarde, porém suas extremidades ficavam obscurecidas. E foi isso o que eu disse desta vez, pois falei só um pouco de sua beleza.

A mulher arrumou a mesa, chamou-me, pôs os alimentos diante de mim, e nós comemos. A comida não era muita, somente cereais no leite. Assim mesmo, foi longa a refeição, pois o homem contou toda sua história, contou que fora rico antigamente e que fazia negócios com senhores da nobreza, dava dinheiro, em troca de cereais. Sempre negociara assim, mas nunca se está imune indefinidamente. O nobre mentira em seu acordo: ele levara o dinheiro, e os cereais não foram entregues. Houve briga entre ele e o senhor durante muitos dias, e o restante de seu trabalho foi comido pelas despesas de julgamento e com os juízes. O suborno é um delito criminal, e é probido subornar até mesmo um juiz popular, pois até os gentios estão sob as leis; no entanto, haviam sido dados presentes para que não se deturpasse o julgamento.

— Os dias terminarão, disse o homem, e eu não terminarei de te contar o que me aconteceu naquela época. O homem que me destruiu também me fez acusações, e meu filho mais velho foi levado para servir o exército, apesar de uma deficiência que o incapacitava para o serviço real. O nobre que me roubou era um homem importante no exército: impôs ao meu filho tarefas pesadas e ele morreu. Lamenta-se um ser vivo pela perda de bens aparentes, mas agora, graças a Deus, Ele não tira os olhos de nós. E se fartura e riqueza Deus não me deu novamente, graças ao Senhor o pão do dia-a-dia não nos falta. Porém, quando me lembro dos sofrimentos de meu filho, prefiro a morte à vida.

Os moradores da casa secaram as lágrimas, e a mulher perguntou ao marido:

— Se ele estivesse vivo agora, quantos anos teria?

E ele lhe disse:

— Você fala como uma mulher do povo. Deus deu, Deus tirou, bendito seja Seu Nome.

O combustível da lamparina estava quase acabado, e eu me levantei da mesa:

— Digam-me onde há um hotel na cidade, pois não poderei pôr-me a caminho durante a noite.

Então conversaram entre eles, o homem e a mulher, e disseram-me:

– Pois bem, há hotéis na cidade, mas não se sabe se você achará lugar para descansar em algum deles. O lugar aqui é pequeno, e visitantes importantes não vêm aqui; portanto os hotéis são simples, e aquele que não está acostumado com eles não conseguirá descansar.

O homem fez um sinal com os olhos para a mulher e disse-me:
– Na rua é que um estrangeiro não vai dormir. Eu abrirei minhas portas ao visitante.

A moça trouxe uma vela e acendeu-a sobre a mesa, pois o óleo da lamparina havia terminado. E ainda ficamos juntos por mais ou menos uma hora. Eles não se cansavam de ouvir as maravilhas da cidade de Viena onde habitava o Imperador. Depois me arrumaram a cama num canto da casa, e eu dormi, repousando agradavelmente.

Escutei o barulho de passos e acordei. O dono da casa estava ao lado de minha cama. O xale de orações estava sob seu braço e as bênçãos matinais em sua boca. Exclamei:
– Ah, meu senhor, o senhor vai rezar e eu fico deitado no seio da preguiça.

O homem riu e disse:
– Eu já rezei. Estou voltando da sinagoga.

Envergonhei-me. Mas ele me tranqüilizou:
– Acalme-se, meu filho, se teu sono te é agradável, fique deitado, antes que venham os dias em que não terás sono. Porém, se não quer mais dormir, levante-se e tomaremos a refeição da manhã.

Depois que eu comi, tirei dinheiro para pagar. Quando a mulher e a filha viram que eu tirava dinheiro para pagar a refeição, ficaram sem jeito. E riram de mim:
– Assim costumam fazer todos aqueles que vêm de uma cidade grande, pois não sabem que é uma honra fazer o bem e que a hospitalidade é um mandamento.

Eu lhes agradeci por me terem acolhido por aquela noite e aquela manhã:
– Vocês hão de ser abençoados pela bondade de Deus.

E preparei-me para partir. O homem perguntou-me:
– Para onde vai?
– Andarei pela cidade toda – respondi – pois para isso é que vim aqui.

Ele disse:
– Vá em paz, mas volte para almoçar conosco.

Eu disse:
– Não mereço toda essa bondade.

E fui para a cidade. Cheguei à sinagoga grande, e lá havia um livro de preces escrito em dourado sobre pele de cervo, muito embora já não se pudesse ver o ouro porque a fumaça do que se queimava pela Santidade Divina havia sujado de carvão e escurecido todas as páginas.

Dirigi-me à casa de estudos. Aqueles que lá estavam estudando ficaram surpreendidos com a minha presença naquele lugar. Começaram a perguntar sobre escolas, e a visão daquilo que lhes era distante fazia seus olhos brilharem. Eu sai de lá e fui ao bosque, um bosque verde e brilhante, que me envolveu da tristeza divina. Eu caí sobre a terra e me deitei sobre a grama sob os carvalhos. E a bondade divina não saiu de dentro de meu coração. De repente, lembrei-me de que fora convidado para o almoço; ergui-me e voltei para casa.

Os moradores da casa reclamaram:

– Nós o esperamos e você não veio. Então achamos que nos havia esquecido, e comemos sem você.

Eu expliquei:

– Fui ao bosque e me atrasei. Mas agora já vou indo.

A mulher volveu os olhos e me disse:

– Não vá sem comer. – E me fez uma omelete.

O dono da casa me contou:

– Hoje vem um cantor litúrgico, que vai rezar na sinagoga. Coma alguma coisa e depois venha comigo à sinagoga. Olhe, a cama que arrumaram para você ontem à noite, ainda está arrumada. Durma aqui mais esta noite e, de manhã, você se põe a caminho.

Eu não sou músico. Meu conhecimento musical é pobre e eu nada entendo de música. Se me arrastassem para a ópera, eu sentaria e ficaria contando o número de janelas. Mas, naquele momento, disse ao dono da casa:

– É uma boa idéia, irei com você.

Não descreverei a música do cantor litúrgico, nem contarei aquilo que me ia no coração. Mas o que fiz ao voltar com o homem, isso, sim, eu contarei. Comemos, saímos e sentamos-nos na varanda da casa. Quando me sentei, falei para mim mesmo: "Eu queria cruzar o país todo, e agora, se eu me demorar aqui mais um dia, meus dias de férias não serão suficientes". E meu coração respondia: "Está certo que ver o país é muito bom, mas ficar aqui é melhor ainda".

Eu era saudável e jovem e a idéia de sossego me era estranha naqueles dias, assim como o resto dos conceitos que o homem aprende antes de saber qual ligação deles consigo. Ah, aqueles dias se passaram, se foram, e com eles acabou a minha tranqüilidade. Pela manhã eu pedi aos meus hospedeiros:

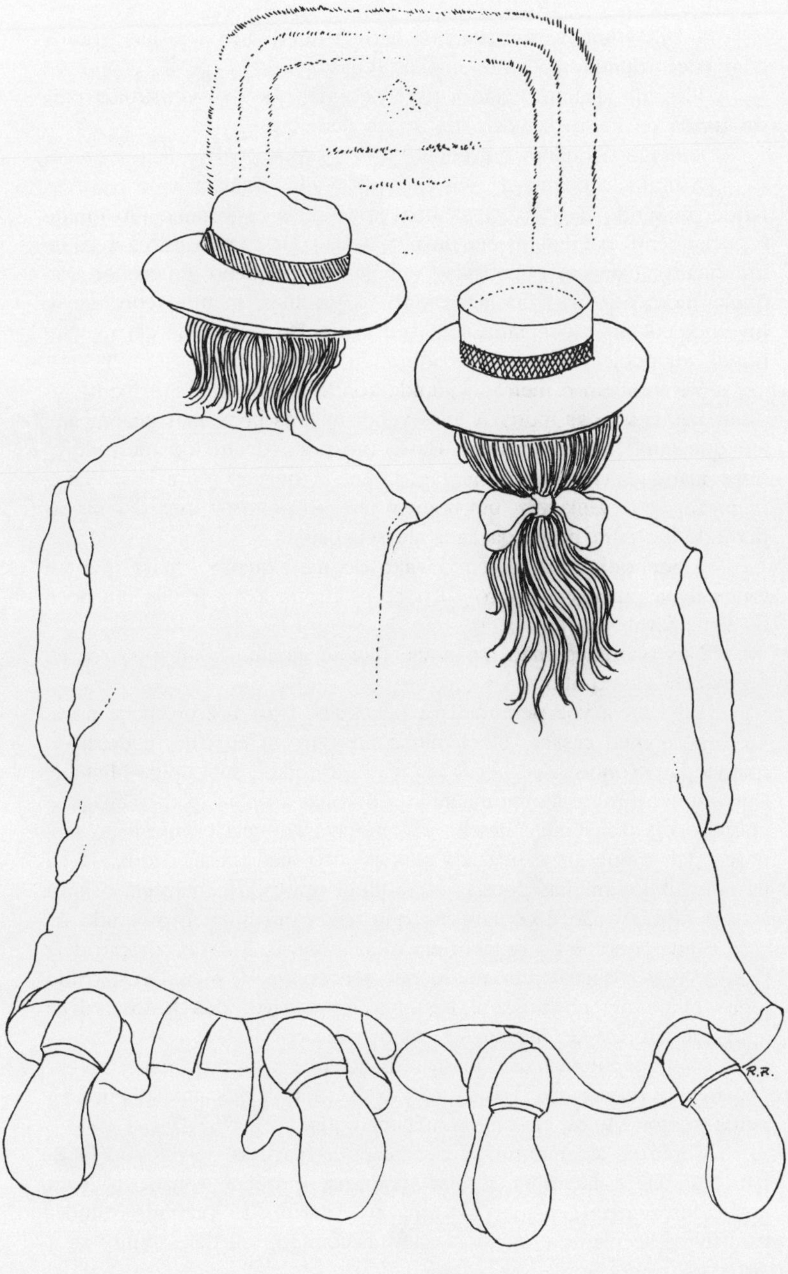
R.R.

– Digam-me, se em sua casa houver um quarto para mim, ficarei com vocês durante todas as minhas férias.

Eles me levaram então a uma varanda, que fora construída para ser usada na Festa das Cabanas, e me disseram:
– Fique o quanto quiser.

A mulher cozinhava e eu ensinava à filha deles a ler e escrever. Fiquei morando na casa dessa boa gente. Eles esvaziaram um quarto especialmente para mim; era uma varanda, que fora construída como um quarto, mas em que havia também um pequeno aquecedor. Naquele momento, não era necessário usá-lo mas, quando chegasse o inverno, eu me esquentaria com seu calor. Do quarto de cima, onde fiquei, eu podia ver toda a cidade.

Via também o mercado grande aonde iam as mulheres com verduras nas cestas: as murchas, elas vendiam e as boas, elas guardavam, até que também murchassem. Havia um poço dentro do mercado, e duas mangueiras faziam jorrar água. Era lá que as moças da cidade pegavam água. Uma vez, um homem chegou perto de uma das moças pedindo-lhe para beber da água de seu balde.

– Senhor! – chamei eu do alto do meu quarto – para que vai tomar água puxada do poço? O poço está todo à sua frente, um poço de água viva!

Mas o homem não me ouviu. Ele se ajoelhou para beber e eu permaneci ali no alto.

Uma nova voz perambulava pela casa. Uma voz de moça nova. Eu vesti o meu casaco, olhei minha imagem no espelho, e desci do quarto para conhecer a moça. Léa me apresentou sua amiga Mintche. Curvei-me a fim de cumprimentá-la. Ao voltar ao meu quarto, imaginei coisas o dia todo: que Mintche não morava naquela cidade mas, sim, na capital; e que, na capital ela conhecera o meu prestígio quando eu lia em público minhas poesias e era elogiado; e que então ela voltava à casa de sua mãe e contava-lhe que havia um homem morando na casa e que o nome do homem era Akavia Mazal. E daí o coração dela parava, pois ela se lembrava de que me conhecia. Meu Deus, como meus olhos me enganavam! Passei a ler o Livro dos Justos, talvez apagasse a brasa do instinto em meu coração.

Não apaguei a brasa, mas me deliciei com os provérbios morais: "Amarás o senhor teu Deus", etc, com os dois instintos explicados pelos nossos sábios, de abençoada memória.

Como se alegraram os freqüentadores da casa de estudos! Queriam estudar a literatura secular moderna, e quem, senão eu, para ensiná-los? Vieram ver-me dois rapazes. Ao lado do Talmude, estudavam livros seculares e, quando estavam comigo, um deles punha-se a ler poesia alemã. Mal um havia acabado de cantar, já o outro começava a ler. Todos suspiravam, querendo cultura. E eu?... Só pedia uma coisa: queria andar no caminho de Deus todos os dias de minha vida. O que é o caminho de Deus? Um homem vai caminhando, e sua força termina. Seus joelhos fraquejam e sua língua seca de sede. Por sete vezes ele cairá e se levantará e nunca há de chegar ao local desejado. O caminho é longo, cheio de fantasias. Então o homem diz a si mesmo que talvez tenha errado de rumo, que talvez o caminho não seja aquele. Ele sai da trilha que escolhera no início e vê uma luz brilhando ao longe. Porém, não sabe mais se aquela é a direção a tomar. E quem dirá que o homem não faz bem de escolher um rumo diferente do primeiro? Respondi aos rapazes:

– Antes de mais nada, sou professor de cultura.

O dinheiro que eu trouxera para a viagem havia acabado, e como iria eu viver? Ensinava a Lea e a Mintche, sua amiga, e era professor dos filhos dos ricos. Meus amigos caçoavam de mim em suas cartas, e meu pai se lamentava todos os dias por eu ter abandonado a Universidade. O verão passou, terminaram-se os meus dias de férias, e eu não voltei para casa.

Como era bela minha varanda na festa de *Sucot*. Dentro dela, nós penduramos lanternas vermelhas em galhos e para lá levamos a louça mais bonita da casa. Quando Lea pendurou o bordado indicativo do Oriente, a argola do painel caiu, e ela não mais conseguiu pendurá-lo na parede. Ela pegou a argola e colocou-a em meu dedo como um anel e amarrou a tapeçaria à parede com uma fita que estava nas tranças de seu cabelo. E leu: "Bendito seja o homem que não se esquecer de ti". Eu li em seguida: "Aquele que contigo permanecer". De súbito nós dois coramos. O pai e a mãe dela nos olharam, e seus rostos brilhavam de alegria. Quando sentavam comigo na cabana, chamavam-me de dono da casa e se consideravam visitantes. Sete vezes por dia Lea vinha à *sucá*, às vezes para trazer comida, outras vezes para tirar da mesa as louças sujas. Nós agradecíamos a Deus por nos exaltar ao amor. Como era bela minha *sucá* na Festa de *Sucot!* E agora a *sucá* festiva está cheia de grãos e lentilhas, pois um comerciante de leguminosas a alugou para lá estocar sua mercadoria. Deixei a casa, abandonei minha *sucá* e aluguei um quarto fora da cidade. O lugar é pequeno e silencioso, e uma senhora de idade me serve. Ela prepara minhas refeições e lava minhas roupas. Há paz e sossego à minha volta, mas não há paz em meu coração. O Senhor Mintz, que alugou a *sucá*, é um homem rico. Seu negócio se expandiu pelo país e o pai de Lea prometeu dar-lhe a filha em casamento. Eu sou um pobre professor, que não serve para nada. Quando eu vim da capital, eles me aproximaram deles, mas, ah! eram próximos só da boca para fora, pois seu coração estava longe do meu. Como são estranhos os caminhos de meus irmãos...

Além de ensinar Lea a ler e a escrever, ensinava-lhe também hebraico, e como seus pais se alegravam, pois ela estava aprendendo a língua sagrada! A partir de um certo momento, seu pai começou a evitar o aprendizado e me afastou. Ora, meu senhor, sua filha não esquecerá o que lhe ensinei, pois ela meditará sobre os poemas que eu lhe escrevi. Ela me deixou, mas guardará meus ensinamentos.

Quando fui à cidade e vi o pai de Lea, desviei o caminho. Ele correu atrás de mim e, alcançando-me, perguntou:

— Porque está fugindo? Eu quero falar com você.

Meu coração bateu forte. Eu sabia que nada do que ele me dissesse poderia acalmar-me, assim mesmo parei para ouvi-lo, pois era o pai de Lea e eu pensei que falaria sobre ela. Ele olhou dos lados e viu que não havia ninguém. Então disse:

— Minha filha é doente, ela tem a mesma doença do irmão.

Eu me calei, sem fazer comentário. Ele continuou:

— Ela não nasceu para o trabalho, e o cansaço físico lhe seria mortal. Se eu não conseguir conforto para ela, morrerá antes de mim.

De repente, pareceu assustar-se com suas próprias palavras, e aumentando a voz disse-me rapidamente:

— Mintz é rico, e tem condições de curá-la, por isso dei-lhe minha filha em casamento. Ele a mandará a estações de água e satisfará todas as suas necessidades.

Ah, meu senhor, havia outra doença no coração de sua filha, que todas as estações de água não conseguiriam curar. E eu lhe disse:

— Eu poderia curá-la, mas vocês me afastaram.

Ao deixar o homem, tirei do dedo o anel que Lea me havia dado, pois ela estava noiva de outro homem. Um frio repentino passou pelo meu dedo.

E assim acabavam as memórias de Akávia Mazal.

Duas, três vezes por semana, meu pai vinha à casa dos Gotlib. Ele jantava conosco no jardim. Uma delicada penumbra cobria a mesa e o que nela havia, e nós comíamos à luz das brasas. As luzes vermelhas da estrada de ferro também iluminavam nosso jantar, pois a estrada não ficava longe da casa dos Gotlib. O nome de minha mãe era lembrado apenas algumas vezes. Quando a Senhora Gotlib falava sobre minha mãe, não parecia que estivesse falando de uma pessoa morta. Quando me

acostumei com isso, vi que ela procedia assim por uma questão de bom senso.
Meu pai fazia de tudo para dirigir a conversa para minha mãe, que descanse em paz. Às vezes meu pai dizia:
– Nós, os viúvos infelizes...
Como suas palavras eram estranhas! Era como se todas as mulheres tivessem morrido e todo homem enviuvado.
O Senhor Gotlib havia viajado para ver o irmão. Pensou que talvez seu irmão se associasse a ele no negócio, pois era rico e contribuiria para aumentar a fábrica. Mintche, que não gostava de falar sobre os negócios do marido, desta vez falou mais do que desejara. De repente, foi como se ela me pedisse para esquecer o que me contara, e passou a me contar outra história: aquilo que lhe aconteceu a primeira vez em que havia ido à casa de sua sogra. Lá chegando, seu noivo viera cumprimentá-la, depois se afastara. Mintche ficou muito triste, pois a saudação fora formal, sem nenhuma emoção. Ela ainda estava triste, quando ele entrou novamente e quis beijá-la, então quem se afastara fora ela, pois estava ofendida. Ela não sabia que fora o irmão dele quem havia entrado antes, pois os rostos dos dois eram idênticos...
Os dias de férias estavam chegando ao fim, e meu pai me disse:
– Fique aí até terça-feira à noite, quando virei de novo e voltaremos juntos para casa.
Ele ainda estava falando quando começou a tossir. Mintche serviu-lhe um copo de água e ele o bebeu. Ela perguntou-lhe:
– Resfriou-se, Senhor Mintz?
Meu pai respondeu:
– Na verdade, pensei em me retirar dos negócios.
Nós ainda estávamos admirados com sua resposta, quando ele continuou:
– Se não fosse por minha filha, eu abriria mão de tudo.
Que estranha aquela resposta!... Um homem abandonar seus negócios por causa de um fraco resfriado?... Se nos mostrássemos preocupados, ele também pensaria estar doente. Em vez disso, a Senhora Gotlib falou:
– O que o senhor fará? Vai escrever livros?
Nós todos rimos. Ele, um comerciante, um homem de ação, sentar-se para escrever livros?

Ouviu-se um apito de trem, e a Senhora Gotlib disse:
— Daqui a dez minutos meu marido chegará.

E calou-se. Nossa conversa interrompeu-se, como se, de repente, todos nós esperássemos pela vinda dele.

O Senhor Gotlib chegou. Os olhos de Mintche não paravam de examinar o marido. Gotlib esfregou a ponta do nariz e riu, como um homem que deseja divertir seus ouvintes. Contou-nos então sobre sua viagem e sobre a casa do irmão. Quando ele chegara, a cunhada estava em casa com o filho. Ele pegara o menino nos braços e dançara e rodopiara com ele. Fato admirável o menino não o ter estranhado, pois nunca o tinha visto. Enquanto se divertia com o menino, o irmão dele chegou. O garoto olhou-o e a seu irmão, e seus olhos surpresos iam de um para o outro. De súbito, virou-lhes o rosto e começou a soluçar, estendendo as mãozinhas para a mãe até que ela o tomou nos braços e ele pôde esconder o rosto em seu peito.

4

Finalmente, voltei para minha casa e para a escola. Meu pai me arranjou também um professor de hebraico, o Senhor Segal, com quem estudei muito tempo. Três vezes por semana eu estudava hebraico: um dia eu estudava a Bíblia, outro dia, gramática e, no outro, aprendia a escrever. Segal não gostava de pular de assunto, por isso dividiu o estudo em três partes. Ele me explicou bem as Escrituras, não omitindo nem mesmo os comentários de nossos sábios, bendito seja a sua memória! Não usávamos muito o livro, pois as horas se passavam com explicações e comentários. Ele me contava muita coisa boa que eu não encontrei em livros. Também se esforçava a fim de tornar a nossa língua viva para mim e, quando eu falava alguma coisa, ele exigia:
— Diga isso em hebraico.

Seu estilo era como a linguagem dos oradores, e se aparecesse uma oração no seu estilo de falar, ele se alegrava, pois era o profeta que havia falado, e os profetas sabiam hebraico. O dia de estudo de que eu mais gostava era o da escrita. Nesse dia, Segal sentava-se sossegado, sua mão esquerda apoiava a cabeça e seus olhos permaneciam fechados. Silenciosamente, lia dentro do coração, sem olhar o livro. Como um músico que toca na escuridão da noite e seu coração transborda, ele não lia as notas musicais, tocava somente aquilo que Deus colocara em seu coração. Assim era aquele homem.

Pelas aulas, meu pai lhe pagava três reais por mês. Quando eu dobrei as notas para dá-las discretamente, ele contou o dinheiro na minha frente, dizendo:

– Eu não sou médico para receber meu dinheiro secretamente. Sou um operário, e não me envergonho do dinheiro que ganho com o meu trabalho.

Meu pai trabalhava sem parar, não descansando nem à noite. Quando eu me deitava, ele ficava à luz da lamparina, e acontecia de eu encontrar pela manhã a lamparina ainda acesa à sua frente, pois, quando suas contas o absorviam, esquecia-se de apagá-la. Ele não falava mais no nome de minha mãe.

Na noite de Iom Kipur meu pai comprou duas velas. Uma delas, a vela da vida, ele acendeu em casa, e a outra, a vela da alma, ele levou para a sinagoga. Quando ele pegou a vela da alma para levá-la à sinagoga eu fui com ele, e ele me disse:

– Não esqueça que amanhã é o dia da rememoração dos mortos.

Sua voz tremeu ao falar. Eu me curvei e beijei sua mão. Chegamos à sinagoga. Através do balcão, olhei e vi entre os homens um homem que cumprimentava o amigo, como quem pedisse desculpas: eu vi meu pai diante de um homem sem o xale ritual e o reconheci – era Akávia Mazal. E as lágrimas turvaram meus olhos.

O cantor litúrgico entoou a oração Kol Nidrei e o seu canto crescia de minuto a minuto. As velas foram acesas e a casa se encheu de luz. Os homens se movimentavam entre as velas, com os rostos cobertos. Como eu gostava da santidade daquele dia!

Voltamos para casa sem falar. As estrelas do silêncio no firmamento e as velas da vida nas casas iluminavam o nosso caminho. Tomamos o caminho da ponte, e meu pai então disse:

– Vamos parar sobre a água, pois minha garganta está cheia de poeira.

As estrelas da noite que flutuavam na água espiavam das ondas as estrelas no céu. A lua saiu por entre uma abertura de nuvens e um som muito sutil subiu da água. Do alto, Deus enviava-nos o seu silêncio. Eu jamais esquecerei aquela noite. Chegamos à nossa casa, onde tremia a luz da vela da vida. Eu li a prece da noite e dormi até de manhã. Acordei com a voz de meu pai, e fomos à casa de oração. O céu cobria-se de um véu branco, como costuma cobrir-se no outono. As árvores jogavam por terra folhas avermelhadas, e as mulheres idosas saíam para recolhê-las e levá-las para casa. Dos lares dos camponeses subia a fumaça das folhas secas que eram queimadas em seus fornos. Pessoas em roupas brancas movimentavam-se nas ruas. Chegamos à sinagoga e rezamos. Entre a oração da manhã e a da tarde, nós nos encontramos no pátio da sinagoga. Meu pai me perguntou se o jejum estava muito pesado para mim, e suas palavras me deixaram envergonhada.

Durante as festividades, quase não vi meu pai. Eu estudava numa escola polonesa e nós não éramos dispensados nos dias das nossas festas. Quando voltei da escola na hora do almoço, meu pai estava na *sucá* com muitos vizinhos e eu comi a minha refeição sozinha, pois não havia lugar para mulheres na *sucá*. Mas os dias de inverno me acalmaram. Noite após noite, nós comíamos a refeição juntos, e fazíamos nosso trabalho sob a mesma luz. Através da cúpula branca, a lamparina enviava sobre nós sua claridade, e a sombra de nossas cabeças se uniam. Eu preparava minhas lições e meu pai punha sua contabilidade em ordem. Às nove horas, Keila trazia três copos de chá, dois para o meu pai e um para mim. Então meu pai afastava o pensamento de suas contas e de sua caneta, substituindo-o pela atenção para com os copos de chá. Um copo ele bebia quente; o outro copo, em que colocava açúcar, bebia frio. Depois disso, cada um voltava a seu trabalho: eu, às minhas lições, e meu pai a seus livros de contabilidade. Às dez horas, meu pai se levantava e afagava meus cabelos, dizendo:

– E agora vá se deitar, Tirtza.

Como eu gostava da conjunção "e", ela sempre me deixava contente. Era como se tudo o que meu pai me dissesse fosse continuação daquilo que meditava em meu coração. Isto é, pri-

meiro ele falava comigo em pensamento, e depois em palavras.
Então eu lhe dizia:
— Se você não for deitar-se, eu também não irei, ficarei com você até você ir.

Meu pai não ligava para o que eu dizia e eu acabava indo para cama. Quando me levantava, ele já estava trabalhando e seus livros de contabilidade enchiam a mesa. Será que ele madrugava, ou será que não dormia a noite toda? Eu não perguntava e não ficava sabendo. Noite após noite, eu me dizia: "Vou descer e falar ao seu coração, talvez ele me escute e descanse". Porém, antes de eu tentar descer, o sono tomava conta de mim. Eu sabia que meu pai queria abandonar os negócios, e que, por isso, trabalhava sete vezes mais, colocando sua contabilidade em ordem. O que faria depois, nunca perguntei.

Eu estava com quase dezesseis anos, e o estudo obrigatório terminara. Quando as aulas recomeçaram, meu pai me mandou para a escola de formação de professoras, mas não por eu ter alguma habilidade para o ensino. Nenhuma atividade havia, até então, despertado o meu interesse, e eu pensava que o futuro e a profissão de um ser humano eram decididos por outros. Então disse:
— Está bem.

Os parentes e conhecidos se admiraram. Mintz iria fazer da filha uma professora?

O seminário era uma instituição particular e Mazal ali ensinava. Uma vez por ano o diretor viajava com as alunas para a capital a fim de que elas fizessem os exames. O sacrifício era muito grande, pois a moça que voltasse dos exames sem trazer nas mãos o diploma, ficava coberta de vergonha. Além do mais, o custo da viagem era alto e era necessário uma roupa nova para a ocasião. Se a moça voltasse da viagem com um fracasso, sua vizinha ou rival lhe diria:
— Você está com um vestido novo? Eu não o vi antes, somente hoje.

Se ela confirmasse, a outra comentaria:
— Aliás, não foi este o vestido que você costurou a fim de fazer as provas? Onde está o diploma que você recebeu?

Mesmo que ela não vestisse a roupa, acabariam por dizer-lhe:

— Onde está o vestido novo, aquele que você pôs no dia da prova?

E assim lhe lembrariam a vergonha de não ter recebido o diploma. Era por isso que as moças estudavam sem parar. Se o cérebro não gravava, elas aprendiam a lição de cor: aquilo que a inteligência não fazia, a memória faria.

Quando cheguei ao seminário, admirei-me de Mazal não me fazer nenhuma demonstração de carinho. Pensei: "Ele me conhece. Será que não gosta de mim?" Durante muitos dias não consegui deixar de ter essa sensação.

Naqueles dias eu gostava de passear só. Eu estudava em dobro, mas não me entediava. Assim que acabava minhas lições, eu saía para passear no campo. Se encontrasse alguma amiga, não a cumprimentava. E se ela me cumprimentasse, respondia rapidamente, pois ela poderia querer acompanhar-me e eu queria andar sozinha. Eram dias de inverno.

Uma noite eu estava passeando e um grande cão latiu para mim. Atrás dele ouvi um ruído de passos. E reconheci Mazal. Então eu envolvi a mão com um lenço, que acenei para cumprimentá-lo. Mazal parou e perguntou:

— O que há com você, Senhorita Mintz?

Eu disse:

— O cão.

E Mazal, muito preocupado, perguntou:

— O cão a mordeu?

Eu respondi:

— Sim, o cão me mordeu.

Então ele falou:

— Mostre-me sua mão.

Sua alma quase saiu com suas palavras. Eu disse:

— Amarre-me o lenço sobre a ferida.

Mazal segurou minha mão, e todos os seus ossos tremiam de medo. Então, eu dei um pulo, tirei o lenço e ri bastante:

— Não foi nada, meu senhor, não houve mordida de cão e não há ferida.

Perturbado com o que ouviu, ele ficou ali parado, sem saber se gritava ou ria. Passado um minuto, também riu alegremente. Depois me disse:

— Menina má, como você me assustou!

Ele me acompanhou até minha casa e se foi. Antes de se separar de mim, olhou-me nos olhos. E era como se dissesse: "Você sabe que eu sei que sabe os meus segredos. Assim mesmo eu lhe agradeço por não me lembrar aquilo que sabe".

A noite toda me virei na cama. Pus minha mão na boca e procurei sinais do lenço. E me arrependi de não ter convidado Mazal a entrar em casa. Se ele tivesse vindo comigo, agora estaríamos no quarto e eu não teria dúvidas. Levantei-me de manhã febril. Estirava-me um pouco na cama e um pouco no tapete, e as dúvidas não me deixavam. Somente à noite o meu sossego voltou, como acontece com as pessoas nervosas que cochilam o dia todo e à noite despertam. Ao lembrar-me do que eu havia feito na véspera, amarrei um cordão vermelho em minha mão, como lembrança.

Eram dias de Hanucá e abateram-se gansos para o festim. Um dia Keila foi ao rabino, e apareceu um homem idoso em nossa casa. O homem perguntou:

– Quando o seu pai vai chegar?

Eu respondi:

– Às vezes ele vem às oito horas e às vezes vem às sete e meia.

Ele disse:

– Então eu me adiantei, porque agora são cinco e meia.

Confirmei:

– Sim, são cinco e meia.

E ele disse:

– Não faz mal.

Dei-lhe uma cadeira. Ele disse:

– Para que sentar? Me dê um pouco de água.

Servi-lhe um copo de chá. E o velho disse:

– Ele pede água e ela lhe dá chá.

Depois derramou o conteúdo do copo nas mãos, e perguntou:

– Onde está o Oriente?

Virou-se para a parede e comentou:

– Na casa de seus avós ninguém precisava fazer esse tipo de pergunta, pois o bordado estava pendurado na parede indicando o Oriente.

Ficou de pé e rezou. Eu peguei dois ou três pedaços de miúdo de ave, fritos, e os coloquei numa tigela sobre a mesa. O homem comeu e bebeu ao terminar de rezar, e disse:
– Gordos, minha querida, gordos.
E de seus lábios pingava gordura. Eu lhe disse:
– Trarei um guardanapo para o senhor limpar as mãos.
Mas ele não quis:
– Não, me dê um pedaço de bolo. Você não tem um bolo que não exija a lavagem das mãos para comê-los?
– Claro que tenho – respondi. – Já lhe trarei o bolo.
Ele recomendou:
– Não se apresse, traga o bolo junto com a segunda porção. Você me daria mais uma porção, mesmo sem saber quem eu sou? Não faz mal – o homem respondeu delicadamente. – Eu sou Gotskind. Seu pai está atrasado hoje.
Olhei o relógio:
– São seis e quinze, e meu pai não chega antes das sete e meia.
Ele disse:
– Não faz mal, faça o seu trabalho. Por que você o interrompeu?
Eu concordei:
– Vou pegar um livro.
E ele me perguntou:
– O que é isso na sua mão?
Eu expliquei:
– É um livro de geometria.
Ele segurou o livro, indagando:
– Você também sabe tocar piano? Eu vim da casa do farmacêutico e ele me disse que não desposaria uma mulher que não soubesse tocar piano. "Olhe, Gotskind", disse-me o farmacêutico, "eu vou morar em uma cidade pequena, pois não posso comprar uma farmácia numa cidade grande". Porém eu não expliquei a você que ele não é farmacêutico, mas auxiliar de farmacêutico. Mas não faz mal, um auxiliar de farmacêutico é como um farmacêutico. Você dirá então que ele não tem uma farmácia. Não faz mal, ele vai casar-se e, com o dote que receber da mulher, comprará uma farmácia. "Portanto, Gotskind", disse-me o farmacêutico, "eu irei morar numa cidade pequena e, se

minha mulher não tocar piano, ela irá morrer de tédio." Na verdade, a arte da interpretação musical é maravilhosa: além de você ter o prazer em movimentar as teclas, isso também é considerado uma virtude. Mas eis que já são quase sete horas e se eu disser que me vou, seu pai chegará em seguida.

Gotskind espalhou os fios de sua barba com os dedos e disse:

– Seu pai deveria pressentir que um amigo dele o espera. Certamente, o ser humano não sabe prever onde se acha sua felicidade. Eis que o relógio bate: 2, 3, 4, 5, 6, 7. Até o relógio confirma que eu estou falando a verdade. Minha paciência acabou. Você não sabe quem eu sou, e nunca, até hoje, havia escutado o meu nome. Quanto a mim, conheço-a antes mesmo de você ter nascido. Por meu intermédio, sua mãe casou-se com seu pai.

Ele ainda estava falando quando Keila veio, e nós preparamos a mesa.

– Você também sabe cuidar de casa! – exclamou Gotskind, como que admirado. – Você disse que seu pai voltaria logo. Então vamos esperar por ele – acrescentou, como se de repente houvesse decidido esperar.

Era perto de oito horas quando meu pai chegou. E Gotskind lhe disse:

– Falávamos de você, e você apareceu. Eis o relógio batendo. Até ele está confirmando minhas palavras.

E, fazendo um sinal com os olhos para meu pai, disse:

– Eu fui enviado para cá por sua causa e aqui Deus me mostrou sua filha.

Naquela noite eu sonhei que meu pai me havia dado em casamento ao príncipe-chefe de uma tribo de índios. E que toda a minha carne estava sendo beijada por bocas e mais bocas. E que meu marido estava sentado à minha frente, no pico de uma rocha, penteando a barba com sete patas com garras. E eu me admirava, pois sabia que os índios raspam a cabeça e a barba. Como meu marido tinha arranjado todos aqueles pelos?

Já se haviam passado quatro dias após o meu encontro com Mazal e eu não queria ir à escola, embora tivesse medo que meu pai descobrisse e se preocupasse comigo. Em meu íntimo havia duas possibilidades para quando eu voltasse à es-

cola: se Mazal lá estivesse, eu me envergonharia; se não estivesse, eu tremeria ao ouvir o ruído de seus pés. Decidi então voltar e chegar depois que sua aula tivesse começado, assim ele me veria de repente. Fui à escola. A aula realmente já havia começado, mas era um outro homem quem lia. Perguntei a uma das meninas:
– Por que Mazal não veio hoje?
E ela disse:
– Nem hoje, nem ontem, nem anteontem. Sabe-se lá se ele virá novamente...
Eu comentei:
– Suas palavras são um enigma para mim.
E a menina respondeu:
– Há mão de mulher no meio.
Estremeci. Ela então me contou que Mazal deixara a escola por causa de Kfirmilkh, o professor. Acontece que Kfirmilkh recebera dinheiro de sua mãe, que era empregada na casa de Mazal, e esta enfiara o dinheiro num envelope que apanhara da cesta de cartas de seu patrão. E, quando Kfirmilkh abrira o envelope, havia uma carta dentro dele, escrita por uma aluna do seminário. O pai da moça tinha emprestado dinheiro a Kfirmilkh, e Kfirmilkh disse ao homem:
– Cancele a dívida, que eu lhe darei a carta que sua filha escreveu a seu amante Mazal.
Mazal sabendo disso, saiu do seminário, para que a instituição não fosse difamada por sua causa.
Voltei para casa, aliviada por Mazal não mais ensinar no seminário, sem pensar que o seu ganha-pão havia sido cortado. Doravante, eu só o veria de vez em quando, e já não me envergonharia ao vê-lo.
De repente, enjoei da escola. E passei a ficar em casa, ajudando Keila em todo o seu serviço. Lembrei-me das professoras idosas e estremeci. Por acaso, eu teria de me debruçar sobre livros desconhecidos durante toda minha vida, e acabaria sendo uma delas? Enquanto eu pensava nisto, esquecia meu trabalho. E acabei largando também o serviço de casa. Tive vontade de ir para fora respirar, passear. Levantei-me, vesti o casaco e saí. No caminho, desviei-me para os lados da casa dos Gotlib. Mintche espantou-se quando eu cheguei, e esquentou as

minhas mãos nas dela. Depois olhou em meus olhos para ver se eu tinha novidades. Mas eu a tranquilizei:
— Não há nada de novo. Apenas saí para passear e vim até aqui.
Então ela me tirou o casaco e me fez sentar ao lado do fogo. Depois de eu tomar um copo de chá, levantei-me e parti, pois fiquei sabendo que o encarregado dos impostos viria comer na casa, e tive medo de atrapalhar a conversa do senhor Gotlib com ele.
As chuvas chegaram e eu passei a ficar em casa. Lia livros o dia todo ou ficava na cozinha com Keila ajudando-a enquanto ela fazia seu serviço. Meu coração transbordava e eu não conhecia a maldade.
Às oito horas da noite, meu pai voltava para casa. Em silêncio tirava os sapatos, e colocava as chinelas de feltro nos pés. A surdina de seus passos silenciosos parecia lembrar-me o silêncio da casa. Quando ele chegava, a mesa já estava posta. Então nós nos sentávamos e comíamos. Depois, ele voltava aos seus livros de contabilidade e eu ficava ao seu lado até as dez horas. Então ele se levantava e dizia:
— E agora, minha filha, vá deitar-se.
Às vezes, acariciava os meus cabelos com sua mão quente, e eu abaixava a cabeça, transbordante de felicidade. Assim se passaram os dias de chuva.
O sol voltou a brilhar sobre a terra, e o solo estava quase seco. Eu madruguei. Não conseguia ficar deitada, parecia que algo havia caído sobre o mundo. Virei o rosto para a janela, e eis que uma espécie de azul-escuro entrava por ela. Pensei: "Será que existe uma luz dessas e eu não sabia?!" Passaram-se alguns minutos e percebi que a cortina da janela me confundira; porém, ainda assim, minha alegria não se foi.
Levantei-me com pressa e vesti minhas roupas. Algo havia acontecido no mundo, e eu iria ver o que era. Saí para a rua. A cada passo, parava admirada. As vitrinas das lojas brilhavam como a luz do dia. Então eu disse, diante delas:
— Entrarei e comprarei alguma coisa.
Mas não sabia o que comprar. Repeti:
— Eu comprarei, e Keila não precisará dar-se a esse trabalho.

Mas acabei não entrando em loja alguma. Voltei as costas e dirigi-me ao extremo da cidade, onde ficava a ponte. Sob ela, de um lado e do outro, havia casas. Pombas voavam de telhado em telhado. Sobre uma casa havia um homem e uma mulher consertando o telhado. Cumprimentei-os e eles me responderam. Virei-me para continuar, e vi uma mulher idosa, ali parada como se me esperasse para que eu lhe perguntasse o caminho. Mas eu não perguntei. Voltei para minha casa, peguei meus livros e fui ao seminário.

O seminário me era desagradável, um ninho de fastio. E eu vi que não havia ninguém a quem pudesse abrir o coração, e o meu ódio pelo seminário e o enjôo dos estudos tornou-se mais forte. Então eu disse:

– Falarei com Mazal.

Eu não sabia de que maneira ele poderia ajudar-me, mas, assim mesmo, a idéia me era doce e me serviu de distração por todo o dia. No entanto, como chegaria até ele? À casa dele eu não iria, e na rua eu não o encontrava. O inverno passou, a neve acabou, e nós não nos encontramos.

Por aqueles dias meu pai adoeceu, e Gotlib veio visitá-lo. Contou-lhe que iria aumentar a fábrica, que seu irmão tinha investido dinheiro nela e se associara a ele, e o governo não mais poria empecilhos. Um influente ministro concordara com isso, mediante suborno.

– Meu caro senhor – dissera o ministro a Gotlib – todos os funcionários, até o Imperador, correm atrás de dinheiro, não há ministro na terra que não aceite suborno. Eu lhe darei um exemplo: se perguntarmos sobre um homem como ele é, e qual o seu título, se nos responderem que o comprimento de seu nariz é de cinco centímetros, nós nos assustaremos, mas, na verdade, cinco centímetros é a medida de todos os narizes.

Gotlib disse a meu pai:

– Deus me livre de contrariá-los, porém a corrupção deles me irrita. Hoje você dá dinheiro para eles, e amanhã eles não te conhecem. Quanto a isso, louvo os funcionários na Rússia, que aceitam o suborno e não fecham os olhos.

Quando Gotlib saiu de casa, acompanhei-o até lá fora. E ele comentou comigo:

– Saio de um doente para ver outro doente.

Escondi o meu embaraço e perguntei:
— Quem está doente?
E Gotlib respondeu:
— O Senhor Mazal.
Por um instante, eu quis ir com ele, porém não fui.
— Veja que maravilha, Tirtza — disse-me meu pai. — Gotlib está sempre trabalhando e não se queixa de ser estéril. Para quem ele vai deixar todo esse patrimônio quando chegar sua hora?

Depois pediu-me que eu lhe trouxesse o livro de contabilidade, sentou-se na cama e trabalhou até a hora do jantar. Na manhã seguinte, já não ficou acamado. E, quando foi à loja, depois do almoço, eu fui à casa de Mazal.

Bati e ninguém respondeu. Então eu disse:
— Graças a Deus, o homem não está em casa.

Assim mesmo, minhas pernas não queriam voltar. E minha mão atreveu-se a bater com mais força, pois eu achava que não havia ninguém em casa.

Passaram-se alguns minutos, em que meu coração palpitou muito. De repente, ouvi um movimento na casa, e assustei-me. Quis voltar, mas Mazal já havia aparecido, envolto num casaco. Ele me disse:
— Schalom.

Abaixei os olhos para lhe falar:
— Ontem à noite, o Senhor Gotlib contou-nos que o senhor estava doente, e eu vim ver como está passando.

Mazal não respondeu nada. Uma das mãos acenou-me para que eu entrasse, enquanto a outra, segurava a gola do casaco. Minhas pernas tremiam de emoção. Mazal disse:
— Desculpe-me, senhorita, mas nestes trajes não poderei conversar.

Em seguida, foi ao outro quarto, para reaparecer depois de alguns minutos vestido com a melhor de suas roupas. Ele tossiu. Depois, fez-se silêncio no aposento. E nós dois nos vimos ali sozinhos. Ele colocou uma cadeira em frente ao fogo e me convidou:
— Sente-se, senhorita.

Depois me perguntou:
— Por acaso sua mão curou-se da mordida do cão?

Olhei em seu rosto e meus olhos encheram-se de lágrimas. Ele então pegou minhas mãos nas suas mãos, dizendo-me:
— Desculpe-me.

E sua voz eram um conforto quente e cheio de generosidade. Lentamente meu embaraço desapareceu. Olhei o quarto que conhecia desde criança e, de súbito, ele me pareceu novo. O calor do fogo me acariciava e o ânimo se renovou dentro de mim. Mazal colocou uma acha de lenha na lareira e eu me apressei a ajudá-lo. Na minha ansiedade estendi minha mão e fiz cair uma foto da mesa. Ao erguer o retrato, vi que era um retrato de mulher. Seu olhar era o olhar das mulheres a quem nada falta, porém em sua testa parecia residir a preocupação de quem não acreditava na própria felicidade.

— É o retrato de minha mãe — disse Mazal, colocando-o de pé. — É o único retrato dela, pois não tirou outro desde a juventude. Só uma vez, quando moça, deixou-se fotografar. Muitos anos se passaram desde então; portanto seu rosto não está mais como este da fotografia, para o qual é como se o tempo não tivesse passado.

Foi o quarto e o silêncio que o fizeram falar, ou fui eu, sentada à sua frente naquela tarde? Mazal falou por muito tempo, contando-me tudo sobre sua delicada mãe. Isso foi o que ele disse:

— Minha mãe é da família Roden Bach, e todos os membros da família Roden Bach são convertidos. O avô dela, Rabi Israel, era o homem mais rico do país; possuía uma destilaria de vinhos, assim como campos e aldeias. Naquela época sustentou os discípulos dos sábios e construiu casas de estudo para o ensino da Torá. E em todos os livros que foram impressos naquele tempo, seu nome brilhava com louvor, pois ele dera ouro e prata em homenagem à Torá e àqueles que a estudam.

Naqueles dias, decretou-se que os judeus deveriam ser arrancados de suas terras. Ele ficou sabendo, e se esforçou muito para que não lhe tirassem as propriedades. Seu trabalho foi todo em vão. Ele então se converteu e voltou à sua casa, à sua propriedade. E lá encontrou a mulher rezando o *Schakharit*. E disse a ela:

— Eis que me converti, portanto pegue as crianças e vá ao padre.

A mulher rezou a oração que diz *Não nos fizeste como os outros povos da terra* e cuspiu três vezes e beijou o livro de rezas. Depois levantou-se com os filhos, e todos se converteram. E eis que, naquela época, nasceu-lhes um filho que foi circuncidado pelo pai, pois guardavam os mandamentos de Deus e somente frente aos gentios é que se mostravam cristãos. Ascenderam socialmente e lhes foram dadas honrarias de nobres. A geração que nasceu, porém, já não se lembrava do Deus que os criou e, mesmo quando o decreto foi anulado, não voltaram a Ele. Não eram tementes a Deus, não agiam conforme as leis de Moisés e os Mandamentos. Somente na véspera de *Pessakh* vinha o enviado do rabino e eles lhe vendiam o fermento, já que sem isso os judeus não poderiam beber do vinho que fazem, pois seria um desrespeito à lei do fermento que macularia o *Pessakh*. Minha mãe é a filha do filho mais jovem. Ela estudou as leis católicas, mas todo o trabalho do padre foi em vão. Não haveria um número de dias suficientes para que se possa ouvir todos os sofrimentos passados por minha mãe, a esperar que, por fim, Deus tivesse pena dela e ela encontrasse descanso à Sua sombra. Antes disso, chegou mesmo a ser mandada a um convento de freiras, onde ficou nas mãos de professoras severas, com cujas atitudes ela não concordava. Ficava pensando em tudo aquilo que lhe era secreto e oculto. Numa ocasião, minha mãe encontrou a fotografia de seu avô, com a aparência de um rabi. E perguntou:
– Quem é este homem?
E lhe disseram:
– É seu avô.
E minha mãe admirou-se:
– E o que são esses cachos que lhe caem sobre as faces, e qual é o livro que ele lê?
E lhe disseram:
– Ele está estudando o Tamulde, e está enrolando as suas *peiot*.
E lhe contaram a história do velho. Depois disso ela passou a perambular como uma sombra, e nem à noite o seu coração descansava, pois ela tinha sonhos. Uma vez apareceu-lhe o avô e a tomou em seus braços, enquanto ela lhe acariciava a barba; em outra, viu a avó, que estava com o livro de preces nas mãos e que lhe ensinou as letras sagradas. Ao acordar, minha mãe escreveu no quadro as letras vistas no sonho, e foi um milagre, pois até aquele dia minha mãe nunca tinha visto um livro hebraico.
Na casa de seu pai, havia um jovem funcionário judeu, e ela lhe disse:
– Ensine-me as leis de Deus.

Mas ele respondeu, rindo:
— Mas eu não sei!
Eles ainda estavam conversando, quando o mensageiro do rabino veio comprar fermento, e o funcionário disse à minha mãe:
— Fale com ele.
Ela assim o fez. E o funcinário propôs:
— Senhorita, venha à minha casa, festeje conosco a festa de *Pessakh*.

Naquela noite, ela foi à casa daquele homem, e comeu com ele e com sua família, e seu coração seguiu o Deus de Israel, e amou e respeitou os seus Mandamentos. E aquele funcionário veio a ser o meu pai, que descanse em paz. Ele nunca estudou a Torá e os Mandamentos, porém Deus lhe deu um coração puro; por isso minha mãe gostou dele, e os dois se aproximaram da religião judaica. Depois do casamento, viajaram para Viena, sabendo que lá ninguém os conhecia.

Com muito ânimo, ele ganhava o pão de cada dia, e eles nada aceitaram daquilo que o pai dela possuía. Lentamente minha mãe se acostumou com sua nova condição. Meu pai trabalhava em dobro, e privava-se de coisas boas, para que eu estudasse nas melhores escolas e para que eu alcançasse o ponto alto na sociedade por meio da inteligência e da ciência, pois ele não possuía fortuna para me deixar quando morresse. Aos olhos de meu pai, era como se ele me tivesse expulsado de minha propriedade, pois se minha mãe não se tivesse casado com ele, agora eu seria um filho de nobres. Minha mãe porém não era ambiciosa. Ela me amava da maneira como todas as mães amam seus filhos.

Entardecia, e Mazal parou de falar, dizendo-me:
— Desculpe, senhorita, mas hoje eu já falei demais.
E eu lhe disse:
— Por que me pede desculpas, se foi bondoso comigo? Saberei que não me odeia, já que me abriu o seu coração, se você não mais evitar de falar comigo.
Mazal passou a mão sobre os olhos:
— Deus me livre de odiá-la! Eu me alegrei por encontrar um ouvido atento ao que eu contava sobre minha mãe hoje, pois sinto muita saudade dela. E se para você foi pouco o que falei, então falarei mais.

E Mazal me contou sobre a vinda dele para cá, sem mencionar, porém, minha mãe e o pai dela. E me contou sobre o trabalho que sua mãe começara a fazer quando ela se voltou ao Deus de Israel. E acabou dizendo que ele também voltara ao seu povo, mas não entenderam a sua intenção. Como um estranho, perambulou entre eles. Aproximaram-se dele, mas, quando já se sentia um deles, então se afastaram.

Voltei para casa com a alma plena. Qual um bêbado, eu cambaleava ao andar. A lua despejava a luz que clareava o meu caminho.

E, enquanto andava, eu me disse: "O que direi a meu pai? Se eu lhe contar tudo o que aconteceu comigo e com Mazal, ele ficará bravo. E se eu me calar, haverá uma barreira entre mim e meu pai. Mas irei contar-lhe. Mesmo que fique zangado, verá que eu não escondo dele nada do que faço". No entanto, quando cheguei a minha casa, chegou também o médico, e eu soube que meu pai estava doente. Então pus uma mordaça em minha boca e não lhe contei coisa alguma, pois como iria fazê-lo na frente de estranhos? E não me arrependi, pois meu segredo alegrou muito o meu espírito.

Eu estava em paz em minha casa. Não participava dos segredos das outras jovens, tampouco escrevia cartões de festa. E eis que um dia o carteiro me trouxe uma carta. Era em hebraico, e quem a tinha escrito fora um moço chamado Landau. "Assim como um ser perdido numa noite de aflição eleva seus olhos às estrelas de Deus – dizia o autor de texto – assim eu ergui as minhas palavras até te alcançarem, jovem delicada, leal e prudente." A carta ainda estava em minhas mãos, quando o professor Segal chegou para a aula. E eu lhe contei:

– Recebi uma carta em hebraico.

E ele disse:

– Eu já sabia.

E me contou que o jovem era seu aluno, filho do arrendatário da vila.

Passaram-se oito dias e eu me esqueci da carta. Fui ao seminário e vi uma mulher e um jovem ali parados. Ao ver o rapaz, logo soube que era o autor da carta. Contei o fato ao meu pai e ele riu, comentando:

– Esses filhos de camponeses... – e eu me perguntei por que o jovem havia feito aquilo, por que se impressionara comigo.

Acabei sonhando com o moço e, no sonho, eu via a sua consternação e o seu rosto enrubescido. Senti não lhe ter respondido, pois ele poderia estar esperando resposta e estar ofendido. Prometi-me: "Amanhã eu lhe escreverei". Mas não sabia o que escrever. E meu corpo entorpeceu-se com a doçura do sono, aquele sono que aquieta nossas veias e nosso espírito de maneira similar.

Nem no segundo, nem no terceiro dia respondi ao jovem. Daí resolvi: "Não mais responderei". Mas, ao preparar minhas lições, com a caneta na mão, surpreendi-me respondendo ao jovem. Escrevi apenas algumas poucas linhas. Ao lê-las, pensei: "Não era por uma resposta desta que ele ansiava".

Nem sequer o papel demonstrava minha boa vontade. Assim mesmo, enviei a carta, pois sabia que não iria escrever nenhuma outra. Confirmei para mim mesmo: "Não mais escreverei a ele, pois não sou de escrever cartas".

Os dias se passaram, e a carta do jovem não chegava, e eu tive pena de não mais receber correspondência. Aos poucos, porém, esqueci o jovem e sua carta. Eu havia cumprido a minha obrigação de escrever, só isso. Um dia, porém, meu pai me perguntou:

— Você se lembra da mulher e do rapaz?

Eu disse:

— Lembro-me.

Ele continuou:

— O pai do moço veio ver-me e me falou sobre ele. Na verdade, a família é uma boa família, e o jovem é um jovem culto.

E eu perguntei:

— Ele virá aqui?

Meu pai respondeu:

— Como posso saber? A sua resposta será o que eu desejo, pois o que você pensa você não esconde.

Abaixei a cabeça, pensando: "Deus, o senhor sabe o que me vai no coração". E meu pai continuou:

— Portanto, não precisaremos ir a astrólogos nem perguntaremos aos que lêem a sorte nas estrelas se minha filha encontrará um noivo.

Depois não mais falou sobre isso.

Num domingo à noite meu pai voltou para casa acompanhado de um homem. Mandou-me preparar o chá e também

acender a lamparina grande, e foi ver se a lareira estava quente.
Depois, ele o homem sentaram-se em frente à mesa e conversaram. O homem não tirava os olhos de mim, e eu voltei ao meu quarto para fazer os meus deveres. Estava ocupada com meu trabalho, quando um trenó parou em frente à minha janela. Keila chamou-me:
— Chegaram as visitas, vá à sala.
Eu respondi:
— Não irei, pois tenho muito trabalho hoje.
Mas ela não me largou:
— Esta é uma noite de alegria, pois seu pai mandou servir panquecas.
Respondi-lhe:
— Então comerei com você.
E ela disse:
— Não, você irá à sala. O homem que chegou agora é um jovem de lindos olhos.
— Por acaso, Gotskind está lá? — perguntei a Keila zombando.
E ela perguntou:
— Quem?
E eu repeti:
— Gotskind. Por acaso você esqueceu o homem e sua conversa?
— Sua memória é maravilhosa, Tirtza — respondeu Keila. — E se foi.

À hora de comer, fui para a sala e me admirei, pois o jovem se havia transformado em outra pessoa. Não estava confuso como da primeira vez, e o chapéu preto, de pele de cabra, dava-lhe graça às faces rosadas.

Depois dessa noite, Landau apareceu novamente. Veio no mesmo trenó, vestido com um casaco de pele de lobo. E seu cheiro era o cheiro de bosque no inverno. Mal sentou conosco, e já se levantou, pois nos disse ter vindo para ir até o fundidor de bronze. Havia se desviado do caminho para visitar-nos e gostaria de saber se, quem sabe, eu poderia passear com ele.

Meu pai me deu o seu casaco de pele e fomos. Sobre estradas de neve, galopeamos à luz da lua. As patas dos cavalos moviam-se numa música conjunta com a dos seus sinos. Eu me sentei à direita de Landau e olhava através da pele do animal. O casaco me encobria até a boca, e eu não podia falar. Landau parou à porta do fundidor, desceu, me tirou do trenó, e nós entramos na casa. Lá nos serviram uma aguardente e assaram batatas em nossa honra. E Landau mandou o fundidor ir à aldeia no dia seguinte, a fim de consertar a caldeira de vinho. Ele falava como um príncipe e um comandante, e as pessoas da casa ouviam-no com atenção. Olhei no seu rosto e me admirei. Era aquele o jovem cuja carta era como gemido de um coração solitário? Ao voltar, não embrulhei minha boca no casaco, pois já me acostumara ao frio. Assim mesmo não falamos nada, pois o silêncio circundava o meu coração. Landau também ficou mudo, e somente em alguns momentos falava com os cavalos.

Meu pai disse:

– O velho Landau falou-me sobre o filho, disse-me que a alma dele se ligou à sua. Agora fale você, que eu darei a ele uma resposta. – Meu pai viu que eu ficara confusa, e acrescentou: – Ainda há tempo para se discutir esse assunto, pois o jovem não se apresentou ao exército, e você ainda é muito nova.

Passaram-se alguns dias e Landau começou a escrever-me de novo cartas cheias de metáforas visionárias sobre Israel e sua pátria.

Suas raízes estavam no campo, e ele conhecia o trabalho da terra desde pequeno, e essa terra não parava de lhe provocar sonhos e visões.

Lentamente suas cartas foram cessando. Às vezes ele vinha à pé para a cidade, e esgotava suas forças para não ser levado para o serviço militar. À noite, andava pelos mercados e ruas com os penitentes, e a melodia deles, ecoando nas noites, enchia minha alma de medo. Lembrei-me de meu tio, irmão de minha mãe, que morrera no exército. E disse: "Landau será feliz ao meu lado, pois serei sua esposa".

Um dia, encontrei Landau na rua. Seus olhos estavam fundos, suas faces murchas e o cheiro de sua roupa era o cheiro do tabaco frio. O rosto era de um homem doente. Voltei para casa e peguei um livro, dizendo-me:

"Estudarei e assim amenizarei meu sofrimento". A dor apertou minha garganta e eu não pude estudar. Abri o livro dos

Salmos e li-o em voz alta. Talvez Deus considerasse e aquele jovem não se perdesse.

Na casa de Gotlib, estavam construindo: erguiam, do lado esquerdo, uma moradia para o irmão que viria morar com ele, pois se tornara sócio da fábrica. Na inauguração da nova habitação realizaram uma grande festa, visto que Gotlib, até então, não fizera festa de inauguração da sua casa, pois só agora ela ficara do jeito que ele queria. Ele se tornara outro homem. Até a barba ele havia modificado. Eu vi os dois irmãos e ri, pois me lembrei do que Mintche me havia contado sobre a primeira vez em que ele fora à casa de seus pais.

Na hora do almoço, Gotlib tirou uma carta do bolso e disse à mulher:
– Quase me esqueci que chegou uma carta de Viena.
Ela lhe perguntou:
– E há novidades?
Ele respondeu:
– Não há nada de novo, é uma felicitação pela inauguração da casa. O estado da mãe dele também não melhorou nem piorou.

Ele certamente se referia a Mazal, pois eu soubera que sua mãe adoecera, e ele fora ter com ela em Viena para ver como estava passando. Lembrei-me do dia em que voltara de sua casa, e aquela era para mim uma lembrança abençoada.

Depois da refeição, Mintche saiu comigo para o jardim. Enquanto ela estivera sentada com sua cunhada, não se sentira à vontade. Agora, comigo, recordava os dias de antigamente.
– Torto! – ela gritou de repente. E um cachorrinho pulou em sua direção, quase me assustou. Mintche acariciou-lhe a cabeça com amor, exclamando: – Torto, Torto, Torto, meu filho!
– Apesar de eu odiar cachorros, passei minha mão em seu pelo, acariciando-o. O cão me olhou com desconfiança, depois latiu com vontade. Eu abracei Mintche, e Mintche me beijou.

Alguns passos adiante de nós, ficava a casa grande. Ouvia-se uma algazarra de crianças nos quartos e uma voz incessante de mulher. O sol se punha, avermelhando as copas das árvores, e um vento frio soprava de repente.

– Foi um dia quente, – disse Mintche – o verão está terminando. Oh, não conseguirei suportar essas vozes! Desde o

dia em que eles chegaram aqui, cessou o gorjeio dos pássaros no jardim. – O cão latiu novamente, e Mintche ralhou com ele: – O que há com você, Torto? – depois dirigiu-se a mim: – Você percebeu, Tirtza, que ao chegar o carteiro o cachorro late?
– Em casa não temos cachorro – eu respondi – e não há quem me escreva cartas.

Mintche não ligou para mim nem para o que eu dissera, e continuou:
– Quando minha cunhada viajou, a carta que me avisava da sua chegada não foi lida a tempo. Estava jogada para trás da cerca, e sobre o envelope o carteiro escrevera que, por causa do cão, não trouxera a carta até a casa. Torto, meu danado, fique quieto! – ordenou ela, acariciando mais o pelo do cão.

O crepúsculo nos envolveu, e nas janelas as luzes começaram a brilhar.
– Vamos para casa, Tirtza, está na hora de preparar o jantar. – E enquanto andava, disse: – Mazal voltará brevemente. E me abraçou.

Entramos em casa. Os operários da fábrica tinham vindo cumprimentar os patrões à noite, pois de dia havia as visitas. Mintche preparou a mesa para eles. Quando começaram a ficar alegres por causa do vinho, cantaram canções. E o funcionário que saíra da prisão divertiu-nos com as histórias que ouvira dos presos. Gotlib, como de costume, esfregava a ponta do nariz. Olhei para Mintche e seu rosto parecia pleno de força e de coragem, não se percebia a sua tristeza.

Passaram-se os dias de festa, e o céu de outono deitou-se sobre a cidade. Meu pai estava ocupado com seus negócios e não vinha almoçar em casa. Naqueles dias percebi que conhecia o outono e a sua vigorosa beleza. Para mim, a aparência castanha do bosque, com suas folhas cor de bronze, parecia exprimir a força da terra.

As aulas no seminário recomeçaram e se aprofundaram. Naquele ano, os professores da escola quiseram verificar a eficiência do nosso aprendizado. Eu não me esforcei demais, no entanto, fiz tudo o que me mandaram.

Mazal voltou à cidade. Ele entrou em contato com arqueólogos para juntar material sobre a história de nossa cidade. Fazia escavações em cemitérios, descobrindo relíquias cobertas de poeira.

Esse trabalho o satisfazia de tal forma que, quando o diretor o chamou para dar aulas novamente no seminário – pois a lembrança de Kfirmelech já fora esquecida – ele não atendeu ao chamado. Nessa ocasião, chegou a irmã de meu pai. Falavam em casar-lhe a filha aqui, e ela viera conhecer o pretendente. Essa minha tia não era como meu pai, pois amava a vida.

– Eu estou feliz, minha filha, – disse-me meu pai, – que você tenha gostado de sua tia, pois é uma boa mulher, há graça e encanto em tudo o que ela faz, apesar de eu não me sentir próximo dela. Talvez seja por tua causa que eu tenha queixas para com ela. – E calou-se.

Os últimos dias de outono chegaram, e minha tia regressou à sua casa. Eu voltei da estação pelo caminho do campo. O apito do trem se diluía ao longe. As batatas tiradas da terra e os campos revolvidos brilhavam debaixo de um sol dourado, e as amoreiras me atraíam o olhar. Eu me lembrei da lenda das amoras e não reconheci minha alma.

Passei pela casa de um camponês, comprei-lhe frutas, e ele me deu um buquê de flores. Peguei as flores do outono e me fui. Enquanto caminhava, dei-me conta de que estava perto da casa de Mazal, e decidi ir cumprimentá-lo, pois, desde que ele chegara, eu ainda não o tinha visto.

Mazal não se achava em casa, e a criada idosa estava na soleira da porta, esperando por ele. Por causa do filho, por causa de Kfirmelech, ela havia deixado a casa do patrão e fora morar na aldeia. Agora, ao vir à cidade trazer os cereais do outono, desviara-se de seu caminho para ver como ele estava. A velha me reteve, e me contou coisas boas sobre Mazal, seu patrão. E eu me alegrei em ouvir seus elogios. Antes de partir, espalhei minhas flores sobre a entrada da casa.

Depois de alguns dias, nós recebemos presentes de minha tia, inclusive um vestido novo para Keila. Ao ver aquilo, meu pai comentou:

– Presentes ela mandou, porém, quando tua mãe morreu, ela não veio para cá e não cuidou de você.

Finalmente eu ficava sabendo qual era a queixa de meu pai contra minha tia.

O outono se foi. Um grande alvor cobriu a visão do firmamento, e nuvens de neblina surgiram de um lado e de outro.

Os pingos da chuva caíam o dia todo, os telhados úmidos das casas brilhavam, e as últimas folhas murchas se curvavam sob as gotas. A melancolia invadia o mundo. Nuvens e vento e chuva e frio. E gotas de chuva que esfriavam e se congelavam. Como uma agulha na carne, elas faziam doer. Em casa, acenderam o fogareiro e Keina forrou as janelas com feno. O fogareiro ardia o dia todo, e ela cozinhava comida de inverno. A neve começou a cair. Os caminhos se cobriam de branco, e as sinetas dos trenós tocavam e se rejubilavam. Ao sair do seminário, as moças carregavam nos ombros patins de ferro, para deslizar no rio congelado. Persuadiram-me a ir com elas. Comprei meus patins e fui. A neve se deitava sobre a superfície congelada da terra. Os lenhadores cortavam árvores na rua, e o cheiro do ar puro misturava-se ao da serragem e de árvores cortadas. O frio aumentava e a neve penetrava nos pés dos que andavam sobre ela. Eu corria com as moças para deslizar no rio com nossos patins.

Foram bons aqueles dias em que patinei no gelo. Meu corpo ganhou força, e meus olhos pareciam ter crescido, despido das nuvens de tristeza. Foi uma cura para toda minha carne. Eu comia com apetite, e quando voltava para casa, e via Keila curvada, aproximava-me dela devagar e a levantava de repente. Keila gritava em vão, eu fazia barulho com os patins de ferro, e os sons abafavam sua voz. Aqueles bons dias, porém, não se prolongaram. O sol não brilhou, mas assim mesmo a neve se derreteu. E quando fui ao rio, não havia ninguém patinando. O gelo estava quase derretido e os seus pedaços serviam de lugar de descanso para os corvos. Logo depois, comecei a sentir pontadas no coração. O médico me deu remédios, e me proibiu de esforçar-me nos estudos. E eu disse:

— Ah, ah, meu senhor, mas eu encerro meus estudos este ano.

E ele retrucou:

— Então você poderá ensinar ano que vem.

Por ter ido com as alunas, naquele inverno, deslizar sobre o gelo, quase gostei do seminário. Mas acabara a atividade e acabara o prazer.

5

Por essa época nossa casa foi purificada para *Pessakh*. Por isso, eu peguei os livros velhos para serem arejados e examinei todos aqueles cuja capa estava estragada, prometendo-me levá-los ao encadernador. Foi assim que encontrei na estante o bordado indicador do Oriente, que estava na casa do pai da minha mãe. Coloquei-o com os livros numa maleta para levá-lo ao vidraceiro, pois seu vidro se quebrara, e o dourado do fecho tinha sido raspado, e o fio escarlate com que minha mãe, descanse ela em paz, pendurava-o na parede estava arrebentado. Eu estava quase saindo quando chegou a costureira que me fizera um vestido novo, de primavera. Vesti aquele vestido e não mais o tirei. Pus o chapéu na cabeça e fui, com os livros e com o bordado, ao encadernador e ao vidraceiro. Eu estava na casa do encadernador quando Mazal chegou.

Vendo os livros que eu trouxera e o bordado embrulhado em papel, Mazal perguntou:

– Que livro é este?

Desfiz o embrulho de papel, dizendo-lhe:

– Espere, senhor.

Peguei o fio com que atara minha mão depois de Mazal me ter encontrado com o cão, e amarrei-o no bordado, pendurando-o na parede. Ele olhou admirado. E eu li em voz alta o escrito no bordado: "Feliz o homem que não te esquecer". Mazal abaixou a cabeça. Eu corei, e meus olhos se encheram de lágrimas. Num momento, eu queria gritar, dizendo: "Você me trouxe esta vergonha", noutro, queria humilhar-me perante ele. Presa de angústia, não demorei em sair da casa do encadernador.

Logo Mazal estava ao meu lado. Rindo e chorando muito, eu lhe disse:

– O senhor sabe, meu senhor.

Minha garganta estrangulou-se e quase me envergonhei de minha voz. Mazal pegou minha mão e a dele tremia como sua voz. Olhando para um lado e outro, disse-me:

– Vão acabar nos vendo.

Enxuguei minhas lágrimas e ajeitei meus cabelos, assim mesmo não me acalmei. "Se nos virem ou não, pouco me importa", pensava. Chegamos até a minha rua e Mazal disse:

— Eis a casa do seu pai.
Olhei para ele e retorqui:
— Não irei à minha casa.
Mazal calou-se. E eu não sabia para onde ir. Havia muita coisa em meu coração, e eu temia que ele me deixasse, sem que eu pudesse falar-lhe mais.

Entrementes, saímos da cidade e fomos ao bosque. A vegetação quase havia crescido e as copas das folhas brancas brotavam, e um novo sol brilhava. Mazal quebrou o silêncio:
— A primavera chegou.

Olhando para minha expressão, percebeu que eu ficara brava com o que ele dissera. Passou a mão sobre a cabeça e suspirou.

Sentei-me no tronco da árvore. Mazal, confuso, procurava o que dizer. Olhando para o meu vestido, um vestido primaveril, disse:
— A árvore ainda está úmida e o vestido da senhorita é um vestido leve.

Eu sabia que a árvore ainda estava úmida e que meu vestido era leve. Contudo não me levantei, e senti prazer em sentar-me sem comodidade. Mazal empalideceu e seus olhos pareciam ter-se apagado. Somente em seus lábios pairava um sorriso estranho. Pensei que ele fosse me perguntar: "Sua mão sarou da mordida do cão?" e fiquei triste. Mas, de súbito, comecei a ser inundada por uma felicidade que até então eu jamais conhecera. Um calor maravilhoso aquecia o meu coração, e silenciosamente alisei o meu vestido fino. Pareceu-me que o homem junto ao qual eu estava sentada no bosque, no princípio da primavera, já me abrira seu coração. E admirei-me ao ouvi-lo falar:
— Ouvi a sua voz à noite. Por acaso você esteve em frente à minha janela?

Eu lhe respondi:
— Em frente à sua janela não estive, porém na minha cama, à noite, eu o chamei. Todos os dias eu penso em você. Eu procurava seus passos no cemitério, no túmulo de minha mãe. No verão passado, coloquei flores no caminho e você passou por lá, mas as minhas flores você não cheirou.

E Mazal então me disse:

– Esse sentimento passará. Você ainda é jovem e nenhum homem ainda arrebatou o seu coração. É por isso que você pensa em mim. Você conhece rapazes e eles lhe parecem vazios. Então você me vê e não se entedia em minha companhia, e diz: "É este". Porém, o que faremos quando o homem que ganhar o seu coração de verdade encontrar você? Atualmente, meu sossego me é mais caro do que tudo. Pense na sua vida, Tirtza, e veja que é melhor que nos separemos enquanto é tempo.

Eu agarrei o tronco da árvore e um choro preso explodiu de meu coração. Mazal colocou sua mão na minha cabeça e me disse:
– Seremos bons amigos.
Levantei a voz e gritei:
– Amigos. Como eu odeio este sentimentalismo!
Mazal estendeu-me sua mão quente. Eu baixei minha boca sobre sua mão e a beijei. Ele inclinou a cabeça sobre meu ombro e me beijou.

O sol se pôs e nós voltamos para casa. O frio da primavera que, depois de um dia de sol, dobrara sua força, penetrava em meus ossos. Mazal falou:
– Ainda retomaremos a conversa.
E eu perguntei:
– Quando? Quando?
Mazal repetiu minhas palavras como se não tivesse entendido seu significado.
– Quando? Amanhã, antes do anoitecer, no bosque, está bem?
Tirei meu relógio e perguntei:
– A que horas?
E ele voltou a repetir a pergunta:
– A que horas? Às seis horas.
Inclinei-me sobre o relógio e beijei o lugar daquele número através do vidro. E o calor do relógio pendurado sobre meu coração me foi muito doce.

Voltei para casa, e meu corpo todo tremia. Enquanto eu andava pelo caminho havia um tremor em meus ossos e pensei: "Quando eu chegar em casa, passará" Só que eu cheguei em casa e não passou; ao contrário, foi aumentando. Não consegui comer meu pão, e minha garganta me doía muito. Keila me fez um chá, com limão e açúcar, e eu o bebi. Deitei-me na cama e me cobri, mas não me aqueci.

Quando acordei, minha garganta me torturava. Acendi uma vela, depois apaguei-a, porque sua chama vermelha se espalhou e meus olhos me doeram. A fumaça do seu pavio e minha mão fria também me eram muito desagradáveis. O relógio bateu e eu me assustei. Pareceu-me que estava atrasada para ir ao bosque, na hora fixada por Mazal. Contei os minutos que passavam e rezei para que Deus parasse o tempo. Três, quatro, cinco. "Ah, é hora de levantar-se, meu sono me prenderá. Por que não dormi até agora? Irei encontrar Mazal com uma noite em claro nos meus olhos. Descerei e afastarei os rastros do sono. Porém, não posso banhar-me. Eu me resfriei." Apalpei os cantos da cama e desci. Um frio terrível tomou conta de mim e eu não me localizava: "Aqui está a porta de saída, ou será que esta é a porta do armário? Onde estão os fósforos, e onde está a janela? Por que Keila cobriu a janela com as cortinas? Eu vou acabar caindo e despedaçarei meu crânio na mesa e no fogareiro. Para o inferno! Onde está a lamparina? Não encontro mais nada, talvez eu tenha ficado cega. Agora que não há esperança de eu me casar com outro homem, Akávia Mazal me tomará como mulher e, assim como um ser que enxerga conduz um cego, assim ele há de me conduzir. Ah, o que foi que fiz, falando com ele? Graças a Deus, encontrei a cama. Obrigada, meu bom Deus".

Deitei-me no leito e me cobri, mas a cama me pareceu estar ainda em movimento: "Por quantas e quantas horas estou andando. Para onde?" E eu via, no sonho, uma velha parada, esperando que eu lhe perguntasse o caminho.

Era a velha que eu vira havia um mês quando saíra, num dia claro, para fora da cidade. Ela estava dizendo: "Quase não a reconheci, você não é a filha de Léa? Sim, você é a filha de Léa!" A velha falava, cheirava tabaco, e de tanto que falava não me deixava responder nada. Fiz-lhe sinal com a cabeça confirmando que eu era a filha de Léa. E a velha acrescentou: "Eu disse que você é a filha de Léa, e você passou por mim como se não fosse nada. Os carneiros não conhecem o local onde suas mães pastaram". E, estufando novamente o nariz, a velha continuou: "Pois, foi com o leite de meu seio que amamentei tua mãe". Eu sabia que estava sonhando e me admirei, porque minha mãe não fora amamentada com leite estranho. Então o que significava, em meu sonho, a velha dizer-se ama de leite de minha mãe? Admirei-me também porque fazia muitos dias que eu não via a velha nem pensava nela. Por isso, o que vinha ela fazer, de repente, à noite, dentro de um sonho? São maravilhosos os caminhos do sonho, para quem conhece suas trilhas.

Acordei com o som dos passos de meu pai, e percebi que ele estava triste. Seus olhos bondosos e vermelhos me olhavam com amor e preocupação. Envergonhei-me, pois não havia ordem em meu quarto: meu vestido novo estava no chão e minhas meias espalhadas. Por um instante, esqueci-me de que ele era meu pai, e só pensei que havia um homem em meu quarto. Fechei os olhos de vergonha, ouvindo a voz de meu pai que falava com Keila, no limiar do quarto: "Ela está dormindo". Minha confusão se foi e eu lhe disse:

– Bom dia, pai.

– Você estava acordada? Eu acabei de dizer que você estava dormindo! – disse, admirado, meu pai. E continuou: – Como vai você, minha filha?

– Estou bem – respondi-lhe, tentando falar com uma voz clara. A tosse, porém, me interrompeu. – Eu me resfriei um pouco, mas o resfriado já passou, e já estou me levantando.

Meu pai exclamou:

– Graças a Deus! Mas eu te aconselho, minha filha, a não descer hoje da cama.

– Eu descerei, sim! – teimei eu, aos gritos, pois me parecia que meu pai se recusava a me deixar ir ao encontro de meu noivo.

Eu sabia que deveria abraçá-lo e que, assim, talvez ele me perdoasse por ter feito algo que ele não faria. "Meu bom pai, meu bom pai" gritava meu coração intimamente. Mas minha voz estava contida. E eu falei:

– Pai, ontem à noite eu fiquei noiva. – Ele me olhou. Eu quis baixar os olhos, contudo retomei o ânimo e continuei: – Pai, será que você não escutou?

Meu pai pensou que, ao calor de minha febre, eu delirava. E não respondeu, sussurrando para Keila alguma coisa que não entendi. Depois dirigiu-se à janela para ver se estava fechada. Juntei minhas forças e, sentada na cama, falei-lhe:
— Apesar de eu ter estado muito resfriada, agora estou melhor. Sente-se junto a mim, pois tenho algo a lhe dizer. É bom que Keila também esteja presente, eu não tenho segredos com ela.

Os olhos de meu pai pareciam ter saído das órbitas e a preocupação cobria-lhes o brilho. Ele se sentou em minha cama e eu lhe disse o seguinte:
— Ontem à noite eu me encontrei com Mazal, e nós conversamos sobre nós. O que há com você, meu pai?

Keila me interrompeu assustada:
— Menina má!

Mas eu continuei a falar:
— Cale-se Keila. Eu abri meu coração a Mazal. Portanto, para resumir tudo de uma vez, digo que fiquei noiva dele.

Keila estendeu suas mãos em desespero, gritando:
— Onde já se ouviu uma coisa dessas?

Mas meu pai fê-la calar-se e me perguntou:
— Quando foi isso?

Eu respondi:
— Não lembro a que horas aconteceu, apesar de ter olhado no relógio. Eu esqueci a hora.

— Onde já se ouviu uma coisa destas? — disse meu pai confuso e, ao mesmo tempo, rindo: — Ela não sabe a que horas foi...

Eu também ri. De repente, suspirei do fundo do coração e cambaleei.

— Acalme-se, Tirtza — disse meu pai, com voz de preocupação. — Por enquanto, deite-se na cama, e depois conversaremos sobre o assunto. — E se virou para sair.

— Meu pai! — chamei — prometa-me que não falará com Mazal até que eu lhe diga.

— Que remédio! — disse ele.

E saiu de casa.

Assim que ele se foi, peguei caneta, tinta e papel e escrevi: "Querido de minha alma, não poderei ir hoje ao bosque por causa de um resfriado. Dentro de alguns dias, porém, vou até

sua casa. Por enquanto, fique em paz e abençoado. Eu estou na cama, e muito contente, pois pensarei em você o dia todo."
Ordenei a Keila que enviasse a carta. E Keila, com o papel nas mãos, perguntou-me:
— Para quem é, para o professor?
Eu lhe respondi, com raiva:
— Leia e saberá.
E Keila, que não sabia ler nem escrever, disse-me:
— Não fique brava, minha pombinha, mas o homem é velho, e você é jovem e doce. Você é uma menina, e logo esquecerá. Se eu não sofresse de reumatismo, agora mesmo a carregaria no colo. Respeito a sua decisão, mas, afinal, homens, para quê?
Falei-lhe rindo:
— Está bem, apresse-se e mande a carta, pois não há tempo para esperar.
Ela me lembrou:
— Você ainda não bebeu o chá. Vou lhe trazer água quente para você lavar as mãos, e você beberá o chá.
Keila trouxe-me a água. O resfriado quase havia desaparecido, e as cobertas esquentavam o meu corpo e meus membros estavam cansados como se tivessem sido integrados à roupa de cama. Minha cabeça estava quente, e o calor era agradável. Os olhos, febris, ardiam nas órbitas, contudo, meu coração estava bem, e meus pensamentos eram felizes.
— Você deixou a água esfriar — disse Keila — e eu já lhe trouxe o chá. Isto tudo por causa dessas idéias que estão no seu coração.
Eu ri, e a lassidão aumentou. Mas ainda consegui dizer-lhe:
— Não esqueça a carta.
Depois, um sono tranqüilo pairou em meus olhos.
O dia caiu e Mintche Gotlib veio visitar-me:
— Soube que você ficou doente e vim ver como estava.
Eu sabia que meu pai a havia mandado e escondi meus pensamentos:
— Eu me resfriei, mas agora já estou boa.
De repente, peguei em sua mão, olhei em seus olhos e lhe disse:
— Por que se cala, Senhora Gotlib?

E Mintche respondeu:
— Pois conversemos, então.
Falamos sem parar, e eu lhe disse, a certa altura, que não estávamos mencionando o assunto principal.
— Principal! — exclamou Mintche, surpresa. E, de súbito irada, ela gritou comigo: — Você pensa que eu vim aqui para desejar-lhe felicidades?
Coloquei minha mão direita sobre meu coração, estendendo-lhe a esquerda:
— E por que você não me desejaria felicidades?
Mintche franziu a testa:
— Tirtza, você sabe que Mazal me é muito caro, porém você é muito nova e ele tem quase quarenta anos. Embora você seja jovem, seu bom senso deve saber que daqui a alguns anos ele será como uma árvore seca e a graça de sua juventude terá desabrochado.
Escutei o que ela dizia e respondi-lhe:
— Eu sei o que você tem a me dizer, mas eu cumprirei a minha obrigação.
— Obrigação? — surpreendeu-se a senhora Gotlib.
— A obrigação de uma mulher fiel, que ama seu marido — respondi eu, dando ênfase às minhas últimas palavras. Ela se calou por instantes. Depois disse:
— Quando é que vocês vão se encontrar?
Consultei meu relógio:
— Se minha carta ainda não chegou até ele, ele deve estar me esperando agora no bosque.
E ela disse:
— No bosque não deve estar, pois certamente também ele se resfriou. Quem sabe se não estará agora deitado na cama? Vocês se portaram como crianças!
Não liguei para a reprimenda, porém me assustei:
— Por acaso ele está doente?
E ela respondeu:
— Como posso saber? Imagino que também esteja, pois vocês se portaram como criancinhas. Ir ao bosque, num dia de inverno, com um vestido de verão!
— Não! Eu pus um vestido primaveril num dia de primavera!
Ela concluiu:

– Não quis ofendê-la, ao dizer que você vestiu um vestido de verão num dia de inverno.

Admirei-me de que também Mintche, assim como meu pai, falasse fazendo rodeios. Apesar de tudo, minha alegria não fora atingida. Eu ainda estava presa aos meus pensamentos, quando a Senhora Gotlib disse:

– A minha é uma estranha incumbência, minha querida, é a função de uma tia má. Mas, o que posso fazer? Achei que as tuas loucuras fossem loucuras de moça nova. Mas...

Mintche não terminou de falar, e eu não lhe perguntei o que significava aquele "mas". Por meia hora ainda ela ficou comigo e, quando se foi, beijou-me a testa. Percebi um certo sentido novo naquele beijo. Abracei a Senhora Gotlib fortemente.

– Oh, menina travessa, você desmanchou meu cabelo. Solte-me para eu arrumá-lo – e Mintche, pegando o espelho pequeno, riu muito.

– Por que você está rindo? – perguntei-lhe como que ofendida.

Mintche me deu o espelho. E eu vi que estava cheio de riscos, pois eu havia gravado na prata o nome "Akávia Mazal" muitas vezes.

Durante aquela semana, Mazal não veio ver como eu estava passando. Em alguns momentos sentia raiva, por achar que ele era um fraco e temia meu pai. Em outros momentos, porém, tinha medo de que também ele estivesse doente. Mas não perguntei nada a meu pai, e não quis falar sobre aquilo. Lembrei-me da história da filha de um rei, que amava um dos homens pobres da cidade sem a permissão do pai. A moça adoeceu mortalmente, e os médicos viram que ela estava muito mal e que não havia alívio para os seus sofrimentos, pois ela estava doente de amor. Então o pai fora até o amado da filha e lhe implorara que se casasse com ela. Essas e outras visões povoavam a minha mente, enquanto eu jazia na cama. E, cada vez que a porta se abria, eu perguntava: "Quem chegou?" Meu coração dava pulos dentro de mim e a minha voz era como a de minha mãe durante a sua doença.

Um dia meu pai veio e me disse:

– O médico me falou que você já recuperou as forças.

E eu respondi:

— Então, amanhã mesmo sairei.

Ele franziu a testa:

— Amanhã?... Espere mais dois ou três dias, para que o ar de fora não lhe faça mal, Deus nos livre! Daqui a três dias será o aniversário da morte de sua mãe, então iremos juntos visitar o túmulo dela. E certamente você também encontrará ali o Senhor Mazal — e voltou-se para sair do quarto.

Espantei-me. Como meu pai poderia saber que Mazal estaria lá? Será que eles se haviam encontrado? E se haviam estado juntos em paz, por que Akávia não viera ver como eu estava passando? O que seria então?... Emocionada, meus dentes batiam de tal forma um no outro, que tive medo de estar de novo adoecendo. "E por que Akávia não respondeu à minha carta?", eu gritei. E, de repente, meu coração pareceu parar. Eu não pensava nada, não refletia. Cobri meu corpo febril e fechei meus olhos, dizendo: "Esse dia ainda está longe. Agora dormirei e o bom Deus fará como lhe parecer".

O que aconteceu comigo depois não sei, pois fiquei de cama muitos dias. Quando abri os olhos, vi Akávia sentado numa cadeira e seu rosto iluminava o meu quarto. Ri um riso constrangido e ele também riu, um riso de homem bom. Naquele instante, meu pai entrou no quarto e falou:

— Bendito seja o nome de Deus.

Chegou até mim e me beijou a testa. Estendi-lhe os braços, abraçando-o e beijando-o:

— Meu pai, meu pai, meu pai querido.

Mas ele me impediu de falar mais:

— Controle o seu entusiasmo, acalme-se, Tirtza, espere alguns dias e você falará tudo o que lhe vier à cabeça.

Depois do almoço, veio o velho médico. Acariciando-me as faces, ele me disse:

— Menina valente. Certamente agora você se levantará, e os remédios já não serão necessários.

Keila exclamou do limiar do quarto:

— Que o nome de Deus seja abençoado!

Passara o inverno e eu estava salva.

6

Na noite de sábado em que é lido o capítulo da *Nakhmu*, festejei meu casamento. Umas dez pessoas foram convidadas para a cerimônia, e somente umas dez compareceram. O povo se admirou, pois nunca havia sido feito na nossa cidade, até então, um casamento tão simples. Após o casamento, nós viajamos para uma estação de veraneio, e ficamos na aldeia, na casa de uma viúva. A mulher nos fazia o jantar e o desjejum. No almoço, comíamos na casa do leiteiro. Três vezes por semana chegava carta de meu pai, e eu também lhe escrevia bastante. Em todo lugar em que encontrasse cartões-postais, enviava-os para casa. Akávia não mandava senão lembranças, porém havia sempre, em cada uma delas, um calor novo. Recebemos uma carta de Mintche Gotlib, dizendo-nos que encontrara moradia para nós. Ela desenhara no papel a forma da casa e a disposição de seus quartos, e nos perguntava se deveria ajustar o aluguel para a nossa volta. Passaram-se dois dias sem que lhe respondêssemos. No terceiro, pela manhã, caiu uma chuva forte, com raios e trovoadas. E a dona da casa nos perguntou se deveria acender o fogareiro. Eu ri:

– Pois hoje não é inverno?

E Akávia respondeu à mulher:

– Se o sol juntar o seu calor à luz do fogareiro, será ainda mais agradável. – Depois ele me disse: – Hoje nós responderemos à carta da Senhora Gotlib.

– E o que lhe diremos? – perguntei.

– O que responderemos? – repetiu meu marido. – Eu ensinarei a você a ciência da lógica e você saberá o que responder. A senhora Gotlib nos escreveu uma carta dizendo que encontrou uma moradia para nós, e nós não nos surpreendemos com a carta, pois realmente necessitamos de uma casa, e essa de que ela falou é bela, porque ela é uma mulher de bom gosto, e também nossa amiga, e podemos confiar nela.

E eu disse:

– Então responderei, dizendo que, ao nosso ver, a casa serve.

– Espere um minuto, – disse Akávia – eu ouvi baterem.

Era a dona da casa que viera acender o fogareiro. A mulher trouxe lenha e preparou o fogo. E contou-nos, que ela, seus pais e os pais de seus pais haviam nascido todos naquela aldeia e que, por isso, jamais a deixaria, pois ali nascera, ali crescera e ali haveria de morrer. Seu coração não sabia como pessoas podiam abandonar a cidade natal e errar por lugares distantes no mundo: "Se você possui um lar, honre-o e viva nele. E se você diz que o jardim de seu vizinho lhe agrada, por que não planta também para você um jardim desses? Por que o ar de sua redondeza deve ser ruim e o ar da redondeza de seu amigo deve ser bom?" Meu marido riu do que dizia e comentou:
— Ela está certa.

A chuva parou, mas a terra ainda não estava seca. Em nosso quarto o fogo ardia, e ali ficamos no aconchego do calor. Meu marido lembrou-se:
— Tudo está tão bom, que quase nos esquecemos da casa. Mas, antes, escute minha sugestão e me diga se ela é boa. Você conhece a minha casa. Poderemos morar lá; se ela for pequena, construiremos um cômodo novo.

Então escrevemos a Mintche Gotlib uma carta de agradecimento pelo trabalho que tivera, e avisamos meu pai sobre o que havíamos decidido. Ele não concordou, pois a casa de Akávia era uma casa de camponeses. Assim mesmo, meu pai a reformou e construiu um quarto novo para nós.

Passou um mês e nós voltamos. Gostei de minha casa, embora ela não fosse diferente de todas as casas de camponeses, a não ser por um certo ar especial. Ao chegarmos, um vaso com flores e um bolo fresco, que Mintche havia trazido, perfumavam o ambiente. Os quartos eram bonitos e bons, pois havia ali a mão de uma mulher inteligente que os havia enfeitado. Também fora construído o quarto da empregada, sem que tivéssemos uma. Meu pai mandou-nos Keila, mas eu a mandei de volta. E nós passamos a comer na casa dele até que encontrássemos uma moça para nos servir. Chegávamos para o almoço e voltávamos só à noite.

No dia seguinte ao feriado, meu pai viajou para a Alemanha, não só para concluir negócios com fregueses, como também para consultar os médicos de lá, que o enviaram à cidade de Wiesbaden. Então Keila veio à nossa casa para ficar comigo.

Depois que encontramos uma empregada, Keila voltou para a casa de meu pai. A moça vinha só duas ou três horas por dia, não para ficar o dia todo. E eu fiquei preocupada em como iria arcar sozinha com o trabalho doméstico. No entanto, cheguei à conclusão de que era melhor uma empregada por algumas horas do que uma durante o dia todo, pois, tão logo ela terminava seu trabalho, ia embora, e já não havia quem viesse me atrapalhar quando eu tivesse vontade de conversar com meu marido.

O inverno voltou. E em nossa casa havia lenha e batatas. Meu marido escrevia o seu livro sobre a história dos judeus da cidade, eu cozinhava comidas boas e apetitosas. Depois da refeição, saímos para passear ou ficávamos em casa, lendo. A Senhora Gotlib costurou um avental para mim. E Akávia, vendo-o, me chamou de dona-de-casa, o que me deixou muito feliz.

Nem todas as horas, porém, são iguais. Comecei a aborrecer-me com a cozinha. À noite, passava manteiga no pão e o dava ao meu marido e, ao almoço, se a empregada não cozinhasse, não comíamos. Eu detestava cozinhar, mesmo que fosse uma refeição leve. Um dia, a empregada não veio e eu fiquei no quarto de meu esposo, porque só havíamos acendido um fogareiro naquele dia. Eu estava inerte qual uma pedra. Sabia que meu marido não trabalharia por eu estar em seu quarto, pois estava acostumado a realizar o seu trabalho sem ninguém por perto, assim mesmo não me mexi nem saí do lugar, pois não conseguia levantar-me. Tirei minhas roupas ali mesmo, no seu quarto, e pedi que ele as arrumasse, tremendo de medo que se aproximasse de mim, pois eu sentia muita vergonha. A Senhora Gotlib disse:

— Passarão os três primeiros meses e seu ânimo há de voltar.

Eu não tinha paz, e meu marido estava infeliz comigo. Na verdade, ele nascera para ser solteiro, e eu lhe havia tirado o sossego. Eu queria morrer, pois me julgava um empecilho para Akávia. Eu rezava dia e noite para que Deus me desse uma filha que se preocupasse com todas as suas necessidades depois de minha morte.

Meu pai havia voltado de Wiesbaden. Ele abandonara seu trabalho, e trabalhava duas ou três horas por dia com o homem que havia comprado o seu negócio, apenas para não ficar sem fazer nada. Todas as noites vinha à nossa casa, menos nas noites de chuva, pois os médicos o haviam proibido de sair em dias úmidos. Sempre que vinha, trazia ou laranjas ou uma garrafa de vinho ou um livro de sua estante para presentear meu esposo. E nos contava as novidades do dia, pois meu pai lia muito jornal. Às vezes perguntava ao meu marido sobre o seu trabalho, e este se sentia confuso ao falar com ele. Outras vezes, contava sobre as cidades grandes que conhecera em suas viagens, e Akávia o escutava como um filho de camponês. Era este o estudante que viera de Viena e contara à minha mãe e seus a pais as maravilhas da capital?...Como me alegrava que eles conversassem! O que eles diziam me lembrava as conversas de Jó com seus amigos. Um falava e o outro respondia, e assim passavam a noite toda, comigo ao lado vigiando a fim de intervir em uma eventual discussão entre os dois. A criança que estava dentro de mim crescia dia a dia, e era o meu assunto cotidiano. De vez em quando, vinha a parteira para ver como eu estava passando. Eu era quase mãe.

O frio da noite envolvia tudo no universo. Nós permanecíamos em nosso quarto, onde havia luz e calor. Num certo momento, Akávia largou os seus escritos, aproximou-se de mim e me abraçou. E cantou uma canção de ninar. De repente, uma nuvem perpassou o seu rosto, e ele se calou. Não perguntei o porquê daquela nuvem, e fiquei contente por meu pai ter chegado. Ele me deu um sapatinho de pano e uma touca vermelha, como presente para o nenê. "Obrigada, avô!" eu gritei como uma criança. Sentamo-nos à mesa e comemos o jantar. E até meu pai concordou, naquela noite, em comer o que foi feito por minhas mãos. E falávamos na criança que iria nascer. Por um instante, olhei o rosto de meu pai, depois o de meu marido. Vendo os dois homens, tive vontade de chorar, chorar no peito de minha mãe. Será que isso fora causado pela nuvem na face de meu marido, ou será que era uma coisa própria de mulher? Meu pai e meu marido me iluminavam, eles se pareciam um com o outro, tanto em seu amor como em suas paixões. Setenta rostos para odiar e uma face para amar...

Então eu me lembrei do filho do irmão de Gotlib, quando Gotlib fora à casa do irmão, e a mulher de seu irmão estava com seu filho, e Gotlib tomara a criança nos braços e dançara com ela. E depois, quando o irmãozinho chegara, olhara para eles, virara-lhes o rosto e, estendendo as mãos para a mãe, chorara em seu peito.

E aqui acabam estas minhas recordações. Em meu quarto, à noite, enquanto meu marido faz o seu trabalho, eu, temendo incomodá-lo, sento-me sozinha e escrevo minhas memórias. Muitas vezes me perguntei: "Para que estou escrevendo? Que novidades tenho a contar? E quais as lembranças que hei de deixar?..." E eu mesma respondo: "Para que eu encontre paz ao escrever". E, por isso, escrevi tudo o que está registrado neste livro.

FERENHEIM

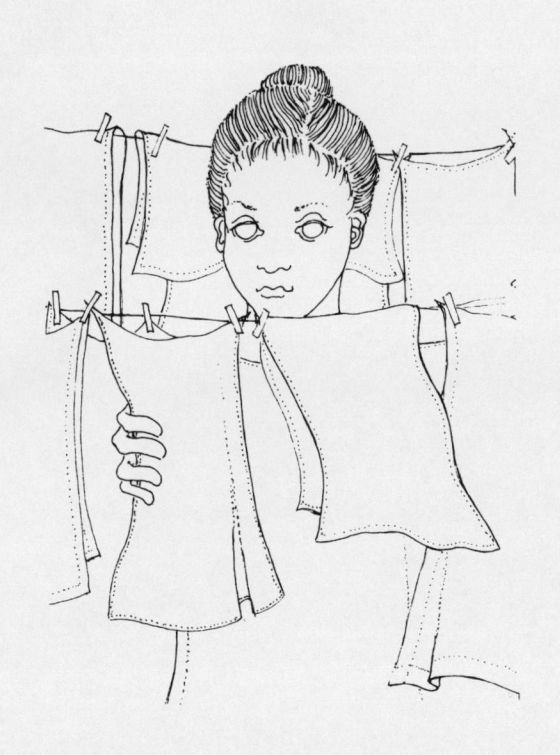

Quando retornou encontrou a sua casa trancada. Depois de haver tocado a campainha uma e duas vezes e depois uma terceira, a zeladora apareceu, pôs as mãos no estômago, inclinou a cabeça sobre o ombro e permaneceu boquiaberta por um instante:

— Bem! – disse ela – a quem estou vendo?... O Sr. Ferenheim! Louvado seja Deus! É o Sr. Ferenheim que voltou! Então por que disseram que não voltaria? Tocar a campainha tantas vezes é realmente inútil, pois a casa está vazia e não há ninguém para abri-la. A Sra. Ferenheim saiu, trancou a casa e levou as chaves. Ela não imaginava que haveria alguma necessidade de chaves, como agora, por exemplo, que o Senhor Ferenheim voltou e quer entrar em sua casa.

Ferenheim sentiu que era preciso dizer algo para que a mulher não o inundasse com mais escárnios. Tentou falar, mas apenas gaguejou uma resposta insuficiente. A zeladora continuou:

— Depois que o bebê morreu, veio a Sra. Steiner, sua irmã, junto com o Sr. Steiner. Eles levaram a Sra. Ferenheim com eles para a sua residência de verão. Meu filho Franz, que ajudou a carregar as malas, ouviu que os Steiners planejavam permanecer na aldeia até as grandes festas judaicas de fim de verão, exatamente antes do outono, e eu suponho que também a Sra. Ferenheim não voltará à cidade antes disso. Por que teria ela que se apressar, agora que o bebê morreu? Por acaso ele precisa de um jardim de infância?... Pobre pequenino, foi emagrecendo, emagrecendo até a morte.

Ferenheim apertou os lábios com força. Por fim, acenou para a zeladora e deu-lhe uma moeda que tirou do bolso do paletó. Depois voltou-se e foi embora.

Passou dois dias na cidade. Não deixou de visitar nenhum café, nem deixou de conversar com todos e com cada uma de suas amizades. Foi também ao cemitério, ao túmulo de seu filho. No terceiro dia, penhorou o presente que havia comprado para a esposa, dirigiu-se à estação ferroviária e comprou uma passagem de ida e volta para Lüchenbach, a aldeia onde Hans Steiner seu cunhado, possuía uma casa de campo. Fora lá, há anos atrás, que Ferenheim encontrara Inge, quando ele era muito amigo de Karl Neiss, que o havia levado para conhecê-la. Karl Neiss não havia imaginado, então, o que ia sair de tudo aquilo.

2

Quando Ferenheim entrou na propriedade, Gertrudes, sua cunhada, estava no terraço, à frente de uma cesta de roupa, dobrando a roupa branca que havia tirado do varal. Ela o recebeu educadamente e serviu-lhe um copo de limonada, porém, sem o menor sinal de alegria, como se ele não tivesse voltado de um campo de prisioneiros e não houvessem passado anos sem que o tivesse visto. Quando ele lhe perguntou onde estava Inge, ela pareceu admirada, como se aquela fosse uma pergunta pessoal. Finalmente, quando ele olhou para a porta que se abria para um outro quarto, Gertrudes disse-lhe:

— Você não pode entrar; a cama de Sigebert está lá. Você se lembra de Sigebert, o meu filho temporão?

Tão logo mencionou Sigebert, ela sorriu por ter chamado Sige de "temporão", quando, naquele momento, uma nova criança brotava no seu ventre.

Enquanto Gertrude falava, Sigebert apareceu. Gertrude afagou a cabeça do garoto, arrumou-lhe as mechas que caíam sobre a testa e advertiu-o:

— Mudou de lugar de novo? Então eu não lhe disse que não empurrasse a cama? Mas você, Sigebert, você não presta

atenção, você foi e mudou a cama de novo. Você não deveria ter feito isso, meu filho.
O garoto ficou meditando sobre qual cama sua mãe estava falando. E se ele havia mudado o lugar dessa tal cama, por que não poderia tê-lo feito? Em primeiro lugar, porém, e não havia nenhuma cama. E se realmente houvesse uma e ele a houvesse mudado de lugar por alguma razão, sua mãe deveria sentir-se orgulhosa, porque ele estaria suficientemente grande e forte para mudar o lugar de uma cama se o quisesse! Tudo o que sua mãe dizia, no entanto, parecia estranho, porque não havia cama alguma. Sigebert franziu o rosto ao pensar no que lhe estavam atribuindo, mas decidiu aceitá-lo, como se houvesse uma parte de verdade no que sua mãe dissera.

Ferenheim percebeu logo que não havia nenhum impedimento no caminho, mas, por respeitar Gertrude e não querer fazê-la passar por mentirosa, não abriu a porta.

"Hans precisa ser avisado de que Ferenheim está aqui", pensou Gertrude, "Mas, se eu deixar Ferenheim sozinho, ele poderá abrir a porta, atravessar o quarto e ir diretamente ao aposento de Inge; e não será nada bom que ele a veja antes de conversar com Hans. De qualquer modo, não é bom que ele tenha vindo justamente hoje, com Inge sentada lá, esperando pela vinda de Karl Neiss. Talvez Neiss já tenha chegado, talvez já esteja com Inge. Não há necessidade alguma desses dois se cruzarem um com o outro, justamente no quarto dela".

Ela olhou Sigebert ali parado. E disse:
– Chame papai e diga a ele...
Ferenheim estendeu os braços para o menino e começou a falar-lhe com carinho:
– Quem está aqui? Oh, é o jovem Steiner, filho de StarKraut & Steiner. O que é isso, Sigebert, você nem diz "olá" ao seu querido tio, o tio Werner? Você nem se sente alegre com a volta dele da prisão onde o inimigo o manteve vivo junto com víboras e deu-lhe veneno de cobra para beber? Venha, Sige, meu querido, deixe-me beijá-lo.

Ele agarrou o garoto, suspendeu-o e o beijou na boca. Sigebert franziu os lábios e enrubesceu. Ferenheim puxou a metade de um cigarro, acendeu-o com o isqueiro e disse ao menino:

— Você não quer apagar o fogo? Abra a boca e assopre; a chama desaparece como por si mesma.

Gertrude dirigiu-se ao filho:

— Vá, querido, e diga a seu pai que o tio Werner chegou e gostaria de vê-lo.

Enquanto Sigebert estava saindo, ela o chamou de volta. Queria prevenir o garoto para não contar a ninguém, muito menos à tia Inge, que Ferenheim havia chegado, antes que ele informasse primeiro ao pai dele. Mas, sentindo que era impossível falar na frente de Ferenheim, mandou-o novamente embora.

Sige parou, esperando que a mãe o chamasse de volta como fizera da primeira vez. Vendo, no entanto, que ela permanecia silenciosa, afastou-se.

— Papai, papai — gritou ele — mamãe está te chamando. Há um homem aqui.

— Quem está aí? — perguntou Steiner, lá do sótão.

— Um homem — repetiu a criança sem acrescentar mais nada.

— Vá e diga à mamãe que já estou indo.

— Eu não quero — disse a criança.

— Você não quer o quê? — perguntou o pai.

— Não quero procurar a mamãe.

— Por que você não quer procurar a mamãe?

— Porque não.

— Por que o quê?

— Aquele homem.

— O que há com o homem?

— Não sei.

— Você está agindo como um teimoso, Sige, e eu não gosto de pessoas teimosas.

O menino afastou-se chorando.

Ferenheim sentou-se, assim como Gertrudes e, enquanto ela dobrava a roupa de cama, ele pendurava um toco de cigarro entre os lábios. Ela se mantinha em total silêncio, enquanto ele se admirava consigo mesmo por sentar-se ao lado da irmã de sua mulher e não dizer absolutamente nada. Ela aguardava a chegada do marido e ele fumava furiosamente.

O toco de cigarro já quase desaparecera, e Ferenheim ainda o conservava entre os lábios. "Vejo", pensou Gertrudes, "que a nova lavadeira trabalha bem. O lençol está brilhando de branco. Entretanto, ainda precisa ser esfregado. A volta de Werner não é nada boa. Porém, agora que ele voltou, talvez se poderá chegar ao fim desse assunto. As toalhas brilham mais do que os lençóis, mas as pontas estão esfarrapadas. Provavelmente, a lavadeira esfregou duas toalhas como se fossem uma só. O que é isso? Manchas de pomba? Será que ela não sabe que tem que limpar o varal antes de pendurar a roupa? Hans ainda não chegou, e não consigo decidir-me se devo convidar Werner para o almoço, pois já convidamos Karl Neiss. Mas, para que ele não se sinta ofendido, servirei outro copo de limonada. Ele já pediu um cinzeiro. Já jogou a ponta do cigarro no jardim".

3

Os passos de Hans Steiner ressoaram, e o aroma do fino charuto em sua boca penetrou em todo o quarto. Tinha um ar zangado, que sempre aparentava quando precisava de aparecer diante de um estranho. Tão logo chegou e viu Ferenheim, sua fúria contida duplicou. Alisando o bigode e entreabrindo os lábios, murmurou:
— Você está aqui?
Ferenheim estendeu a mão num gesto de saudação e tentou aparentar alegria:
— Você acabou de dizer uma grande verdade, Hans.
Hans apresentou-lhe duas pontas de dedo e disse algo pouco audível, quase sem mover os lábios ou a língua.
— Então você voltou...
Ferenheim replicou jocosamente:
— Realmente, devemos admitir que é isso...
— Quando é que você voltou?
— Quando voltei?... Voltei há dois dias; para ser exato, há três dias.
Hans sacudiu as cinzas do charuto no copo de limonada e disse:
— Você está aqui há três dias. Então tenho a certeza de que encontrou algumas pessoas conhecidas.
— Então?... — insistiu Ferenheim enfaticamente.

— Se você encontrou conhecidos — continuou Hans — talvez deva ter ouvido algumas coisas por aí.
— Que espécie de coisas?...
— As que dizem que algo neste mundo mudou.
— Eu sei — disse Ferenheim — muita coisa mudou. Escrevi que iria chegar num determinado dia, numa certa hora, num certo trem; e quando cheguei, encontrei a estação vazia. Ou melhor, não estava realmente vazia. Ao contrário, havia uma multidão de pessoas barulhentas que tinham ido recepcionar os irmãos, filhos e maridos que voltavam da guerra; porém, para receber Werner Ferenheim, que derramou seu sangue nesta guerra, que foi prisioneiro do inimigo, que passou um ano na prisão, não havia ninguém.

Steiner ergueu a cabeça, olhando Ferenheim de cima para baixo.

— Na sua opinião, Werner, quem deveria ter ido?
— Que o céu me perdoe se eu pensei em você — respondeu ele — sei que o Sr. Steiner é uma pessoa importante, um homem preocupado com sérios negócios, tão sérios que até o isentaram dos deveres militares. No entanto, há alguém aqui que, se tivesse ido receber seu marido, não teria agido modo algum com estranheza. O que é que você pensa que aconteceria, Hans, meu cunhado, se Inge tivesse ido? Isso lhe parece de tal modo irracional?

Steiner tentou sorrir; porém, como não estava acostumado a isso, seu rosto assumiu um ar de surpresa. Fez um sinal com a mão esquerda, olhou para as unhas, e disse:

— Se meus ouvidos não estão mentindo, Inge deveria ter corrido à estação a fim de encontrá-lo. É isso, não é, Werner?
— Por que você está tão surpreso? — perguntou Ferenheim — Não é normal uma esposa receber o marido que volta de um país distante? E de que país longínquo estou voltando! Qualquer um, em meu lugar, teria morrido cem mortes até agora e não teria conseguido sobreviver para ver o rosto de seus queridos.

De repente ele levantou a voz e perguntou asperamente:

— Onde está Inge?

Steiner olhou firmemente para o cunhado e então voltou os olhos para trás. Depois olhou para ele outra vez e calmamente derrubou a cinza de seu charuto:

– Inge é responsável por si mesma; nós não atrapalhamos os seus passos. E deixe-me aconselhá-lo, Werner: não se meta em sua vida.

Gertrude continuava pensando: "Isto que é um homem, isto que é um homem. É um homem que sabe lidar com qualquer um. Hoje à noite eu lhe contarei meu segredo – que tenho uma nova criança pronta para ele. Porém agora vou deixá-los a sós".

O branco dos olhos de Ferenheim avermelhou-se como se tivesse sido picado e o sangue estivesse escoando aos poucos:

– A que você se refere quando diz "não se meta em sua vida"? Parece-me que eu ainda tenho alguma autoridade sobre ela.

Gertrudes levantou-se para sair.

– Sente-se, Gertrudes – disse Hans. – Se você não quer ouvir o que ele tem a dizer, talvez queira ouvir o que eu tenho a dizer. Agora você, Werner, ouça. Se ainda não contou a si mesmo, eu lhe contarei. O mundo que você deixou para trás, quando foi para a guerra, transformou-se; e o objeto principal do nosso assunto também mudou. Eu não sei o quanto tais fatos podem parecer-lhe claros e também não sei se poderá considerá-los agradáveis. Se quiser, estou pronto a dar-lhe explicações.

Ferenheim levantou os olhos e experimentou olhar fixamente para o cunhado, cujo rosto, naquele momento, não possuía nada de agradável. Depois abaixou a cabeça e os olhos e sentou-se desanimado.

De súbito, Steiner gritou:

– Não há um cinzeiro aqui? Perdoe-me, Gertrudes, se eu digo isto. Mas aqui, neste canto, deveria sempre haver um cinzeiro.

Gertrudes levantou-se e trouxe um cinzeiro.

– Muito obrigado, Gertrudes, a cinza já havia caído no tapete. Sobre que estávamos falando?... Você quer uma explicação, Werner. Neste caso, deixe-me começar pelo começo. Era uma vez a filha de uma abastada família, que estava destinada a um certo homem, só faltava realizar-se a cerimônia. A situação foi evoluindo, e uma certa pessoa começou a freqüentar a companhia deste homem. O que estava comprometido com a moça desapareceu, e o outro começou a cortejá-la, até que finalmente a conquistou, casando-se com ela. Por que conseguiu ele conquistá-la e por que ela se casou com ele?... Isto eu deixo para decifradores de enigmas. Não sei o porquê. E mesmo você, Werner, se olhar bem para si mesmo, também não poderá saber, uma vez que o par não era um par desde o início. O que aconteceu, aconteceu. Entretanto, não é necessário de que seja assim eternamente. Você compreende, meu caro, para onde as coisas estão tendendo?... Não compreende?... É surpreendente, pois estou falando com tanta clareza!...

– E essa é a única razão? – disse Werner.

– Por acaso, o que eu disse parece trivial? – replicou Hans.

– De qualquer maneira – observou Werner – eu gostaria de saber se esse é o único motivo.

– Esse motivo ou outro motivo – disse Hans.

– E qual é o outro motivo? – perguntou Werner.

Steiner não respondeu. E Ferenheim insistiu:

– Eu lhe peço, diga-me: qual é o outro motivo? Você diz que há uma outra razão. Qual é?

– O que você chama de outro motivo – disse Steiner – é também algo completamente insólito.

– E se eu quiser saber? – perguntou Ferenheim.

– Se você quiser saber, eu lhe contarei.

– Bem?

– Bem, o rapaz do qual a jovem estava noiva foi encontrado vivo, e nós confiamos em que você não irá continuar opondo obstáculos. Veja, Werner, que eu não o estou acusando nem de desvio de dinheiro nem de difamar o nome da firma.

Ferenheim sussurrou:

– Karl Neiss está vivo?...

– Vivo – repetiu Steiner.

– Então já houve a ressurreição dos mortos?... Eu mesmo, todos os que estavam comigo, todos nós vimos uma montanha desabar sobre ele, e nunca ouvi dizer que ele tenha sido retirado das ruínas. Hans, meu caro, você está brincando comigo. E mesmo que o tivessem retirado, não é possível que ele tivesse saído vivo. Diga-me, Hans, o que o levou a dizer-me tal coisa? Não seria...

— Minha profissão não é a de contador de histórias — prosseguiu Steiner — por isso eu lhe afirmo: Karl está vivo, e bem vivo, e saudável. Além disso, deixe-me acrescentar: Inge está contando com que você não se constituirá numa barreira entre eles. Quanto ao fato de você chegar de mãos vazias, levaremos isso em consideração: nós não o mandaremos volta de mãos vazias. Ainda não fixei uma quantia definitiva, mas de qualquer modo, pode estar certo que ela será suficiente para firmá-lo em seus pés, a menos que você queira ficar sem fazer nada.

— Você não me dará licença para ver Inge? — pediu Ferenheim.

— Se Inge quiser vê-lo — disse Steiner — nós não a impediremos.

— Onde está ela?

— Se não saiu para passear, está sentada em seu quarto.

— Sozinha? — perguntou Ferenheim zombeteiro.

Steiner não captou a ironia e respondeu calmamente:

— Ela pode ou não estar sozinha. Inge é independente para fazer o que mais lhe agradar. De qualquer modo, podemos perguntar-lhe se ela quer ou não receber visitas. O que é que você acha, Gertrudes? Devemos mandar Sige perguntar-lhe? O que há com Sige, que estava agindo tão teimosamente? Não fazer nada não faz bem para ninguém, especialmente para crianças.

4

Inge recebeu Ferenheim amavelmente. Se não soubéssemos o que sabemos agora, pensaríamos que estava contente em vê-lo. Uma nova luz, uma profunda satisfação brilhava em seus olhos. Felicidade é realmente algo maravilhoso: mesmo quando não é dirigida a você, é possível gozar de sua luminosidade. Naquele momento, tudo o que ele tinha a dizer foi esquecido. Sentou-se, olhando-a silenciosamente.

— Onde você esteve todos estes anos? — perguntou ela.

— Isto eu sei perfeitamente bem — disse Werner — porém, se você me perguntar onde estou agora, duvido que possa responder.

Inge sorriu, como se tivesse ouvido uma piada.

Werner mexeu-se e remexeu-se desconfortavelmente em sua cadeira, levou a mão até as narinas, cheirando as unhas, que estavam amarelas de tanto fumar. E admirou-se por todos aqueles anos em que se mantivera afastado de Inge. Agora estava sentado diante dela, inclusive olhando-a, enquanto ela também o olhava, porém nenhum dos pensamentos que enchiam seu coração chegavam aos lábios, apesar de que seu coração estar pressionando-o a dizer algo.

– Fale – disse Inge – estou ouvindo.

Werner enfiou a mão no bolso e começou a procurar. Mas o presente que comprara para Inge fora penhorado para as despesas de viagem a Lüchenbach. Ele sorriu dolorosamente:

– Você quer saber o que eu fiz durante todo esse tempo?

Ela assentiu com a cabeça:

– Por que não?...

Tão logo começou a falar, percebeu que ela não estava prestando atenção.

– E como os búlgaros trataram você? – perguntou Inge.

– Os búlgaros?... Os búlgaros foram nossos aliados.

– Mas você não foi prisioneiro de guerra? Pensei ter ouvido dizer que você havia sido capturado.

– Fui prisioneiro de guerra dos sérvios. Você não está distinguindo entre amigo e inimigo – respondeu Ferenheim, acrescentando: – Ouvi dizer que ele voltou.

O rosto de Inge enrubesceu, e ela não disse nada.

– Você suspeita que eu o tenha enganado propositalmente quando cheguei e disse ter visto Karl Neiss enterrado num monte de terra. Eu estava pronto a contar uma centena de mentiras a fim de conquistar você. Mas aquilo que eu dizia era verdade.

– Verdade e não verdade... – disse Inge.

– Como assim?... O que há de inverdade nisso?

– É verdade que um desabamento de terra caiu sobre ele, porém não o enterrou.

– Então onde é que ele esteve todos esses anos? – perguntou Werner.

– Isto já é uma longa história.

– Você não quer contar-me – disse Werner – com medo de que eu fique muito mais tempo em sua companhia.

– Eu não estava pensando nisso.

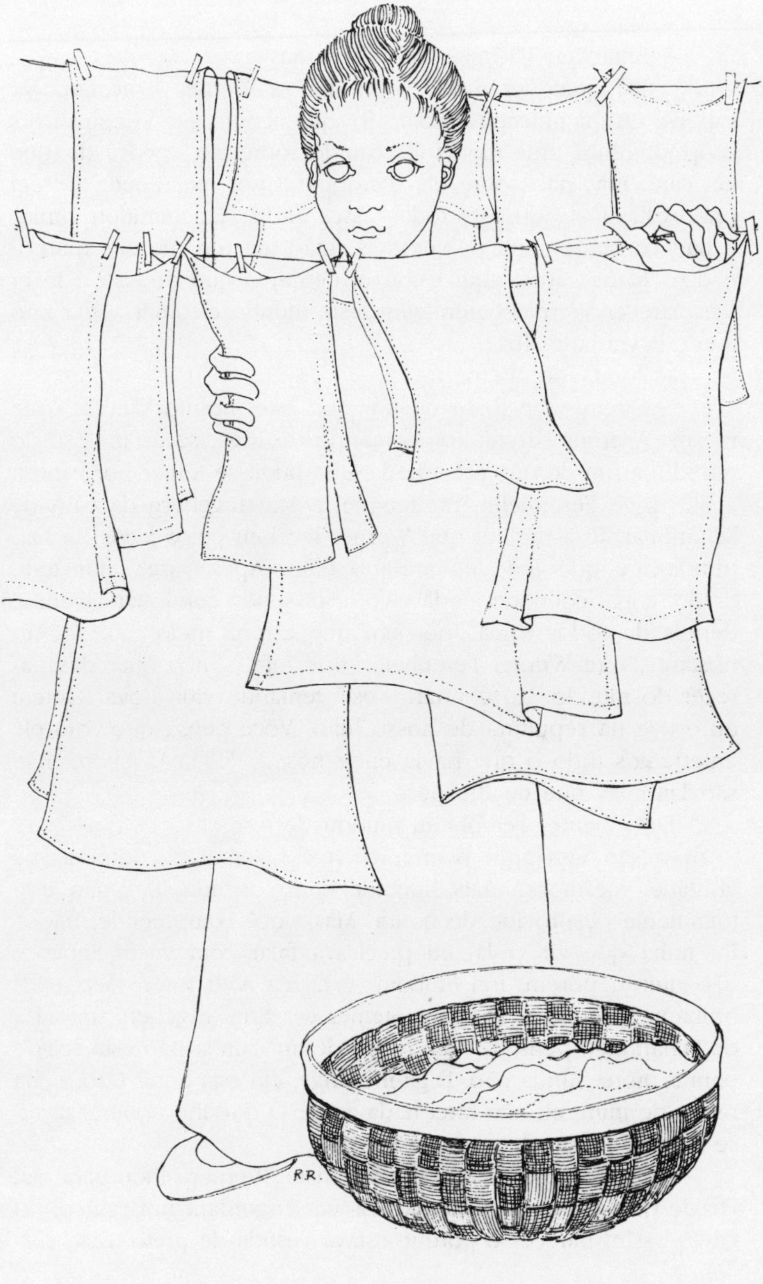
RR.

— Mas, então...

— Então eu não sei contar histórias

— De qualquer modo — continuou Werner — gostaria de saber o que aconteceu e como foi que aconteceu. Vi com meus próprios olhos uma montanha caindo sobre ele, e você diz que ela caiu, mas não sobre ele. Perdoe-me por me repetir, porém onde estava ele durante todos esses anos? Não mandou cartas, e não constava entre os vivos. E então, de repente ele aparece e diz: "Meus caros, aqui estou e, agora, o que preciso é fazer desaparecer Werner Ferenheim deste mundo e tomar a sua mulher". É verdade, Inge?

— Por favor, Werner.

— Quem sabe fosse melhor que este mesmo Werner, este mesmo Werner Ferenheim, o marido de Inge, se arrancasse do mundo, a fim de que o Sr. Karl Neiss pudesse tomar por esposa a Sra. Inge Ferenheim, perdoe-me, a Sra. Ingeberg da casa de Scharkmat. Esta mulher que Werner recebeu pelos laços do matrimônio e que lhe deu até um filho. Apesar de Deus tê-lo tirado, o pai continua ainda vivo, e pretende continuar vivendo, depois de todos estes anos em que esteve meio morto. Não obstante, este Werner Ferenheim, este infeliz, não quer desaparecer do mundo. Ao contrário, está tentando vida nova. Ontem eu estive na sepultura de nosso filho. Você pensa que com ele enterramos tudo o que havia entre nós?... Não, não chore, não são lágrimas que eu lhe peço.

De repente, Ferenheim mudou de tom.

— Não vim aqui para forçá-la a fazer algo contra a sua vontade. Mesmo o mais humilde entre os humildes não está totalmente desprovido de honra. Mas, você compreende, não?... Eu tinha que vir vê-la, eu precisava falar com você. Se você não quiser, porém, irei embora. E talvez meu futuro seja mais brilhante do que o Sr. Hans Steiner e a Srta. Ingeberg, da casa de Scharkmat, pensam. Meu negro destino ainda não está selado para sempre. Ainda não. Diga-me, Inge, ele está aqui? Não tenha medo de mim, eu não farei nada a ele. O que lhe poderei fazer, se mesmo montanhas não o fizeram?...

Inge permaneceu silenciosa e triste. Werner olhou para ela. Desde que a vira pela última vez, ela engordara um pouco; ou talvez assim parecesse porque estava vestida de preto. Esse vestido negro que ela usava combinava com seu cabelo louro e brilhante. O branco de seu pescoço brilhava, porém o brilho que emanava de seus olhos já desaparecera. Ferenheim sabia que a alegria não tinha sido por sua causa, por ele haver voltado do campo de prisioneiros, mas devia-se à pronta chegada de Karl Neiss. E mesmo que, a princípio, ele se sentira amargurado por causa daquela alegria, ela o alegrava. E agora que a alegria a abandonava, seu coração se encheu de piedade por ela.

Ele olhou de novo para ela. Permanecia curvada, com o rosto entre as mãos úmidas de lágrimas. De súbito, ergueu-se alarmada, como se lhe houvessem tocado no ombro. E estendeu as mãos, como a defender-se de algo, e o olhou com raiva.

— Bem, eu partirei — disse ele.
— Adeus, Werner.
Ele voltou:
— Você não vai me estender sua mão?...
Ela deu-lhe a mão em despedida. Apertando-a, Ferenheim disse:
— Antes de ir, deixe-me contar-lhe uma coisa.
Ela retirou a mão, erguendo os ombros em recusa.
— Talvez valesse a pena você prestar atenção em mim. Mesmo que não seja por este Werner que está aqui de pé, como um convidado indesejável, mas por amor daquele Werner que teve a graça de ficar sob o pálio nupcial com Ingeberg. Entretanto, se recusar, eu não a forçarei. E agora...
— E agora, adeus — disse Ingue.
— Então assim seja. Adeus, Ingeberg, adeus.
Ele voltou-se para sair, e parou.
Ela o olhou, imaginando por que não ia embora.
— De qualquer maneira — disse Werner — parece-me bem estranho que você não queira ouvir um pouco do que eu passei.
— E você já não me contou?...
— Quando comecei a contar-lhe, seus ouvidos já estavam em outro lugar.
— Meus ouvidos estavam no lugar certo, você é que não disse nada. Realmente, eu não me recordo de você haver contado o que quer que fosse.
— Gostaria que eu lhe contasse agora? — perguntou Werner.

– Você já deve ter contado a Hans ou Gertrudes, ou a ambos – retrucou ela.
– E se o fiz?...
– Se o fez, eles me contarão – disse Inge.
– Se é como eu compreendo, chegamos ao ponto – disse Werner. – Você não quer realmente me ouvir.
– E por que não? Já lhe disse que Gertrude ou Hans me contarão. É claro que eu quero ouvir.
– E se eu mesmo lhe contar?
– Que horas são? – perguntou Inge.
Werner sorriu:
– Não há um provérbio que diz que o homem feliz está acima do tempo?...
– Não sei que resposta dar a esse tipo de pergunta.
– E você está pronta a responder a outras perguntas? – acrescentou ele.
– Isto depende das perguntas. Mas agora minha cabeça está doendo, e eu não posso me prolongar. E, de qualquer maneira,...
– De qualquer maneira, o quê?...
– Você tem um modo diferente de deter-se em cada palavra – disse Inge.
– Parece-lhe estranho que, depois de todos esses anos sem tê-la visto, eu não seja tocado pelo que você diz?
Inge apertou as têmporas:
– Minha cabeça, minha cabeça. Não seja difícil, Werner, peço-lhe que me deixe só.
– Já estou saindo – disse ele. Você está olhando para meus sapatos?... Eles estão velhos, porém confortáveis nos meus pés. E você está bem na moda, com o cabelo cortado. Não posso dizer que não esteja atraente, mas quando o seu cabelo estava comprido era mais bonito. Quando foi que o bebê morreu? Estive no seu túmulo, vi a lápide, mas esqueci a data. Você está chorando?... Meu coração também está, porém eu me contenho. Se você olhar para meus olhos, não encontrará sequer uma única lágrima. Diga à pessoa que está batendo na porta que você não pode levantar-se para abrir, pois está com dor de cabeça. Sige, você está aí? Que tem para dizer, Sige? Venha

cá, querido, vamos fazer as pazes. Que é que você tem na mão? Você faz parte do correio, não é, meu caro sobrinho? Sige passou um bilhete para a tia e saiu.

Inge apanhou o bilhete enquanto olhava para Werner com o sobrecenho carregado, tentando com esforço compreender por que razão ele não ia embora. Já deveria ter ido há muito. Depois de algum tempo ela parou de pensar nele, começando a dizer para si mesma: "Eu tenho que sair, eu simplesmente tenho que sair, me é impossível não ter que sair, cada minuto perdido é precioso".

Seu pensamento voltou-se mais uma vez para Ferenheim: "Será que ele não consegue ver que eu tenho que ir?" E olhando-o, disse-lhe:

– Perdoe-me, Werner, estou sendo chamada e tenho que ir.

– Como é que você sabe que a estão chamando? O bilhete ainda está dobrado em sua mão e você nem sequer olhou para ele.

Inge sacudiu os ombros. Parecia que ela anulara sua própria vontade diante da dele e que lhe era indiferente ficar ou sair. Seus olhos pareceram apagar-se, e seus cílios caíram sobre eles.

– Você está cansada? – sussurrou Werner.

Inge abriu os olhos.

– Não, não estou.

Werner foi tomado de novo ânimo:

– É bom que você não esteja cansada e que nós possamos sentar e conversar um com o outro. Você não pode imaginar como ansiei por este momento. Se não fosse pela esperança de revê-la, eu já teria morrido há muito tempo. Vejo agora que toda aquela espera não era nada comparada a este exato momento em que você e eu estamos sentados, um diante do outro, como se fôssemos um só. Não tenho palavras para definições, mas creio que você pode ler no meu rosto. Veja, minha querida, como meus joelhos se dobram e ajoelham-se diante de você. Eles se dobravam assim todas as vezes em que eu pensava em você. Como estou feliz em estar novamente aqui sob o mesmo teto. Não sou um homem eloquente, porém eu lhe digo: desde o momento em que cruzei a soleira da sua porta, minha alma agitou-se como naquele dia em que você pousou a sua mão sobre a minha e concordou em tornar-se minha esposa. Lembra-se daquele instante em que pousou sua cabeça no meu rosto, enquanto nos sentávamos juntos como uma única pessoa, sua mão na minha?... Seus olhos estavam cerrados tais como os meus, assim como eu os cerro agora para que voltem a mim todos os acontecimentos daquele dia incomparável. Jogue fora o bilhete, Inge, e dê-me a sua mão. Meus olhos estão fechados, porém meu coração sente como você é boa, como você é generosa para mim.

Inge sacudiu os ombros e saiu. Ferenheim abriu os olhos.
– Inge! – gritou ele.

Inge, porém, desaparecera, e ele estava só. "E agora?" pensou. "Agora não tenho escolha alguma senão deixar este lugar. Está claro, porém, que tudo o mais já está em outro plano, como o meu ilustre cunhado costumava dizer".

Sua mente estava vazia de pensamentos, e sua tensão anterior começava a dissolver-se. Mas os dedos e as solas dos pés queimavam, e os sapatos que ele dissera serem confortáveis, já não o eram mais.

Pôs a mão no bolso e tirou a passagem: uma metade tinha-lhe servido para visitar sua mulher, e a outra lhe permitir-ia voltar. Segurando o bilhete na mão, pensou: "Agora irei para a estação ferroviária e partirei. E se acaso tiver perdido o trem da tarde, tomarei o da noite. Não são somente os felizes que pairam acima do tempo, mas os infelizes também. Todos os momentos não contam para a infelicidade".

Ele ainda permaneceu um pouco no aposento que Inge havia deixado. Depois voltou-se na direção da saída. Deu ainda uma olhada ao redor do quarto. E partiu, fechando a porta.

O APAIXONADO, O ABANDONADO, O JUSTO

Sérgio Coelho

1. Entre o Sonho e o Sonho

Incitado pela amada a definir a si mesmo, Hemdat, o alter-ego de Agnon em *Colina de Areia* e *Noites*, propõe:

Sou um príncipe adormecido, cujo amor o acordou para um novo sono. Eu sou um mendigo do amor, de mochila rasgada, e que coloca o amor dentro dela.

Quase uma arte poética, a frase, com simplicidade hassídica, coloca alguns temas básicos de Agnon: o amor não como opção de fantasia a uma dura realidade (angústia do protagonista de *A Vida É Sonho* de Calderon) mas como um sonho mais profundo, que revela o íntimo do sonho da existência. Daí, talvez, a abundância de personagens entre a vida e a morte – Schoschana, de *Juramento de Fidelidade*; Tirtza e sua mãe de *Na Flor da Idade* –, todas semelhantes à princesa da lenda, que "adormeceu na gruta e sumiu até que chegasse seu amado e a levasse, mas ele não veio, e ela morreu".

Este, o desafio do amado: resgatá-la a tempo; mas a dificuldade é que o príncipe também está encantado e, como no poema de Fernando Pessoa, "sonha em morte a sua vida" ao descobrir que é a si mesmo que procura. O sono é contagioso: diante do quarto da enferma, o passante "suaviza os passos para não lhe perturbar o sono e para captar um pouco de sua presença" – mas, no fundo, nada capta: cada um vive isolado em seu próprio sonho.

2. *O Viajante sem Bagagens*

Incapaz de romper o encanto, não correspondido em seu amor, o protagonista dos contos de Agnon vê o mundo perder o seu sentido comum. Não só é a "esposa abandonada" do conto do qual Agnon extraiu como um emblema seu próprio nome literário, mas também esse mendigo de mochila rasgada, condenado a errar pelo mundo, com a lembrança de um país natal distante (o *ferenheim*) que já não existe mais, de dias felizes que se foram como cabelos cortados rente demais.

Assim, perde-se na floresta perto da cidade, como Romeu antes de conhecer Julieta; passeia pela praia deserta; passa como um sonâmbulo por essas "noites" de um onirismo lancinante. Enlouquece – mas é um louco de Deus.

3. *O Amor que Resta no Fundo*

De fato, não é sem saída o mundo de Agnon. É no auge do desamparo que se dá a comunhão com Deus e com a natureza íntima das coisas, com a paisagem de Israel que a tudo inunda de luz, sons e perfumes; a lua que a tudo vela e o vento que brinca com os cabelos de Dina, a "esposa abandonada", para consolá-la, "enrolando-se na sua cabeça e murmurando doces melodias, lembrando cantos" do amado. Ao abandonado é dado em seu desamparo a decifração do universo: Rechnitz conhece as algas do fundo do mar, Hemdat escuta "todo e qualquer movimento do mundo": não é um pária, mas um justo, que redime a solidão dos outros, observando o caracol temer a noite que o "encobre com seu azul" e consolando o grilo que não consegue dormir.

Ambos, Rechnitz e Hemdat, são "o gigante que beijou sete donzelas", porque olhava com um olho de carne, até lhe brotar um olho na testa que lhe permitiu ver a princesa. Ambos são a amada que vagueia no rasgar do *talit*, Sulamita em busca do amado, doente de amor, deixando-se guiar pelo coração. E se

Ferenheim parte no último trem pairando sobre o tempo em sua infelicidade, Tirtza resgata em sua vida a felicidade que fora negada na vida da mãe.

Também (em *Agunot*) é condenado a errar, por sonhos e lendas, flutuando sobre o Grande Mar ao crepúsculo, o Rabino que impediu – sem entender o que fazia – o amor puro de Dina e Ben-Uri. Pela ação dos justos, espera-se um dia sua redenção.

4. O Caminho Possível

Porém, seria um erro procurar nestes contos de amor uma chave para essa redenção. Se Agnon parte da forma dos contos tradicionais religiosos, não pode mais compartilhar de suas certezas, nem de suas garantias. Idênticos, irmãos gêmeos amam igualmente Deus, mas um é estéril, o outro não. Entre o Éden perdido na dispersão e o retorno à Terra Prometida, os destinos individuais se entretecem em um painel sócio-político frágil mas solidário, fios que tramam o *tâlit*, sempre passível de ser rasgado.

A personagem de Agnon aspira a ser um justo, o que sustenta o mundo e indica o caminho ao viajante. Mas já hesita sobre o caminho:

O que é o caminho de Deus? Um homem vai caminhando, e sua força termina... O caminho é longo e cheio de fantasias. Então o homem diz a si mesmo que talvez tenha errado de rumo, que talvez o caminho não seja aquele. Ele sai da trilha que escolhera no início e vê uma luz brilhando ao longe. Porém não sabe mais se aquela é a direção a tomar.

Sem rancor niilista nem certezas doutrinárias, seguindo essa tênue luz, o peregrino chega a Jerusalém para encontrar não a cidade sobre a qual lhe haviam contado, nem a que vira em seus sonhos, mas a que tem diante de seus olhos. Como oferenda, Agnon tem nas mãos apenas um espelho; mas um espelho no fundo do qual misteriosas luzes também fulgem – um espelho, segundo a expressão de Jacó Guinsburg, no qual os indivíduos das mais diferentes origens acham uma imagem "capaz de articular, nos sentimentos e no espírito (de todos), os termos de uma herança e uma experiência coletivas... Ao fim, entretanto, sempre resta algo de não inteiramente penetrável, que escapa com um sorriso fugidio".

Por isso, após o esforço de análise, "uma série de 'interpretações' jazem à beira do caminho, vencidas pelo segredo que tentaram desvendar". Muito mais do que meras ilustrações de um modo de pensar, destes contos de Agnon prevalece sempre o mistério impenetrável de uma história de amor.

NOTAS

Agunot – Esposas Abandonadas

Pág. 1
* Publicado em 1908 no livro *Elu Va'elu* (*Esses e Aqueles*). Título original em hebraico: *Agunot*. Este é a primeira narrativa importante de Agnon. De seu título, o autor (cujo verdadeiro nome é Tchachkes) derivará o nome literário.

Pág. 4
* *Ben-Uri* (filho de Uri): Betzal'el, que nas Escrituras é mencionado como o artífice que fez a Tenda de Deus, o Mischkan.

Pág. 14
* *Parede Oriental*: no judaísmo, os homens oram voltados para o Oriente que simboliza Jerusalém.

Juramento de Fidelidade

Pág. 15
* Publicado em 1943, no livro *Ad Hena* (*Até Aqui*). Título original em hebraico: *Schevuat-Imunin*.

Pág. 16
* *Comitê de Odessa*: "Hovevei Sion" ("Comitê dos Amantes de Sion"), organização que precedeu o movimento sionista.

Pág. 37
* *Akhad Haam, Lilenblum, Uschkin*: figuras destacadas dos inícios do movimento sionista.

Pág. 38
* *Uganda* foi uma das alternativas oferecidas aos judeus para construirem seu Estado, em vez de fazê-lo em Israel.

Pág. 41
* *Mikve Israel, Scharon*: povoados próximos a Iafo.

Pág. 100
* *Noiva e Noivo*, de Rembrandt: possivelmente, trata-se aqui do quadro *A Noiva Judia*, de 1668.

* *Bialik*, Haim Nakhman (1893-1934). Considerado o maior poeta hebreu da modernidade, foi também contista, ensaísta, tradutor e editor, tendo dirigido a editora hebraica *Moria* em Odessa, nos dez anos deste século, e a *Dvir* em Berlim, em 1921. Transferiu-se para Tel-Aviv de 1924 até a sua morte, quando foi instituído um prêmio literário em seu nome e fundada a casa editora Mossad Bialik para o estímulo da literatura hebraica. Seus poemas mais importantes são *Be-Ir ha-Haregá* (*Na Cidade da Matança*) e *Megilat ha-Esch* (*Pergaminho do Fogo*). (Consta da antologia *Quatro Mil Anos de Poesia*, de J. Guinsburg e Zulmira Ribeiro Tavares (org.), Editora Perspectiva.)

* *Scholem Aleikhem* (pseudônimo de Scholem Rabinovitch, 1859-1916). Contista e dramaturgo que escreveu em russo, hebraico e ídiche. Retratando com humor a vida cotidiana, é um dos escritores judeus mais populares. Publicou entre outros *Histórias para Crianças, Pobres e Alegres, Histórias de um Caixeiro Viajante*. (Tem uma antologia editada pela Editora Perspectiva: *A Paz Seja Convosco*.)

Pág. 105
* *Iessod Hamaalá*: colônia agrícola localizada na Galiléia.

A COLINA DE AREIA

Pág 121
* Escrito em 1920, e publicado no livro '*al Kapot Haman'ul* (*Do Buraco da Fechadura*). Título original em hebraico: *Guiv'at Hakhol*.

Pág 178
* *Sibila*, que se destaca aqui do nome da personagem Silsibila, era o título que designava as profetisas dos oráculos de Apolo, na Grécia Antiga. Na Bíblia, é citada no *Requiem*.

Pág. 131
* *Forel*: Auguste Forel, médico e naturalista suíço (1848-1931), autor de *A Questão Sexual*, estudo bastante popular nos anos 20 e 30 deste século.

Pág 158
* *Brokhaus*: conhecida enciclopédia alemã.

* *Jacob Wassermann* (1873-1934): novelista alemão de origem judaica. Muito traduzido, contribuiu para a repercussão universal do moderno romance alemão. O texto faz referência a seu romance *Caspar Hauser ou A Inércia do Coração*, de 1908, que deplora a indiferença geral em relação àqueles que necessitam de bondade e auxílio, o que é um de seus temas centrais. Um excerto desta obra está incluído na antologia *Entre Dois Mundos*, da Editora Perspectiva.

Pág. 160
* A *terceira refeição sabática* é ingerida ao entardecer de sábado, após a prece vespertina.

Pág 161
* O fato de haver *duas toalhas* refere-se à leis judaicas do *Kashrut*, segundo as quais carne e leite não podem ser misturados ou ingeridos sobre uma mesma toalha.

As Noites

Pág 170
* Escrito em 1913, e publicado no livro '*al Kapot Haman'ul*. Título original em hebraico: *Leilot*.

Na Flor da Idade

Pág 185
* Escrito em 1922 e publicado no livro '*al Kapot Haman'ul*. Título original em hebraico: *Bidmei Iameiha*.

Pág 214
* *Através do balcão...*: trata-se aqui do balcão ritual que, na sinagoga, separa os homens das mulheres.

Pág 219
* *Lavagem das mãos*: segundo a lei judaica dos alimentos há uma lavagem ritual das mãos antes de cada refeição. Entretanto, alguns alimentos, como o bolo, dispensam essa prática.

Pág 227
* *A venda do fermento*: na véspera do Pessach costuma-se "vender" o fermento, cujo uso é proibido durante o feriado, para o rabino.

FERENHEIM

Pág 251
* Escrito em 1949 e publicado no livro *Ad Hena*. Mesmo título em hebraico. O título e o nome da personagem significa: "lar distante" (em alemão).

GLOSSÁRIO

AGUNÁ (plural: *agunot*): esposa abandonada que, de acordo com a Lei Judaica, não pode tornar a se casar até que seja provado o falecimento do marido ou que este lhe envie o divórcio.

ASQUENAZITA (do hebraico tardio *Aschkenazi*; de *Aschkenaz*, Alemanha): judeus de origem alemã e, por extensão, dos países eslavos.

BILU: sigla de *Beith Iaacov L'khu V'nelkha* ("Casa de Jacó, Vinde e Andemos", Isaías; 2,5): grupo de judeus que saiu da Rússia para trabalhar em Israel, constituindo assim a primeira onda migratória judaica, no final do século XIX.

KADISCH: oração pelos mortos, que o parente mais próximo recita junto à sepultura do falecido, bem como todos os dias durante onze meses após o falecimento e em todos os aniversários da morte.

FILACTÉRIOS (*Tefilin* em hebraico): cubos com inserções de textos das Escrituras, presos por tiras estreitas de pele ou pergaminho e que os judeus devotos costumam enrolar no braço esquerdo e na fronte, durante as orações diárias.

HANUCÁ: solenidade que comemora a reconsagração do Templo pelos Macabeus — símbolo da resistência judaica — com uma festa análoga ao Natal, pela data, uso de velas e troca de presentes.

HUPÁ: pálio nupcial, sob o qual, no cerimonial de casamento, o casal de noivos recebe a bênção do rabino.

IAR: nome do oitavo mês do calendário judaico, correspondendo a maio-junho.

IEMENITAS: judeus provenientes do Iêmen.

IESCHIVÁ (plural *ieschivot*): escola tradicional judaica, dedicada primariamente ao estudo da literatura rabínica e talmúdica.

IOM KIPUR: Dia da Expiação. O último dos dez "dias terríveis" que começam com o Ano Novo. É uma das principais celebrações da religião judaica, quando o crente, observando jejum absoluto, se entrega ao exame de consciência, à penitência e às orações (entre elas o *Kol Nidrei*, rezada na véspera e no início do *Iom Kipur*, e o *Izkor*, em recordação aos mortos).

LEKHAIM (literalmente "À vida!"): saudação judaica tradicional.

MAZAL TOV (literalmente "boa sorte, parabéns"): expressão com a qual se felicita alguém por ocasião de algum acontecimento.

MEZUZÁ: estojo colocado no batente direito das portas dos judeus e que contém um pergaminho com a inserção dos primeiros parágrafos da oração *Schmá*. É hábito beijar o Mezuzá ao entrar e sair de casa.

NAKHMU: oração tradicional, dita "da consolação".

PEIOT (plural de *peiá*, em ídiche *peies*): longos cachos laterais, atrás das orelhas, usados pelos judeus ortodoxos.

PESSACH: a páscoa judaica. Dura oito dias (sete em Israel), a começar em 15 de Nissan (março-abril) e comemora o Êxodo do Egito.

PURIM: festa celebrada a 13 e 14 de Adar (fevereiro-março), associada à história bíblica da rainha Ester, que salvou os judeus no reinado de Assuero.

ROSCHA-SCHANÁ: Ano Novo judaico.

SCHABAT: sábado, dia ritual de repouso, no qual há uma tradicional reza com velas.

SCHAKHARIT: a oração da manhã.

SCHALOM (lit. paz): cumprimento usual em Israel. Abreviação da saudação tradicional *schalom aleikhem*, "a paz esteja convosco".

SCHILOAKH: revista hebraica publicada na Rússia.

SCHMÁ: nome da primeira e mais importante oração judaica, que começa com as palavras *Schmá Israel* (Ouve, ó Israel...).

SCHTRAIMEL: gorro de pele. Chapéu tradicional usado pelos judeus devotos na Europa Ocidental, designando às vezes a sua autoridade.

SEFARDITAS (do hebraico tardio *sefaradim*, naturais de *Sefarad*, região identificada com a Península Ibérica): judeus de origem espanhola ou portuguesa, que praticam ritos próprios.

SIDUR (lit. "ordenação"): livro de rezas para o ano inteiro.

SUCKOT (lit. "cabanas"): Festa das Cabanas ou dos Tabernáculos. Celebrada no outono, quando, durante uma semana, as famílias jantam em cabanas construídas fora de casa com teto de ramos verdes e interior decorado com frutas (a *Suká*). Além de ser uma ação de graças pelos frutos da colheita, relembra os quarenta anos que os filhos de Israel erraram no deserto.

TALIT: xale ritual com o qual o judeu se envolve para proferir as orações diárias.

TALMUD: segundo livro sagrado, depois da Bíblia. Compilação de leis e tradições orais judaicas de diferentes épocas, redigida entre o término do Velho Testamento e o fim do século V da era cristã.

TORÁ: as Leis de Moisés. É a primeira parte do Velho Testamento, os 5 livros do *Pentateuco*.

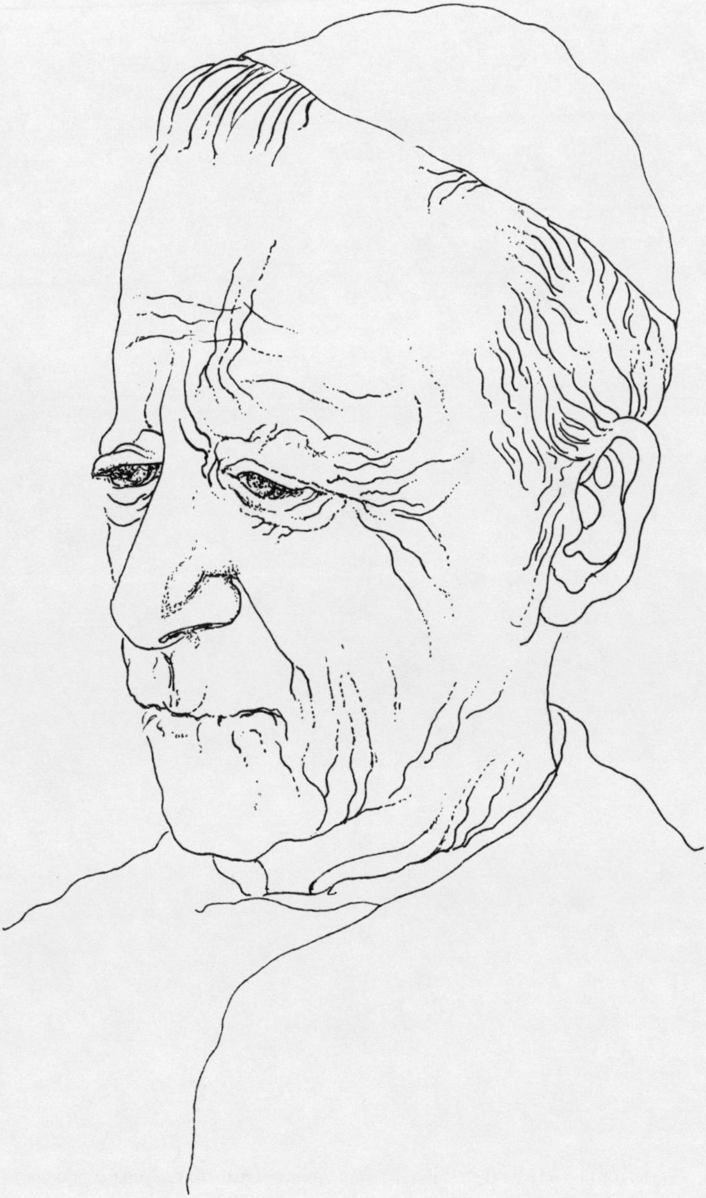

Reprodução de um retrato de Schmuel Iossef Agnon, baseado em uma montagem de Moysés Baumstein para o livro *Novelas de Jerusalém*, Editora Perspectiva, 1967.

COLEÇÃO PARALELOS

O Rei de Carne e Osso
Mosché Schamir

A Baleia Mareada
Ephraim Kishon

Salvação
Scholem Asch

Adaptação do Funcionário Ruam
Mauro Chaves

Golias Injustiçado
Ephraim Kishon

Equus
Peter Shaffer

As Lendas do Povo Judeu
Bin Gorion

A Fonte de Judá
Bin Gorion

Deformação
Vera Albers

Os Dias do Herói de seu Rei
Mosché Schamir

A Última Rebelião
I. Opatoschu

Os Irmãos Aschkenazi
Israel Singer

Almas em Fogo
Elie Wiesel

Morangos com Chantilly
Amália Zeitel

Satã em Gorai
Isaac Bashevis Singer

O Golem
Isaac Bashevis Singer

Contos de Amor
Sch. I. Agnon

Histórias Místicas do Rabi Nachman
Martin Buber

Impressão:
Gráfica Palas Athena